CONTENTS

Illustration

高峰 顕

仁義なき嫁　銀蝶編

本作品はフィクションです。
実際の人物・団体・事件などにはいっさい関係ありません。

1

「髪、伸びましたね」

グラスのビールをあおっていた佐和紀《さわき》は、腰に手をあてたままで石垣《いしがき》を振り向いた。

紺色の米沢紬《よねざわつむぎ》はアンサンブルだ。ビリヤードのキューを扱うのに邪魔だから羽織は脱ぎ、袖をたすき掛けにしている。

「そうかな」

と、頭を振ってみる。

「後ろの方、長くないですか？」

石垣が後頭部の髪をつまむ。そばにいた三井《みつい》が、すかさずその手を叩《たた》き落とした。バシッと衝撃が走ったのは、石垣の腕だけじゃない。髪を引っ張られることになった佐和紀はまなじりを吊《つ》りあげた。

「あ、ごめん。タモッちゃんがな……」

やべぇと書いたような表情で三井があとずさる。そのまま、ビリヤード台の向こう側へ逃げた。

「だってな。髪を触るのは、下心があるからだって。アニキが」

安全地帯から身を乗り出し、まるで高校生みたいなことを言う。

肩まで伸ばした髪をハーフアップにしている三井敬志《たかし》と、短い髪を金色に脱色した石垣保《たもつ》は、関東随一の暴力団・大滝《おおたき》組の構成員だ。

そして、小粋な和服姿でプールバーに馴染《なじ》んだ佐和紀は、大滝組若頭補佐・岩下周平《いわしたしゅうへい》が三年前に迎えた男嫁である。当初は気持ちの悪い冗談だと思われていた嫁取りも、この頃は物珍しさが薄れた。

きっちり着込んだ衿元《えりもと》に見える首筋や、歩くたびにひるがえる裾《すそ》からちらつく足首が、色事師と揶揄《やゆ》された周平の閨事《ねやごと》を想像させるからだ。

一見すれば、しとやかな美青年に見える佐和紀が、夜毎《よごと》どんな卑猥《ひわい》なことに付き合わされているのか。男たちの興味は尽きない。

「下心なんて、あるわけないだろ。髪が伸びたって話だ」

石垣がビリヤード台の枠に手をつく。その脇《わき》を、キューで打ち出された白い球が転がり、ワンクッションで別の球を落とす。

ひとりで黙々と打っていた真柴《ましば》が顔を上げた。

「へー、ないの？」

関西のイントネーションが陽気に響く。

肉づきのいい体格の真柴は人好きのする男だ。

「御新造《ごしんぞう》さん、こんなキレイやのに」

自分に向けられたキューの先を、佐和紀は笑いながら叩き払う。

関西に拠点を置く、日本最大のヤクザ・高山《たかやま》組。実質ナンバー2の団体が生駒《いこま》組だ。組長を父親に持つ真柴永吾《えいご》は同時に、京都を本拠地とする桜河《おうが》会会長・桜川《さくらがわ》の甥《おい》でもある。

由緒正しき血統の彼が、故あって横浜へやってきたのがこの夏のことだ。

「下心がないなんて嘘《うそ》やな。タモッちゃん」

真柴はからりと笑った。

三十代半ばの最年長だが、ここ横浜では新参者だからと、万事下手に回っている。世話係ふたりの方も、預かりの人間を相手に高圧的な態度を取るほど心狭くない。なんといっても、アニキ分の躾《しつけ》が行き届いている。だから、態度が悪いのは『嫁』だけだ。

「うっせぇよ」

周りの台で遊ぶ男たちからチラチラ見られていることにも気づかない佐和紀は、いつもの乱暴な口調で言い放ち、喉《のど》を鳴らしてビールを飲む。

代わりに、石垣が四方八方に睨《にら》みを利かせる。佐和紀を眺めていた男たちの半分は慌てて視線をそらしたが、残りはまだ呆《ほう》けたままだ。佐和紀しか目に入っていない。

「真柴さんはないんですかぁ？　シタゴコロ」

三井がへらへらとふざけ、顔を覗《のぞ》き込む。

「うちの姐《あね》さん、美人デショー？　どこまでならイケそうとか思ってますぅ？」

「それはもう、どこまででもやな」

同じくへらへらとヤニさがった返事に、石垣が身を乗り出した。

「アニキに殺されろ……ッ」

笑いながら、手近なキューで真柴をつつく。京都で知り合ったときは、ツノ突き合わせるような場面もあったふたりだが、それを機会に交流を続け、今回の横浜入りにも石垣は手を貸していた。

「くだらない。下心があろうがなかろうが、めんどくさいこと言うヤツはブチのめす」

周囲の悪ふざけを理解しない佐和紀の言葉に、ビリヤード台を囲む三人はぴたりと動きを止めた。

ひんやりとした涼しさのある清楚《せいそ》な美しさは、柔らかな曲線を描く柳眉《りゅうび》の下の、きりりとした瞳《ひとみ》に顕著だ。そして、外見のたおやかさからは想像できない凶暴な本性もそこに見え隠れする。

「俺をネタにふざけるぐらいなら、女でも口説いてこいよ。おっぱいの大きい子な」

眼鏡《めがね》を押しあげ、くわえたタバコに火をつける。真柴はおおげさな仕草で口元を覆った。

「オットコマエ。痺《しび》れる……ッ」

「フグの毒にでも当たったんじゃねぇの。江《え》の島《しま》の見えるトコにでも埋めに行こうぜ」

「その冷たさが、また……。ってか、死んでしまいますやん！　で、御新造さんは巨乳が好きなんですか？」

「なかったら、旦那《だんな》と遊ぶのと変わらないだろ」

ぎりっと睨みつけ、佐和紀は隣に立つ石垣の手からキューを取った。

「でも、な。……あれはあれで、硬すぎず、柔らかすぎず……」

手球を都合のいい場所に置き直して構える。引いた肘《ひじ》に手が添えられた。

「どこの話だ」

低く艶《つや》めいた声に、くわえタバコの佐和紀は眉《まゆ》をひそめた。漫然と思い出していた胸筋の柔らかな感触を記憶の引き出しへ押し込み、くちびるをきゅっと引き結ぶ。

もう二時間も約束に遅れている。一言目は「ごめん」であるべきだ。そう思うのに笑ってしまいそうで、ますます厳しい表情を作った。

「ガチガチに硬い方が好きだろう」

ささやきが耳元で溶けて、腕を支える手にうながされるままにキューを突き出す。白い球が勢いよく飛び出して、色球がふたつ別々の穴に入った。

三井と石垣と真柴が、賞賛の拍手を送る。それから一通りの挨拶《あいさつ》を向けた。

終わるのを待ち、佐和紀は、

「なにの話だよ」

くるりと身体《からだ》を反転させた。黒縁の眼鏡も凜々《りり》しい周平は寄り添うように立っている。男盛りの余裕ありげな微笑を浮かべ、佐和紀の指からタバコを取りあげた。

「アレだろ？」

「違う。あっちの話だ」

「あぁ、おまえも硬すぎず柔らかすぎず、いい感じだ。すっかり俺に馴染んで」

「周平……」

その場所のことでもないと、思いきり睨みつける。硬くもなく柔らかすぎもしないのは、胸の話だ。鍛えてはいるが痩《や》せ形の佐和紀に比べ、肉厚な周平の胸筋は触り心地がいい。

「遅くなって悪かった」

人が見ている前でも気にせず、佐和紀の頰《ほお》にキスをした周平は、一口吸った佐和紀のタバコをくちびるへと差し戻す。

ムッとした佐和紀は、三つ揃《ぞろ》えのジャケットを着ていない周平へ、キューを押しつけた。

「遅い、本当に遅い」

「そう言うなよ。これでも急いで来たんだ」

申し訳なさそうな雰囲気は微塵《みじん》もなく、拗《す》ねた佐和紀を眺める周平は楽しげだ。自分の態度で、さらに不機嫌になることも熟知している。

佐和紀はふんっと鼻を鳴らして腕を組み、胸をそらした。

「俺、知ってるから。今日は超高級ラウンジだったんだろ。さぞかし、おまえ好みのきれいでボインでキュッとしたホステスが揃ってたんだろうな！」

「こんなにおまえしか見えてないのに」

「うるさい……」

芝居がかった仕草で首を傾《かし》げる周平は、気障《きざ》でかっこいい。思わず見惚《みと》れかけ、不満をあらわに視線をそらした。

くちびるを引き結んだままビリヤード台を離れると、慌てた石垣が追ってくる。

トイレだと言って睨みを利かせ、ドアの前でさがらせた。

この頃の周平はいつにも増して忙しい。夏が過ぎて初秋を迎え、また定例会の季節が来たからだ。幹事でなくても、あれこれと渉外雑務に追われ、顔を合わせることもままならない。そのことに拗ねているわけじゃなかった。

ホステスのいる店で、鼻の下を伸ばす旦那じゃないことも知っている。

用を足したあとで手を洗っていた佐和紀は、ドアが開いた気配に顔を上げた。鏡越しに男を見た。外で石垣が待っているから、いま入ってくる人間はひとりしかいない。

「ご機嫌ナナメなんだな」

「べつに。忙しいのは知ってるし、仕事なんだから仕方ないんだし。べつに」

洗ったばかりの手に、また石鹸《せっけん》をつける。

「じゃあ、なにが原因だ」

近づいてきた周平が背中へぴったりと寄り添う。想像していた女の残り香はいっさいなく、いつもの周平の匂《にお》いだけがした。スパイシーウッドの濃厚な香りだ。包まれると、佐和紀の強情も長くは続かなかった。

「早く来て欲しかった……」

それだけ、とつぶやく佐和紀の肩に周平の腕が回る。抱き寄せられ、うなじの髪にくちびるが押し当たった。

「俺だって、早く顔が見たかった」

ふたりは朝も顔を合わせた。一緒にいる時間が少ないからこそ、佐和紀が先に寝てしまっていても、目覚めたときは隣の布団に周平がいる。今朝《けさ》は周平の腕の中で目覚め、まどろむように見つめ合った。そのあとには、少しばかりのコミュニケーションも交わしたけれど、最後までは行かなかった。

それが、今夜の佐和紀をもどかしくさせた原因だ。

指を入れられて前もいじられ、出すものは出したが物足りない。周平も同じ想いなら時間通りに来ると思っていたのに、アテが外れてがっかりしたのだ。

こんなことだって、結婚して三年もすれば、初めてじゃない。

有能な旦那を持つと、ときどきだが、行き場のない寂しさに襲われる。決まった仕事を持たない佐和紀は、世間から取り残された心地になるのだ。

「定例会におまえの席を作ろうって話があるぞ」

苦笑しながら言われ、突拍子のないことを聞かされた佐和紀は眉を引き絞った。

「なに、それ」

「去年の本郷《ほんごう》の一件。おまえからの情報が役に立ったんだ。それで、こおろぎ組に褒賞を出そうって流れだ」

「こじつけだろ」

佐和紀でさえ鼻白む話だ。

「おまえに大滝組の盃を取らせたい人間がいる」

周平の腕に力が入った。ぎゅっと抱きつかれて、佐和紀は流れ出る水から手を引く。鏡の中の周平を見た。

「組長だろ」

そっけなく口にする。言い出すのが別の幹部だとしても、後ろで糸を引いているのは大滝組長だ。

「それで忙しいのか……」

紙タオルで手を拭《ぬぐ》って、肩に頬を預ける周平を撫《な》でた。その指が摑《つか》まれ、いつのまにやら向かい合わせに抱き寄せられる。

「この定例会をごまかせば、次は春だ。来年はおまえも覚悟しておけよ。こんなことが続くようなら、こおろぎ組の役職をもらって……」

「え、マジで？」

思わず声をあげた。想像以上に話が大きくなっている。

「無理だよ。ムリムリムリ。俺が役職ってガラかよ。なにやるの？『おさんどん補佐』とかないし！」

「あるわけないだろ」

佐和紀の取り乱しっぷりに周平が肩を揺らす。

「『舎弟頭』の役職を新しく作ってもらうつもりだ。この定例会でだいたいの流れは見えるはずだから。必要なら春までには」

「は、早いよ……。だいたい、それ、なんだよ。聞いたことないし」

こおろぎ組は小さな組織だから、組長・若頭・若頭補佐の三役でだいたいのことが済む。

「若い衆をまとめあげる世話係だと思えばいい。特に仕事はないだろう。まぁ、年に二回ぐらいバーベキュー大会でも開いてやれば……」

「やっぱり、おさんどんだろ」

「じゃあ、『おさんどん頭《がしら》』の役職でも作るか？」

ふざけて笑う周平の胸を叩くと、手首に指が絡む。くちびるが近づいてきて、佐和紀は素直に目を伏せた。

「うちのオヤジはな、佐和紀。少々の汚い手なら遠慮なく使ってくる。おまえが嫌だと言っても、外堀を埋めて盃を取らせるぐらい簡単なんだ。だから、この件に関しては京子《きょうこ》さんにも話を通してある」

キスの合間に言われ、佐和紀はその半分も理解できずに首へと腕を伸ばした。熱っぽい喘《あえ》ぎがくちびるに奪われ、立っていられないほど腰が疼《うず》く。

「個室に入るか？」

「……こんなとこで、嫌だ。まだ遊んで帰る、し……。んっ……っ、玉突き、やろうよ」

「俺はおまえを突く方がいいけどな」

「ば、かっ……」

くちびるをちゅっと吸われ、佐和紀は身をよじった。まだ遊んでいたい。でも、周平のキスが気持ちよすぎて、気持ちはあっという間に揺れ始める。

「そんな目で見るなよ。俺がいけないことをしているみたいだ」

顔を覗き込みながら言われ、佐和紀は自分からキスを仕掛けた。

ねっとりと舌を絡め、下半身を寄せる。

「帰る……」

もう我慢ができなかった。三井や真柴とはいつでも遊べる。

でも、多忙な周平を独り占めできる時間はそう多くない。

「いい子だな、佐和紀。ご褒美にたっぷりと舐《な》めてやる。前でも後ろでも、どこでも」

「……やだ」

結婚して三年が過ぎてもまだ恥じらってしまうのは、言葉を口にする男が卑猥すぎるせいだ。周平が醸し出す淫蕩《いんとう》さは、佐和紀の身体が教え込まれた快感をしっとりと甦《よみがえ》らせていく。

エロくていやらしくて、たまらなく痺れる。

俺だっていっぱいするのにと言いかけて、佐和紀はくちごもった。言葉にするよりもさらに赤裸々に見つめてしまい、くちびるを噛《か》んで顔を伏せる。

肩を抱き寄せられ、素直に身体を預けた。くちびるがまた重なった。

＊＊＊

車の窓から見える木々の葉も枯れ始め、日差しの柔らかさとあいまった景色は秋めいていた。どこもかしこもセピアがかって見える。

佐和紀は視線を車内へ戻した。隣に座っているのは、京子だ。周平から聞いた定例会の

話が本当なのかと問うと、

「事実よ。支倉《はせくら》が気づかなかったら、うっかりするところだった」

あっさり肯定されてしまう。京子は、大滝組長の娘であると同時に、大滝組若頭・岡崎《おかざき》の妻でもある。佐和紀にとっては『姉嫁』とも呼べる姉御分だ。

今日のツーピースは深みのあるワインレッドで、膝下《ひざした》のタイトスカートには、際どい深さのスリットが入っていた。

「誰《だれ》が噛んでいるかは周平が調べてくるでしょうから、任せておけばいいわ」

「出席することに、なるのかな……」

ちょっとした冗談だと言って欲しかった佐和紀は、ぼそぼそとつぶやく。

柔らかな巻き髪に指を絡めていた京子が微笑《ほほえ》んだ。

「大丈夫よ。出席できなくすればいいだけだから」

「そんな簡単に」

「ちゃんと考えてあるのよ。だから、佐和ちゃんは私に手を貸して欲しいの」

「それが『お願い』ですか？」

離れまでやってきた京子から頼みごとがあると言われたのは、ついさっきのことだ。詳しくは車の中で話すと言われて従ったのだが、まだ、なにも聞いていない。

「そうなの。これから会ってもらう人は、銀座《ぎんざ》のキャバレーでママをしてるんだけど」

「ラウンジですか？」

「キャバレーよ」

「キャバクラ？」

「キャバレー」

繰り返した京子が肩をすくめて笑う。

「座席数は六十で、そこそこ広いフロアとステージ。毎日生演奏が入ってダンスタイムがあるの。銀座では二店目のキャバレーよ」

「まだあるんですか」

「あるのよねぇ。けっこう人気らしいわ。客層は年輩の男性らしいけど、少しずつ若い人も増えてきたって話よ。ノスタルジックでいいんじゃないかしら。その店が乗っ取りに遭いそうだって、相談を受けているの」

「嫌がらせですか？　用心棒が必要なら、俺よりも……」

「違うのよ。違う、違う」

赤く染めた爪《つめ》がチラチラと揺れた。

「半分はそうなんだけど、もう半分は少し……ね。とにかく、その女性《ひと》に会って、話を聞いて欲しいの」

京子の頼みは断れない。車は都内へ入り、大きな病院の玄関前で停《と》まった。

ふたりして降りる。時計を確認した京子は建物を突っ切って中庭へ向かった。何度も訪れているとわかる、迷いのない足取りだ。

清潔感のある明るい雰囲気の病院は、庭も美しく丹精されていた。芝生は刈り揃えられ、遊歩道には落ち葉が舞い落ちている。陽が翳《かげ》れば秋のものさびしさも出るだろうが、いまは小春日和《こはるびより》の日差しの中でほのぼのとして見えた。

色づいた葉がまだたくさん残っている樹のそばで、右足に器具をつけた女性が車イスから手を振る。京子の歩調が速くなった。

妹が姉に駆け寄るようなあどけなさに、佐和紀は眉根を開く。

「こちら、薫子《かおるこ》さんよ。私のお姉さんみたいな人」

京子に引き合わされ、佐和紀は自分から名乗った。礼儀正しく頭を下げる。

「お噂《うわさ》は聞いてるわ」

酒焼けした薫子の声は、意外なほどおっとりとしていて上品だ。年の頃は五十過ぎ。美人ではないが愛嬌《あいきょう》のある丸顔で、どこかあだっぽい。

「薫子さんのお店が、銀座にあるキャバレー『リンデン』なの」

京子が言い、薫子は困ったように顔をしかめた。

「まだお話ししてないのね」

「ご心配なく。佐和紀は察しのいい子ですから」

「まさか、京子姉さん……」

佐和紀はじりっとあとずさった。

キャバレーなのだから、店にはホステスの女の子がいるだろう。『お願いごと』の半分が用心棒ならば、その残りの半分は……。フロアの黒服、とは、いかない気がする。

「ほら、察しがいいでしょう」

京子のにこやかな表情に対して、薫子はますます表情を曇らせる。

「困ってるわよ、京子さん」

「佐和紀が困ることはないわよ」

「困りますよ……。いまさらホステスなんて年齢でもないし」

女装して糊口《ここう》をしのいでいたのは、こおろぎ組に入る前の話だ。男だとバレたことがないほど完璧《かんぺき》な女装ができたのも、いまよりもずっと若かったからだった。

「ホステスじゃないから、大丈夫」

わざと詳細を告げずに連れ出した京子が、胸をそらした。朗らかな声に、佐和紀は一抹の不安を覚えた。それは一気に膨らんでいく。

「薫子さんの代わりに、ママをやって欲しいのよ。それなら、大丈夫でしょう？」

京子はこともなげだ。驚いた佐和紀は、ふらりと近づく。よろめきながら、細い女の肩を両手で摑んだ。

「京子さん。俺、男です」

「知ってる。でも、あんたはそこいらの女より美人だし、男あしらいがうまいわ。それにホステス経験もあるし……完璧よ」

「そ、それは違うんじゃないですか？　無理です！」

「無理じゃないっ！」

ぴしゃりと言われ、思わず薫子へと助けを求める。

「お願いしたいわ」

「え……。いや、俺、男ですし」

佐和紀はあたふたと女ふたりの間で視線をさまよわせた。京子が一歩を踏み出して、近づいてくる。

「佐和紀。この秋の定例会をスルーするには、これが一番いいのよ」

「ムチャクチャじゃないですか」

「薫子さんは父の愛人だったの。つぶれかけていた『リンデン』の二代目のママになるとき、父が借金の半分を肩代わりしているのよ。まだ三分の一が返済できてない。それなのに店を乗っ取られたら、父も損をするでしょう？　定例会に席を作られる前に事情を話せば、引きさがるわよ」

「だからって、ママってのは……、無理があります」

「どうしても、お願いしたいの」

弱り顔になった京子から見つめられ、佐和紀はいっそう困惑する。

「京子さん、困ります。周平は、このことを知ってるんですか」

「文句は言わせないわよ。欠席させる理由は私に任せてもらってるんだから」

「でも、これは納得しないと思います……」

「佐和ちゃん」

京子に肩を摑まれる。指先がぎりぎりと食い込んで痛いほどだ。そのとき車イスに乗った薫子が口を開いた。

「佐和紀さん。私のこの足、複雑骨折なんです。それで、来週に再手術をするんです」

口調は静かで淡々としている。

「夜道で誰かに押されて、ちょうど通りかかった車に二度轢《ひ》かれました。死なない速さで、二度」

佐和紀は眉をひそめた。

「……相手は、乗っ取りを狙《ねら》っている人間ですか。だとしたら、なおさら、俺なんかの手に負える問題じゃない」

「いいえ。あなたにお願いしたいんです。『由紀子《ゆきこ》』に頭を下げさせた、あなたに」

ふと鋭くなった薫子のまなざしが、佐和紀の胸へと突き刺さる。

ここで聞くとは思わなかった名前だ。『由紀子』。絡んだ因縁の重さを感じ、佐和紀はたじろぎながら京子を見た。うなずきが返る。

「乗っ取りを狙っているのは由紀子よ。おそらく店の中にも息のかかった人間がいるわ。対抗するには、誰かが薫子ママの代理をする必要があるのよ」

「俺が男だってことはバレますよ。そこまで完璧には化けられない」

「かまわないわ」

車イスの薫子が、思い詰めた硬い声で言った。

「いま、店は支配人とチーママに頼んであります。支配人の話では、このチーママが、加《か》奈子《なこ》というんですけど、怪しいって」

「筋書きは、もうふたりで作ってあるんですね」

佐和紀はふぅっと息を吐く。

この社会で、上から切り出される『お願いごと』は決定事項だ。断るなら、それなりの代償を支払う必要がある。しかし、京子の頼みを断ったとしても、佐和紀の負担は微々たるものだ。埋め合わせは、周平の仕事でもある。

ただ、佐和紀と京子との関係はどうなるだろうか。

「察しがいいわね、佐和ちゃん」

「どうして由紀子が出てくるんですか。俺にはそこがわからない」

桜川由紀子は、京都の桜河会会長の後妻だ。周平と因縁があり、その絡みでケンカを売られたことがある。佐和紀はそのケンカを真っ向から買い、搦《から》め手で責めて頭を下げさせたのだ。佐和紀が勝ったも同然の決着がつき、それきり会ってもいない。

なのに、影はいつでもちらつく。夏の頃に横浜へ来た真柴が関西を出た理由も由紀子だ。忘れた頃に、どこからともなく名前が甦る。そういう女が、ふたたび現れようとしている。

「佐和紀は、真柴と親しくしているから、関西の話は聞いてるでしょう？　いろいろと思わしくないのよ。桜川会長が体調を崩しているし、由紀子は次の寄生場所を探しているの。真柴には逃げられたしね……。ひとまず『リンデン』を経済拠点にするつもりなのよ」

「目をつけられた理由はなにですか」

「客筋の良さね。ノスタルジックなキャバレーの雰囲気が受けて、政界と経済界からのお忍び客も多いのよ。だからハクがついていて、一種のステータスになりつつあるの。わかるわね？」

「……俺がママをやらないとダメなんですか」

「佐和紀にはホステスをまとめて欲しいのよ」

「もうすでに半分が加奈子の入れた新しい子になっているの。このままじゃ、私が退院する頃には……」

薫子がもの悲しげに目を伏せる。佐和紀の心は、じくりと痛んだ。

本当なら逃げ出してもおかしくない状況の中で踏ん張っている薫子の風情は、早死にした母親の姿とうっすら淡く二重写しになる。

夏の軽井沢《かるいざわ》で京子と交わした『共闘』の約束も思い出す。

佐和紀はほんの一瞬だけ考えた。

性別を取っ払えば、内容はともかく、実力を認められて必要とされているのだ。悩むことはない。チンピラに過ぎなかった自分が一歩を踏み出すとき、それがどんな事件か、より好みできるだろうか。

男社会の事件が重大で、女社会の事件が瑣末《さまつ》と考えるのも愚かな見解だ。京子は男手を必要としているわけじゃない。

女同士の戦いの中に、信じられる『妹分』の助力を求めている。もちろん女に頼めたならそうしただろう。周平の手前、京子は佐和紀を気軽には扱えない。

ならば、今回は特別だ。それも、特別中の特別。

由紀子の絡む事案を他人に任せられない事情が京子にはある。自分が矢面に立つ覚悟もしているだろう。

それは、させられない。由紀子が裏で糸を引くなら、京子もそうであるべきだ。片や陣から出ず、片や前線では、ふたりの立場に差が出る。京子の『妹分』を自認する佐和紀にとっても、『姉御分』が侮られるのは我慢がならなかった。

「京子姉さん。これって、通いじゃないですよね」

「マンションを都内に用意してあるわ」

「……周平は承諾しないと思います」

いくら多忙で顔を合わせる機会が少なくても、『別居』と『同居』は大きな違いだ。佐和紀は苦々しく顔を歪《ゆが》めた。

「説得、してくれますか……」

「押し切るわ」

はっきりと口にする京子を、複雑な気分で見つめる。

事後承諾は、極道社会の常套《じょうとう》手段だ。こういうとき、京子は容赦がない。女の繊細さなんて元からないような顔をして、男の身勝手さを演じ切る。

「三井と石垣を、黒服として店に入れるわ。岡村《おかむら》は無理ね。この頃は忙しいようだから。

……やってくれるわね」

「京子姉さんの頼みなら」

佐和紀は決意して答えた。

「ありがとう」

京子が柔らかく微笑み、薫子も胸を撫でおろす。

しかたがないとあきらめる周平の姿が、佐和紀の胸をよぎった。苦笑混じりの顔に隠したさびしさに、気づかない自分ならよかったのにと、こんなときは考えてしまう。

だからといって、旦那かわいさに京子の依頼を断ることも無理だ。期待を裏切って、溝を作りたくない。

涙を浮かべて礼を繰り返す薫子に見送られ、病院を出る。

京子はカラリとした笑顔で「銀座に行く」と言った。

「え。いまからですか」

いつから始めるのかと聞かなかったことに気づいても、もう遅い。乗ってしまった船はすでに岸を離れている。

周平に確認を取るとか、相談するとか、別居を謝るとか、そんな次元でないことがはっきりして、佐和紀は少しばかり脱力してしまう。周平と佐和紀が顔を合わせれば、離れがたくなる。そのことを京子はよく知っているのだ。

もちろん拒否権などあるはずもなく、佐和紀は連れられるままに雑居ビルの中へ入った。

薄暗い廊下に並ぶドアのひとつを開けて入ると、中は美容室になっていた。この街で働くホステスたちがヘアセットを依頼する店だ。路面店のようなオシャレさは皆無で雑然としている。

店主らしき年輩の女性と親しげに会話した京子が、四つある施術用のイスへと佐和紀をうながした。

「髪を長くするわね」

そう言われて首を傾げる間もなかった。イスの周りに店員が集まり、四方八方から伸びてきた手に髪を触られる。

そのうちのひとりがエクステンションについて説明してくれたが、佐和紀にはよくわからない。とにかく、短かった髪は長くなり、見慣れる前に隣の部屋に連れていかれた。まつげにもエクステンションをつけられ、それから化粧をされる。最後の口紅の段階で、鏡の中に京子が並んだ。

「京都から呼び寄せたのよ」

引き合わされたのは二十代半ばの女性だ。

「来てしまいましたぁ。よろしくお願いしまーす」

京都で女装を披露したときも、身支度を手伝ってくれた典子《のりこ》だ。二年ぶりに会う。

「毎日のセットメイク、着付けは典子がやってくれるから。それにしたって、すごいわね。女にしか見えないじゃない……」

「まさか」

京子に言われ、佐和紀はぐったりと返事をした。着飾った自分を見てうっとりするような性癖じゃない。

「俺の髪、まさか、このために伸ばしてたんですか」

「そうよ」

京子はあっさり認める。

「ホステスとして送り込むつもりで時期を見てたんだけど。薫子さんが事故に遭ったから、悠長なことは言っていられなくなったのよね」

「ホステスにするつもりだったんですか……」

「似合うと思って。でも、こんな大事になっちゃって、ねぇ」

困るわと肩をすくめる。京子はときどき驚くほど無責任だ。

ついさっき、薫子の隣で悲壮感を漂わせていたのは演技だったかと、いまになって想像がつく。これはもう騙《だま》される方の負けだ。ママ代理を務めるチーママよりもホステスの方が気楽そうでよかったと思いつつ、佐和紀はおとなしく従う。

エクステで長くなった髪がアップスタイルにまとめられ、美容室の奥にある更衣室で男ものの着物を脱がされた。

結婚式場で働いている典子が、手際よく正絹の訪問着を広げた。控えめな色柄は水商売らしくないが、裄丈《ゆきたけ》ともに、一七〇センチを超える佐和紀に合わせて仕立てられている。

出入り口から覗き込んできた京子が満足げに微笑んだ。

「今日は加奈子さんと支配人を紹介するだけだから地味にしたけど、明日からの着物はそれっぽいのを用意しているわ」

「京子姉さん。ちょっと楽しんでますよね？」

「えー？　ちょっとじゃなくて、けっこう楽しい」

完全に他人事《ひとごと》だ。ふふっと笑う京子のいたずらっぽさに、佐和紀は苦笑を嚙み殺す。その顔で笑われると弱かった。

少女めいた繊細さに男のような粗雑さを混ぜた京子の悪巧《わるだく》みは、おおらかに見えるのに、鋭く研ぎ澄まされている。

男と同じ生き方がしたいと願っても叶《かな》わず、かといって、女であることの不平不満で腐りもしない。女らしくしたたかに男社会を泳ごうとしている。そんな京子が、佐和紀は人間的に好きだ。

「俺も楽しめるように頑張ってみます……」

複雑な気分で口にすると、

「年内には決着がつくように考えてるからね」

肩を叩かれ、衿を直された。そっと触れてくる指先に女性らしい優しさが見え、佐和紀はくちびるを引き結ぶ。

ホステスごっこをさせるつもりだというのは、半分本当で半分嘘だろう。佐和紀の髪を伸ばさせ、女ものの着物を用意していた京子は、いつかこうなることを予測していたのだ。

そのときが来たら佐和紀を出すつもりでいたことに違いはなく、ことが予定より大きくなってしまっても、変わらず前線を任せてくれようとしている。期待と信頼に応《こた》えたいと思う一方で、佐和紀は『由紀子』の存在について考えた。

周平と京子はもう由紀子を相手にはしない。けれど、相手は周りをひっかき回そうとする。そのとき、あの女を蹴散《けち》らすのは、やはり自分の役目だと思う。

もう二度と、周平と京子の心に、傷をつけさせない。

「由紀子のこと、周平には言わないでください」

京子と向かい合い、佐和紀は引き結んだくちびるをほどく。

あの女と佐和紀が渡り合うことを京子は頼もしく思ってくれる。でも、周平の気持ちは真逆だ。

「それが理由で協力したと知ったら……」

「わかったわ。佐和ちゃんの言う通りにします。私のわがままで通すからね。平気よ」

「あと、これで俺と周平の間がうまくいかなくなったら、責任取ってくださいね」

なかば本気で訴える。今夜からいきなりの別居になるのだ。佐和紀が拗ねて逃げたり、我を通すのとは話が違う。

いくら周平の心が広くても、不満は感じるはずだ。周平の怒りは、佐和紀の想像のつかない瞬間に、パチンと弾《はじ》けてしまうから怖い。ヤクザのおっさんから怒鳴られるのは平気でも、相手が周平となると、佐和紀は心からメゲてしまう。

「んー。そうね。そのときは、私たち夫婦がちゃんと面倒見るから」

「京子さん、それって」

口を挟んだのは、脱いだ着物を畳んでいた典子だ。目を丸くする。

「そうそう。私たち夫婦の真ん中に寝かせてあげるからね。心配いらないわ。うちの弘一《こういち》はまだまだ現役だし」

「頼みたいのは、そういうことじゃないんですけど……」

佐和紀は目眩《めまい》を感じる。

大滝組若頭の岡崎弘一は周平のアニキ分だが、かつてはこおろぎ組に籍を置いており、その頃は佐和紀のアニキ分だった。

数年前にこおろぎ組を捨て、佐和紀への恋心をこじらせた結果が現在の状態だ。周平との結婚を斡旋《あっせん》した張本人でもある。

「あら、もちろん冗談よ。だけど、たまに離れてみるのもいいじゃない。三年目って鬼門だから。倦怠《けんたい》期が来る前に先手を打つようなものよ」

あっけらかんと言われ、佐和紀は口ごもった。

結婚して三年。出会ってからも三年だ。飽きも慣れも感じたことはなかった。しかし、周平がどうなのかは想像もつかない。

佐和紀は、鏡の中の女装をあらためて眺める。二年前の夏は『派手さを抑えた新妻』がテーマだった。今回ははっきりと『夜の蝶《ちょう》』だ。

ヘアスタイルはコンパクトだが、濃く引いたアイラインとまつげのエクステが目元に憂いを加えている。

不思議と二年分の変化が見え、佐和紀はこれまでの結婚生活をぼんやりと思い出した。短いようで長い日々は、新妻に妖艶《ようえん》さを与えもするのだ。

それぐらい、周平には愛された。身も心も、どこもかしこも、あの温かくて大きな手に探られ、隠していたことのほとんどを暴かれた。

残された秘密がなにもないなら、三年目の倦怠期もありえる。

「京子さんがこうと決めはったら、もう絶対やから」

柔らかな関西弁でささやいた典子が、肩をすくめる。物思いから引き戻されると、佐和紀の写真を撮ることに大忙しだった京子がスマホ画面から目を離した。

「そうそう。佐和ちゃんの源氏名ね。どうする？　『なぎさ』とか『しのぶ』とか？」

「『ひろみ』とか……。京子さん、真面目《まじめ》に」

佐和紀が釘《くぎ》を刺すと、京子はぺろりと舌を出した。それはどれも古い歌謡曲の中に出てくる名前だ。

「佐和紀さん、ホステスやってたこと、あるんですよね？　昔は、どんな名前やったんですか？」

典子から言われ、佐和紀は小さく唸《うな》った。

「『はるこ』とか『こなつ』とか」

「けっこう、やっつけですね」

「そんなもんだよ」

「じゃあ、あれがいいわ。『美緒《みお》』」

京子から言われた瞬間、佐和紀はびくっと肩を揺らした。それは横浜に流れ着く前、静岡でホステスをしていた頃の源氏名だ。いろいろ思い出がありすぎる。

「……別の名前にしてください」

「いい名前よ。ねぇ、典子ちゃん」

「佐和紀さんに似合うと思います。『はるこ』と『こなつ』よりいいですよ」

「じゃあ、美緒ママで」

「京子さんっ！」

佐和紀の声は虚《むな》しく響く。京子がこうと決めたら、もう絶対だった。


佐和紀の着物をマンションへ届けてからホテルへ帰る典子と別れ、午後五時の開店より前に『リンデン』を訪れた。待っていたのは五十絡みの男で、丁寧に整えられた口髭《くちひげ》が特徴的だ。黒いスーツに蝶ネクタイ。手には白い手袋をはめている。

京子と親しげに言葉を交わし、佐和紀に向かっては、『支配人の東丘《ひがしおか》』と名乗った。温和に笑っているが、足抜けしたヤクザだと一目でわかる。はっきりとした判断理由はないが、値踏みする一瞬のまなざしで佐和紀の肌はそう感じた。

さらりと挨拶を交わし、店内へとうながされて従う。間口から想像したよりもフロアは広い。座席数は六十席。ほとんどがバンドステージへ向いたしつらえで、楕円《だえん》形のダンスフロアは座席の前に作られていた。天井にはミラーボールもついている。

生演奏だけを楽しむ客は席料のみを支払い、女の子をつけると指名料と着席料が加算される。ドリンクやフードはラウンジやキャバクラに比べて安価に設定されているらしく、価格やシステム説明は入り口にもきちんと掲げられている。

その一方で、裏メニューが存在していると東丘が言った。

「ボトルキープ料なんですが、まぁ、おおよそは女の子に対するアプローチですね。君を目的に通いますという宣言のようなもので。そうでない方は、ボトルを入れません」

「それでもね、ここにボトルを並べるのはステータスなのよ」

京子がフロアの端にあるバーカウンターを指差した。後ろの壁にはずらりとボトルが並んでいる。ウィスキーにブランデー。焼酎《しょうちゅう》や日本酒もあった。

「リンデンでは持ち込みボトルも受けつけていて、こちらはどんなものであっても、一本五十万からです」

「え？」

驚いた佐和紀は目をしばたたかせた。場末のスナックでしかホステス経験のない佐和紀には信じられない値段だ。キャバクラやラウンジは世話係たちが会計を済ませるので、内訳を聞いたこともない。

「半分が女の子の取り分になります。五十万からなので、人によってはもっと支払われる方もいらっしゃいます。さすがに炭酸水一本などはお断りします。持参されなくても、ご希望のものはボーイが買いに走りますので」

東丘はさらりと言った。

「お金を持っていらっしゃる方も、持っていらっしゃらない方も、それぞれが小粋に遊んでいかれる社交場です。ＶＩＰルームはありません。同伴やアフターもノルマは作っていません。女の子は三十人ほど在籍していますが、シフト出勤で、早出が五時から九時。遅出が九時から閉店の二時です。五時から二時の通しで出て、休みを多くする子もいます」

座席を巡り、ダンスフロアを抜け、バンドメンバーに挨拶してから裏へ回る。女の子の更衣室兼休憩室があり、事務所が一室。倉庫部屋と黒服たちが使う男子更衣室は、二階だ。物件としてかなり大きいビルだが、三階と四階は貸事務所になっていて夜はほとんど無人だと説明された。

「女の子同士の関係はどうですか」

非常口にもなっているビル裏のドアを開け、佐和紀は東丘に尋ねた。

「ふたつに分かれています」

驚いたように眉を跳ねあげ、ちらりと京子へ視線を向ける。こんな質問が出るとは思わなかったのだろう。

「薫子ママが採用した子と、加奈子ママがスカウトしてきた子です」

「ケンカはしますか？　いままで、殴り合いになったことは？　客の取り合い、彼氏の取り合い……」

「それなりにありますが、早出の子たちはほとんど揉《も》めません」

「じゃあ、遅出の女の子たちの方が稼いでいるんですね」

「……そうです」

裏口は路地裏に面していたが、一見するとリンデンの他にドアをつけている店はなかった。道幅は肩を避《よ》けてすれ違える程度の狭さで、大きなゴミ箱が三つ並んでいる。人通りもないが、まだ他のビルの裏口がありそうな気配で、道は続いていた。

「だから、大丈夫だって言ったでしょう」

自信ありげな京子の声が聞こえ、東丘はやや困惑気味に眉尻《まゆじり》を下げた。

「もちろん、疑ってはいませんよ」

「どうかしら？　男がママ代理だなんて、って思ってたんでしょう。でも、バンドのメンバーだって気づいてないわ」

「そうですね」

東丘は深くうなずいた。

「まさか、それはない……」

と笑い飛ばした佐和紀に視線が集まる。

「こんなに『男』なのに」

自分の胸元を指差して訴えたが、京子はふるふると首を振った。

「こんなに『女』に見えるなんて、夜の世界では完璧よ」

「モテます」

東丘がどこか残念そうに断言する。男の佐和紀への配慮だろう。

「……嬉《うれ》しく、ないです」

佐和紀は目を伏せた。

「それはそうでしょうが……。美緒さん、どうぞよろしくお願いします。薫子ママが受け継いだ大事な店です。この雰囲気のまま残していけるよう、お力をお貸しください」

「あぁ、はい……。あの、そんなに頭を下げないでいいですから」

戸惑いつつ、東丘の肩に手を置く。意外に肉がついている。昔はかなり鍛えていたのだと思った佐和紀の手を、東丘が白い手袋の両手で握った。その瞬間、やっぱりと納得する。東丘の手は力の入り方が普通じゃない。右手小指、それから左手の小指。おそらく、左手は薬指も筋が切れている。

　手袋をしているのは、指の切断痕《せつだんこん》を隠すためだ。指の感触はあるから、詰めてすぐ縫い合わせたのか。もしくは再建したのかも知れない。

「気づきましたか」

　小声で言った東丘に、佐和紀は真顔を返した。

　引き合わされたとき、京子は佐和紀を『美緒』としか紹介しなかったのだ。大滝組のことも周平のことも、暗黙の了解として伏せられている。

「ケガをしたんですね。ものを渡すときは気をつけます」

　佐和紀はそれだけで済ませる。東丘はふっと微笑んで頭を下げた。

「お気遣い、ありがとうございます。あぁ、加奈子ママが来られたようです。女の子は裏口から出入りしますが、ママとチーママは支度が済んでいれば表から入られます。ご紹介しますからどうぞ」

　白い手袋にフロアへとうながされる。

　チーママに挨拶をする黒服たちの声が聞こえ、佐和紀は無意識に背筋を伸ばした。

　その肩甲骨の間に、京子の手がそっと押し当たる。

「大丈夫よ、美緒ちゃん。あなたが一番きれいだから」

魔法のような声に騙され、小さく息を吸い込んだ。笑いが込みあげる。

フロアに出た東丘がチーママを呼び止めた。

「おはようございます。加奈子さん。薫子ママの代理を務めてくださる方がいらっしゃいました」

「あら、本当に男の人に頼んだの？」

ブルーのロングドレスを着た女が、艶《なま》めかしい身のこなしで振り向く。京子を見て、にこりと微笑んだ。

「こんにちは、京子さん。こちらが、その方？」

「美緒さんです」

紹介したのは東丘だ。佐和紀は少しだけ首を傾げ、足先から上がってくる加奈子の視線を待つ。目が合うと、加奈子は不思議そうに目をぱちぱちと動かした。

「男の、人……じゃ、なかった？」

「そのあたりはグレーということでお願いします」

東丘が腰を曲げる。唖然《あぜん》としている加奈子は、浅い息を二回ほど繰り返してから無邪気な笑みを浮かべた。両手をパチンと合わせる。

「びっくり！　こんなにきれいだなんて！」

屈託のない仕草からは、由紀子の手先を務めている剣呑《けんのん》さが感じられなかった。しかし、由紀子を知っている佐和紀は油断しない。あの女もまた、自分を取り繕うのが上手い女狐《めぎつね》だった。対外的には見事に化ける。

「美緒ママとお呼びすればいいのかしら。加奈子です。どうぞよろしくお願いします」

手を美しく重ね合わせ、加奈子は深々とお辞儀した。整えられた爪の先で、ストーンがキラキラ光る。

「こちらこそお願いします」

佐和紀も手を重ね、腰をわずかに沈める。

いつもなら指に触れるダイヤも結婚指輪も、そこにはない。周平に預けると言って、京子が抜いたからだ。まだ名残のあるくぼみを指でなぞり、佐和紀はまっすぐに加奈子を見た。きれいな顔立ちの女だ。ほどよい大きさの瞳は、笑うと柔らかな弧を描く。それから、ほっそりとした鼻筋と薄いくちびる。

美人だと思ったのと同時に、気に食わないとも思う。

それは、優しげな微笑みの裏に野心の匂いがするからではなく、佐和紀が女装しても決して得られない豊満な胸元のせいでもなかった。

理由はごく簡単だ。男心をくすぐる甘い色気が、佐和紀の考える『周平好み』にぴったりだったからだ。

……この女が由紀子の手先に違いないと思った。

＊＊＊

車を降りた周平は、スーツの裾をはためかせ、若頭夫婦が住まう離れへ急いだ。

玄関で呼びかけながら、革靴を脱ぐのももどかしくあがり込む。慌てて駆けつけた『部屋住み』の制止も聞かず、リビングのドアを叩いた。

のんきな京子の声が聞こえ、息を整える余裕もなく中へ入る。

「もう聞いたの？　相変わらず早耳ね」

ソファに座っている京子は、膝に置いた雑誌へと視線を戻す。向かいでタバコを吸っていた岡崎が眉をひそめた。

押しかけた周平を迷惑に思っているのではない。心底から同情しているのだ。連絡をくれたのも岡崎だった。

「どういうことですか。説明してください。経緯はけっこうです。……俺に相談しなかった理由を聞きたい」

「あの子は私の妹分だから。それだけよ」

雑誌を膝からおろして立った京子は、おもむろに周平の片手首を摑んだ。開いた手のひらに、金属のかけらを握らされる。

「私が預かるより、あんたが持っていた方がいいでしょう」

「京子さん……」

周平は唸るように呼びかけた。手のひらに残されたのは二本の指輪だ。プラチナの枠にダイヤがはまっているのは、エンゲージリング。もう一本はチタンで作ったマリッジリングで、周平がつけているものと揃いだ。

「佐和紀はしばらく預かるわ」

「ホステスをやらせるというのは本当ですか」

「……正確には、キャバレーのママよ。周平も知っているでしょう。リンデン」

知っているもなにも、大滝が融資した金は、周平が都合をつけたものだ。かなり緊急で、ごり押しだった。

「軽く言わないでください。佐和紀は男ですよ。それを」

「女装なら前にもしたじゃない」

「それとこれとを一緒にしないでください。俺は、佐和紀を一人前の男にしたいから、京子さんに任せると言ったんです。女にして欲しいと言った覚えはありません」

「わかってるわよ。でも、しかたがないの」

「しかたがない？」

眉を引きつらせた周平は気色ばむ。ふたりを見ていた岡崎がタバコを灰皿に休ませた。

「我慢してくれよ、周平。京子が世話になった相手だ。ここでしか恩は返せない。年内限りだって話だから」

「弘一さんはそれでいいんですか。佐和紀に女装させて、男に酒を注《つ》がせて、愛想を売らせるんですよ」

「それならおまえは、定例会に出した方がマシだって言うのか」

若頭の顔で切り込まれ、周平は眉根を引き絞る。それも承諾できない話だ。

「リンデンが絡めば、オヤジも手を引く」

「でも、別居する理由にはならない」

「横浜から銀座まで通わせるのは酷だわ」

京子が口を挟んだ。

「時期は早まったけど、元から手伝ってもらうつもりだったのよ。三井たちと外回りさせるぐらいしか仕事がないんだから、いいじゃない。周平さんは慎重を気取ってるつもりなのか知らないけど、傍《はた》から見れば囲っているのと同じよ」

「これが、自由にさせるってことなら賛同できません」

「もう始まってるのよ。薫子さんの事故は偶然じゃないの。お金で解決できることでもないわ」

「その人はいったい、誰の恨みを買っているんです。そんなことになって。……京子さんは、俺と佐和紀をどうしたいんですか」

「正直に言えば、サカりすぎだと思ってるわ。佐和紀の身体が心配なのよ」

もっともらしく言った京子は胸をそらし、腰に手を当てた。淀《よど》みのない女の嘘を、岡崎がぼんやりと眺めている。周平はこれ見よがしにため息をついた。

そんなことが、理由になるだろうか。結婚して三年だ。

一緒に暮らし始めたときから、周平は佐和紀の身体をたいせつに扱ってきた。性的に未熟なのを考慮して、我慢に我慢を重ねたのだ。いまはもうすっかりいろんなことに慣れ、たまにはふたりで羽目をはずすこともある。でも、無理を強いたことはない。

いまも変わらず、佐和紀はたいせつな恋女房だ。真夜中に疲れて帰っても寝顔を眺められないなんて、考えるだけでも気が滅入る。

「店には顔を出しますよ」

「客としてね。亭主面はしないでよ」

「……弘一さん。ちょっといいですか」

周平はぐりっと顔を動かした。こめかみに浮いた血管が苛立《いらだ》つたびに脈を打つ。

「俺に振るなよ。京子が言った通り、もう始まってるんだから、いまさら佐和紀にケツをまくれって言えるか？」

「言いますよ、俺は」

「ダメよ。ダメ。そんなみっともないことをさせないで。……女装させたからってね、遊びでやってるわけじゃないのよ。あんたこそ、佐和紀をそばに置いて突っ込みたいだけなら自重なさいよ、みっともない」

睨んでくる京子の向こうで岡崎が肩をすくめている。

周平に同情しても、嫁のすることには口出しをしない。しかもこれは大滝組の外の話であり、女たちの問題だ。頼まれない限りは首を突っ込むのも野暮になる。

釈然としない気持ちを抱えながら、周平は眼鏡を押しあげた。

これ以上は泣きごとになる。嫁がいなければさびしくてひとり寝もできないなんて、とてもじゃないが格好がつかない。京子の思惑に巻き込まれた佐和紀を案じるふりのまま、身を引くしかなかった。

「それはそうと、今回はエクステもつけて髪を長くしたのよ。着物もいいけど、洋服姿もすごくかわいいんだから」

京子の弾む声に、周平は眉をぴくりと動かした。

「へぇ、見せてくれ」

なにの気負いもなく言い出すのは、欲望に忠実な岡崎だ。

「いいわよ」

気安く答えた京子の視線がちらりと投げられる。

岡崎のように『見せてくれ』と言ったら負けだ。でも、心は動いた。岡崎が見ると言うなら、周平が見ないわけがない。

「悠護《ゆうご》が惚《ほ》れるのもわかるわ。源氏名は『美緒』にしたの。でも、悠護には内緒よ。本当に土地ごと店を買いそうだから」

手にしたスマホを振るように見せつけられ、周平は天井を仰いだ。

「私服も揃えておいたの。ちゃんとユニセックスなのを選んだから……。データを送ってあげましょうか」

追い打ちをかけ、京子が笑う。周平は目を閉じた。

髪の長い佐和紀。カジュアルな私服。

想像できるようでいて、できない。だから、舌打ちをしてあきらめた。佐和紀もやる気になっているのなら、せめてもの慰めが欲しい。そんな気分だ。

「見せてください」

京子とは長い付き合いだが、その強情さに勝てたことは一度もなかった。

2

マンションのテラスで、タバコを片手指に挟んだ佐和紀は、操作のおぼつかないタブレットを眺めている。

十四階建ての最上階だ。午後の空は澄み渡って高く、秋風は地上よりも冷たい。

あれから三日。生活はすっかり夜型だ。早朝に眠って昼過ぎに目覚め、朝ご飯代わりの遅い昼食をとる。

「扱いには、慣れましたか？」

肩越しに石垣の声がして、佐和紀は顔を上げた。

「もう来たのか」

「早く着きました」

デッキチェアのそばに膝をついた石垣が笑う。たまたまのように言っているが、わざとだ。３ＬＤＫのマンションで佐和紀と寝起きしている三井と違い、拠点を横浜に置いたままの石垣は、黒服として勤務する日だけ泊まることになっていた。

佐和紀は真新しいタブレットへ視線を戻す。携帯電話を持たない佐和紀のために周平が用意したものだ。石垣から説明してもらい、基本的な使い方だけは理解していた。

「スカイプ、してみました？」

「……テレビ電話だっけ？　してないよ、そんなの」

と、くちびるを尖《とが》らせる。服はいつもの着流しだ。ユニセックスな洋服も用意されていたが、家の中では着丈で仕立てられた男ものの和服が落ち着く。

髪が長くなった他には変わりがない。その髪もいまは横流しに結んでいる。

「アニキ、がっかりしてるんじゃないですか」

「メールが入ってる。ほら、今日の昼飯だって」

メッセージのやりとりができるアプリの画面には、周平から送られた写真が映っている。

「周平の写真は、シンが送ってくれるから」

「佐和紀さんの写真は送らないんですか。俺が撮りましょうか」

「いらないだろ。ろくなもの食ってないし、顔もこんなだし」

「……きれいですけど」

まっすぐに見つめてくる石垣の目が、エクステで長くなったまつげを追う。

「気持ち悪い。このまつげもうっとうしいんだよ……」

佐和紀は眼鏡のズレを直し、顔をしかめた。

さまになりすぎていて、鏡を見るたびに驚く。いつか見た母親に似ていて、ほんの少し胸が痛むぐらいには中性的だ。

ホステスだった母と年老いた祖母を、十代の前半に相次いで亡くし、義務教育もろくに受けないまま、町から町へと流れ流れて暮らした。母のあとを追うようにホステスをしたのは、他の仕事を知らなかったからだ。ある店のママは娘のように扱ってくれたし、情をかけてくれたホステスもいた。でも、どこにも長居はしなかった。

男たちはあてにならず、身体の関係を巡って相手を半殺しにしたことは一度や二度じゃない。性別を偽らずに働きたいと悩んでいた矢先、佐和紀を拾ってくれたのが、こおろぎ組の松浦《まつうら》組長だ。佐和紀は十九歳。男と見込んだ誘いは初めてのことで、いま思い出しても胸が震える。

「送れって、言われてるんですけど……」

石垣の声に、物思いが途切れた。

「じゃあ、こっそり撮って送っといてよ。わざわざ笑顔とか作れないし」

「いいんですか」

「風呂《ふろ》とトイレ以外ならな」

佐和紀の言葉に、石垣は苦笑いを浮かべる。するっと取り出したスマホで、あっという間に写真を撮られた。

「アニキに送っておきます。心配されてますから」

「するなって方がな……」

電話では一度話したいと言われ、それきりだ。

顔を見て話したが、嫌だとすげなく断った。タブレットを使えば、驚くほど簡単に顔を見て話せる。だからこそ、危ないのだ。

その画面越しになにをさせられるか。別居中の周平のあくどさは、油断がならない。

「シンさんからの写真、アルバムに移せますよ」

石垣に言われ、佐和紀はタブレットを差し出した。数枚の写真が一所《ひとところ》に集められ、指先ひとつで簡単に繰れる。毎日違う三つ揃えを着ている周平の姿は凜々しく涼やかで、ブランドパンフレットか雑誌のモデルみたいだ。

佐和紀の贈ったチーフやネクタイを見つけると、心の奥底がほっこりと温まる。似合うと思って贈ったものは、どれも想像以上に周平を引き立てていた。

「典子ちゃんはもう来てる？」

「はい。ピックアップしてきました」

石垣の答えを聞きながら、座ったままで部屋を振り返る。リビングに姿はなかった。

「タカシと一緒にメシの用意をしてくれてます」

出勤前に食べる軽い夕食だ。

「あのふたり、前に付き合ってたんだろう？」

「……らしいですね」

「焼けぼっくりに火がつくかな」

「それ、『焼けぼっくい』です」

「松ぼっくりのことじゃないの？　なに、ぼっくいって」

「木の杭《くい》です。燃えて炭になった木には火がつきやすいんです」

「あいっかわらず、おまえはお利口だな。いなくなったら自分で辞書引かなきゃ、なぁ……」

来年にはアメリカ留学が決まっている。石垣は足抜けしてカタギに戻り、経営の資格を取りに行く。数年して戻ったあとは、周平の会社にでも就職するのだろう。

「俺にも写真送ってください」

「タカシの？　いいよー。エロいやつな」

「……違います」

怒った声で立ちあがる石垣のズボンを、佐和紀は無邪気に掴んだ。

「わりぃわりぃ。冗談。俺と周平の」

「エロいやつ……」

「違うだろ。仲良しな写真だよ」

「一緒じゃないですか」

「一緒にするな。……メール書くよ。本の感想文」

「スカイプも覚えてくださいね。俺が金髪との生本番見せますから」

「言ったな。言ったよな」

佐和紀はすくりと立ちあがる。

読み書きさえ怪しかった自分が手紙を書く約束をするなんて、どこか気恥ずかしい。だから、照れ隠しにタバコを揉み消した。石垣の横をすり抜ける。

「タカシ！　タモツがな、金髪美人との生本番を……」

掃き出し窓を開けて叫んだ佐和紀は、そのまま固まった。カウンターキッチンから顔を出した典子と目が合ったからだ。

「生本番がなんだって？」

三井も顔を出す。

「……テレビ電話で見せてくれるって」

典子がいるのをすっかり忘れていた佐和紀は、声をひそめた。

「いいですねぇ。石垣さんのエッチなら、私も見てみたい」

長い髪を頭のてっぺんでお団子にした典子がケラケラと笑う。隣で三井が眉をひそめた。

「おまえは、アニキのが見たいんだろ」

「ちょっと！　佐和紀さんの前でやめてよ！」

力任せに三井の肩を叩いた典子は、そそくさとキッチンの中へ逃げ込んだ。痛みに身体をくねらせた三井は、迷惑そうに顔を歪める。

「いってぇな……。金髪美女のエロいやつなら普通にビデオで見た方がいいだろ。アングルもいいし。ばっちり無修正のやつ、家から取ってきてやるよ。それとも、タモッちゃんが必死こいて汗かいてるのが見たいの？　なら、それも……」

「ぶっ殺すぞ、タカシ」

リビングに戻った石垣が低く唸る。

「そんなものもあるんだ」

佐和紀の言葉に、三井はそらとぼけて遠い目をした。

「あるよーな、ないよーな、あるよーな」

「ありますよーッ！　石垣さんと岡村さんのビデオ！」

典子の声だけが聞こえてくる。

「おまえ、なにしてたの？」

なぜ典子が知っているのかはひとまず脇に置く。佐和紀は目を細めた。尋ねられた三井は、さらにとぼけて顔を背ける。

佐和紀はそのまま石垣を見た。答えを求める。

「勃《た》たなくなって、部屋の隅で泣いてたんです」

「情けねぇなぁ。そのビデオ、周平は映ってないの？」

佐和紀は笑いながら、テーブルの上のレタスをつまみ食いする。苦々しく石垣を睨んでいた三井が不遜《ふそん》げに息をつく。

「映るわけないだろ。アニキは酒飲みながら見てただけだ」

「本当かよ。あやしいな」

結婚する前の話だ。映っていないところで女を抱いていても不思議はない。

「女、か……」

佐和紀はぽつりとつぶやく。

リンデンを初めて訪れたあとで、京子にネイルサロンへ連れていかれた。きれいに整えられた加奈子の指を見て、佐和紀の指先の味気なさに気づいたのだろう。

仕組みさえ理解できないジェルネイルを施され、佐和紀の爪はつやつやと赤い。その爪先で周平の入れ墨をなぞったら、倒錯的だろうなと自分でも思う。

リングが消えた左手は、もうくぼみすら残っていない。でも、確かに数日前にはプラチナとチタンが並び、オモチャのように大きなダイヤが光っていた。結婚の証明が消えたことの不安定さは想像以上で、離れで日々暮らしていたことも、周平の腕を待ち続けてきたことも忘れてしまいそうになる。

夜毎訪れる男たちの接待をして、酒を作り、相槌《あいづち》を打つ。また来てくださいと送り出すたびに、遠い昔の自分を思い出した。『美緒ママ』と呼ばれると、自分の人生はあの延長線上に続き、こおろぎ組へ入ったことさえも幻のように思える。

いっぱしの男でありたいと暴れた日々が、まるで嘘のようだ。

ぼんやりと爪を眺めていた佐和紀は、見守るようでいて不安そうな三組の瞳に気づいた。順番に視線を向けると、右へ、左へ、下へとそれぞれが視線をそらす。耐えかねたように口を開いたのは、左へと目を泳がせていた典子だ。

「そのあたりの女より、よーっぽど、きれいやから……、いまさら目移りなんかせぇへん、と思いますよ？」

佐和紀は無言で視線を送り、ふっと短いため息をついた。

憂いの本当の理由はそこじゃない。しかし、口にしてもしかたのないことだ。胸の奥にそっと押しとどめた。

「それにしたって、化けすぎだろ」

カウンターの中でグラスを磨く三井がぼやく。黒いスーツに小さな蝶ネクタイをつけたボーイの制服だ。

フロアを眺めていた佐和紀は止まり木を指先でなぞった。しなをつくり、

「見た目だけ、ね」

微笑みを投げかける。眼鏡ははずし、コンタクトレンズを入れていた。自分で装着できないから、必要なときは石垣に頼んできたのだが、ここ数日は典子の担当だ。

「やめろ。うっかりするから」

「うっかり？　へぇ、どんなうっかり？　好きになっちゃいそう？」

派手な着物の衿をしごき、三井へ手を伸ばす。

「ボーイをからかわないでくださいよ」

飲み物を配り終えた石垣が、シルバートレイを片手に戻ってくる。

フロアはバンドステージを要にして扇状に広がり、中央には通路がある。突き当たりを右に行けば出入り口があり、左にズレた場所がバースペースだ。

そこで飲む客はほとんどおらず、主にドリンクを出す場所になっている。

「タカシが、わたしに惚れそうだって」

「へー、いまさら」

冷たい視線を向けられ、三井が眉を跳ねあげる。

「どういう意味だよ、タモッちゃん。いまさら参戦してくんな、ってか？」

「『いまさら気づいたか』の方だ」

「ん？　どういうこと？」

佐和紀が首を傾げると、石垣は顔をしかめた。フロアには穏やかなBGMが流れ、ホステスの軽やかな笑い声が絡む。

「タモッちゃんはもうとっくにぞっこんで、美緒ママを『誰よりもきれいだー』って思ってる、ってことデショ」

石垣に睨まれてもどこ吹く風で、三井は次のグラスを磨きながら続けた。

「確かにな。あんたほど女装の似合う男は、ニューハーフ以外で見たことない」

初めて見たときは一言、「ないなー」で済ませた三井だったが、三日もすれば目も慣れてくる。

「褒めてるの、タカシちゃん」

ふざけて言った台詞《せりふ》は聞き流される。

そこへ、支配人の東丘が近づいてきた。

「美緒ママ。あちらのテーブルがお呼びです」

手で示され、佐和紀はカウンターを離れた。席へ近づく途中で、東丘が耳打ちしてくる。

「常連の中島《なかじま》さん。IT企業の部長です。お連れは部下で、テーブルについてるのは、ロングドレスが『れな』、髪を巻いているのが『ゆかり』です」

「ありがとう」

着物を直しながら答えると、

「完璧ですね。本当に、安心させてもらってます。……れなはうちのナンバーワンで、加奈子ママの」

「心得てます」

加奈子とれなが仲良さげに話しているのを昨日見た。薫子が採用したゆかりも、れなのヘルプをしている都合上、加奈子側に位置している。

テーブルまで送ってくれた東丘をさがらせ、佐和紀は静かに一礼した。

「お待たせしました。薫子ママの代理を仰せつかりました美緒です」

自分でもうんざりするほど芝居かかった言葉が出てくる。声は少し高めに出しているが、作り笑いはほどほどだ。

「おー、噂の美人ママ代理！」

部長と呼ばれるには若い。四十の半ばを過ぎたあたりだろうか。ＩＴ関係のような新興の会社であれば、役職につく年齢も低めだと石垣が言っていた。

「どうぞよろしくお願いします。ドリンクは足りてます？」

ソファ席はぎっしりすし詰めになっているから、テーブル越しのスツールに腰かける。

「いやー、本当にすごい噂だよ。知り合いからメールで絶対に見に行くべきだって来たからさー。すごいね。いままで、どこで働いてたの？」

そこそこ出来あがっている中島はへらっと笑った。

「さぁ、どこでしょう」

　答えながら、中島が飲み干したグラスを受け取る。

「いるもんだなー。絵になる美人！　なぁ！」

　同意を求められた部下たちは、イマドキの若者らしい軽さでうなずく。佐和紀は水割りを濃い目に作り、中島の前に置いた。

「ねぇ、何歳？」

　グラスを摑んだ中島が身を乗り出す。

「何歳だと嬉しいんですか」

と、佐和紀は切り返した。女の子たちには性別を明かしているが、客に対しては口にしない取り決めだ。だから、佐和紀も『女の年齢を聞くなんて』とは返さなかった。よく見れば男だとわかる。だからこそのグレーゾーンだ。

「俺より年上ってことはないなぁ。肌もきれいだし」

　佐和紀をまじまじと見つめる中島の隣で、ゆかりが水割りを勧める。一口飲んだ中島は、

「濃いなぁ。けっこう、商売っ気強いんだ？」

　責めるような口調で言った。

　客には二通りのタイプがいる。薄い水割りで長く楽しみたいタイプと、いつでも自分の好みの濃さが出てくると思っているタイプだ。

偉そうにふんぞり返る中島は後者だと判断したのだが、どんな水割りを用意しても難癖をつけられることもわかっていた。

薫子の代理を値踏みするために来店しているのだ。からかいを含んだ瞳で笑う中島の腕に、れながしなだれかかる。

「それはそうよ。中島さん。薫子ママの代理だもん。お店に貢献しなくちゃいけないの」

「そっか。大変なんだなぁ」

中島の目がぎらっと鋭くなる。店へ出た当日から、同じような視線を何度も向けられた。濃い化粧をしていても、佐和紀はどこか物静かに見えるのだろう。腰かけの代理ママを相手にマウントを取ってからかう男の下心はわかりやすい。

「通ってあげようか」

じっとりと見つめられ、

「お願いします」

とあっさり返す。下心のある男の目はいつも曇っている。中島も同じだ。

「毎日でもいいんだよ。でもさぁ、なぁ……」

「中島部長、いきなりすぎじゃないっすか」

部下がヘラヘラと笑った。中島の仲間内では、すでに代理ママ争奪戦が開催されているのだ。中島がテーブル越しに身を乗り出す。

「大人なんだから、美緒ママだってわかるよなぁ」

「あ！　でも、中島さんって……」

れながパチンと手を合わせた。愛らしい頬へと手を寄せ、

「男の人とデキるんですか？」

無邪気を装って、他言無用のルールを破る。

「え？」

「男？」

「マジで」

ソファに座る男たちは、ぎょっとした顔でのけぞり、ほぼ同時に身を乗り出す。中島もいっそう首を伸ばした。

視線に晒《さら》された佐和紀は居心地悪く息をつく。まじまじと見てくる男たちは、ひとり、またひとりとソファへ背を戻す。

「そう言われれば……」

「手がデカい？」

「いや、でも喉仏ないですよ」

「髭もないし……。オカマちゃん？」

口々に言い合い、テーブルが沸く。

「ニューハーフの接客なら、そういう店に行くしなぁ」

「女だと思って男とか、なぁ……」

「っていうか、リンデンって、こういうことするんだ」

顔を見合わせる男たちの反応に、同席しているホステスのゆかりがあたふたする。れなは悪びれもせず、ぺろりと舌を出した。

「いっけなぁい。秘密にしなきゃいけないいんだった」

わざとらしく言ったあとで、意地の悪い笑みをこっそりとくちびるの端に乗せた。

佐和紀は黙ったまま、ほんのわずかに目を細める。それをちらりと見たゆかりが、いきなりテーブル中に聞こえる声を出した。

「でも！　こんなにきれいだったら、問題ないじゃないですか！」

そのまま、矢継ぎ早に言う。

「美緒ママって、ドレスも似合うと思うんですよね。ニューハーフとかじゃなくて、美緒ママは美緒ママなんです。見てうっとりするんだから、それでいいじゃないですか」

「うーん」

中島が唸る。れなの反対側から、胸を押しつけるようにゆかりが寄り添った。

「中島さん、『絵になる美人』って言ったでしょう？　わたし、その通りだなって思ったんです。中島さん、うまいこと言うんだなぁって」

「えっ……いやぁ、まぁなぁ」

　中島の鼻の下が伸びる。その一方で、真顔になったのはれなだ。舌打ちをしそうなほど顔を歪めたのはほんの一瞬だった。男たちは気づいていないだろう。すぐさま表情を戻し、

「そうなのー。れなも、そう思ってたぁ。美緒ママ、明日はドレスとかどうですか？」

「でも、れなちゃん。すっごいスネ毛かも知れないじゃん」

「やべぇ、それやべぇ！　見たくない！」

　部下たちがわいわいと好き勝手に騒ぐ。

　ゆかりが変えた風向きは、また元へ戻ろうとしていた。

「じゃあ、明日はドレスにします」

　佐和紀は背筋を正し、うなじに手を添えて微笑んだ。男たちをぐるっと見渡し、

「話のネタに、明日もどうぞお越しください」

　微笑んで席を立つ。そのまま引っ込んでは負け犬のようだから、ふたつみっつとテーブルを回り、事務所へ入った。

　様子をうかがっていたのだろう東丘と石垣が、すぐにやってくる。事務所は佐和紀の控え室も兼ね、加奈子は別室を控え室にしていた。

「いつか誰かがやると思ってた」

　言い捨てた佐和紀は、石垣に向かって典子への連絡を頼んだ。

「明日はドレスを着る。ロングならイケるだろ」

「本気ですか」

「見たいだろ？」

胸で渦を巻く憤りの理由が自分でもわからない。

店に出て三日目。薫子ママ側の女の子たちは優しいが、そうでない女の子たちはやはりどこかよそよそしい。

ニューハーフでもないのに女装で乗り込んできた男に戸惑いもあるのだろう。様子見をしている子も少なくなかった。

「……似合うと思いますけど」

スマホを手にしたまま固まった石垣は、佐和紀にうながされて典子へ連絡を入れる。

「お腹立ちでしょう」

東丘に気遣われ、佐和紀はくちびるを引き結んだ。一息置いて答える。

「見世物になることは覚悟してますから。だいたい、女で通せる年齢じゃない」

「言われなければわかりませんよ」

「相手は酔っぱらいだから」

「しかし、れなのような態度は揉めごとのタネですね。京子さんに連絡を取ります。店が終わったら、加奈子さんを含めて話し合いましょう。あなたが客寄せのパンダだとしても、扱い方というものがあります」

東丘からまっすぐに言われ、ささくれ立っていた心が凪《な》ぐ。いままでうまく化けてきただけに、佐和紀は揶揄されるのに慣れていない。さっきもそうだ。れながあんなふうに明かさなければ、男たちを軒並みたぶらかしてもっとうまく煙にまけた。

「美緒さんは、いままで完全に女を演じてこられたんですね」

「ちやほやされてきただけだ。やっと、わかった」

「もう無理ですか」

「……無理だって言ったら、薫子ママは、代理にイロモノを使ったって噂になるんだろ？」

「そうですね。店にとっては、よくないです」

佐和紀が男であることは変わらないが、『ニューハーフ』と『女装の麗人』では、扱いに格段の差が出る。

「加奈子が狙ってるのは『そこ』ってこと？」

「引きずり落として退場させたいんです。この店にふさわしくないという理由で」

「俺、そういうの嫌いだな」

「事務所も店です。女らしくしてください」

苛立ちに任せて開いていた膝をそっと押され、佐和紀は足を組んだ。タバコを取り、火をつける。

「支配人。負けるのは嫌いなんです、わたし」

煙を吐き出し、わざと女言葉で顔を向けた。

「それに、負けるわけにはいかないでしょう」

じっと見つめ合っていると、典子と話していた石垣が言葉を挟んできた。

「店で今夜中にサイズ合わせしたいそうです。直しは明日の午後までに。いいですか」

「それでいい」

東丘を見たまま、石垣に答える。

くちびるの端をちょっと上げた東丘がうなずいた。

「そう言ってもらえてよかったです。美緒さん。この勝負、リンデンと薫子ママの行く末だけじゃなく、京子さんの立場とプライドもかかっています」

強い口調で言われ、佐和紀は目を細めた。

京子の過去を東丘は知っている。遠まわしに告げられ、由紀子のことを思い出す。この勝負に負けられない一番の理由だ。タバコを消してイスから立つ。鏡に向かい、髪と着物の乱れを確認した。

「『男だから』でも『女だから』でもなく、わたしだから頼ってくれたってことでしょう」

壁一面の鏡越しに、東丘と石垣の視線を受けた。真ん中に立つ佐和紀はまっすぐに自分を見る。

これは薫子の代理を務めるだけの仕事じゃない。京子の名代になって挑む代理戦争だ。元からそうだったと、いま一度、自分自身に語りかける。

だから、二本のリングをはずしもしたのだ。

「支配人。中島さんは加奈子ママと親しいの？」

「男女の関係ではないと思いますが、ボトルはもう何本も入れています」

「フロアへ戻って、お帰りになっていないか確認してください。送り出しはわたしも行きます」

「わかりました」

東丘が退室すると、石垣が近づいてくる。

「心配そうな顔はしなくていい」

表情をゆるめて笑いかけると、石垣はおもしろいほど動揺した。

「これで完全にスイッチが入ったから」

なにの、とは聞かれない。見ればわかるだろう。

どうせ男だからと、まず言い訳から入ること自体が間違いだった。昔はそんなことを前提にはしなかったのだ。店に出るときは、自分の性別を『ホステス』だと思っていた。

戻ってきた東丘がドアから顔を出す。ちょうど中島が帰るところだと、声をかけてくる。

「由紀子を引きずり出すから、見ておいで」

石垣に向かって微笑み、佐和紀は訪問着の袖をひるがえした。


「あぁ、待って。待ってください、中島さん」

ビルの前でタクシーに乗ろうとしている中島を引き止める。

そばに立っていたドレス姿の加奈子が、迷惑そうに眉をひそめた。肩に手を乗せ、甘い言葉をささやく『営業』の真っ最中だったのだろう。

「ごめんなさいね、加奈子さん」

「いいえ。美緒ママもお見送りだなんて、特別ね」

「そうね」

短く答えた佐和紀に対し、加奈子は場所を譲らない。それでもよかった。

酒が過ぎた中島はヘラヘラと笑い、加奈子の肩を抱きながら佐和紀の腰にも手を回す。

視界の端で、東丘に並んで立つ石垣がぐらっと揺れる。佐和紀を守ろうとする忠実な世話係の癖だ。

なんとか自制したのを確認して、佐和紀は尻を触ろうとおりてくる中島の手を取った。

そっと指を絡める。

「明日。お約束ですよ」

顔を覗き込んだが、酔っぱらいの目は焦点が合っていない。

指を絡めたままの手で、中島のあごを支えた。女にしては背の高い佐和紀と中島の身長差はほとんどない。顔を上げさせ、ぐいっと身体を寄せる。

「中島さん。明日はあなたのお好みの薄い水割りで、ゆっくり酔わせてあげますから」

「……うん」

加奈子の肩からするりと落ちた手が、佐和紀の肩に摑まる。

「加奈子さん、場所をあけて。乗っていただくから」

柔らかい声でさがらせ、中島をタクシーの後部座席に乗せた。絡んだ指を離そうとすると、強く摑まれる。

「ほんとに、男か」

「触るとがっかりしますよ。でも男心はよくわかりますから。お疲れでしょう。今日はゆっくり休んで。ね、また明日」

肩をそっと押すと、手は素直にはずれた。佐和紀は、もう一度だけその手を強く摑んでやる。疲れた男はハッとしたように息を呑《の》み、ゆるやかに表情をなくす。

「うん、明日な」

素の声で答えるのを聞いて、佐和紀はゆっくり走ってくれるように運転手へ声をかけた。

自動ドアが閉まる。

タクシーを見送ったあとで、加奈子が声をかけてきた。

「美緒ママ。中島さんは私を指名してくれる常連なのよ」

「そう。それはごめんなさい。明日も、加奈子さんをご指名くださるでしょう。わたしはご指名いただく身ではないから。……触らせておけば気が済むなんて、自分が磨《す》り減るだけじゃない？」

そっと見つめた佐和紀のまなざしに、頬を引きつらせた加奈子の口元がわなわなと震える。

「べたべた触られるのが好きならいいけど。……わたしが男だからって、同じ土俵に乗らないと思われるのは心外だわ。……あなたごと女の子をやめさせても、残りでどうにかしてみせるから。……わたしがいれば、できるのよ」

帯をしごき、加奈子の反応を見守る。

佐和紀の口調は京子の真似《まね》だ。かつては、こおろぎ組の姐さんだった聡子《さとこ》の影響が強かったのだが、いまは京子の立ち居振る舞いが脳裏にちらつく。

「あなたの後ろに、糸を引く人がいるでしょう。店が終わったら、いらしていただいて。話をするわ」

「……そんなこと」

「だって、あなたじゃ話にならないもの」

遅かれ早かれ、由紀子は現れる。京子もそう言っていた。

でも、それをただ待つ気はない。どうせ出てくるのなら、呼びつけるだけだ。

「それとも、今夜中に店をやめる？」

「支配人！　こんな勝手なこと言わせていいの？　美緒さんは代理ママでしょう。私が抜けたら……」

そばに控えていた東丘が、慌てた様子で白手袋の両手を広げた。

「話し合いましょう。店が終わってから。でも、薫子ママからは、すべて美緒さんにお任せするようにと言われてます。もちろん、相談した上で決定しますが……」

言葉を濁した東丘は困り顔になったが、口にした答えは佐和紀の出任せに乗った形だ。

そして、完璧な演技だった。ここで加奈子の退店もありえると示唆した東丘は、やはり胆力がある。もしも否定されたら、佐和紀の方が劣勢になるし、勢い込んで賛成されてもあとの始末に困る。

実際のところ、加奈子が抜ければ売上的に苦しい。そこにつけ込まれ、『第二第三の加奈子』でかき回されたら、どうにもならない窮地だ。いたちごっこは、いつだって仕掛けられる方が疲労する。

くちびるを引き結んだ加奈子の肩に、佐和紀はそっと手を置いた。チーママとしてのスキルはあるが、加奈子はここ一番の勝負に慣れていない。

悔しそうな表情になると、きれいに描かれた眉尻が下がる。女のせつなげな困り顔は、ベッドの中を想像させてセクシーだった。

佐和紀は無言のまま、女の細いあごを撫でて離れる。由紀子が現れるかどうかは賭《か》けだ。でも、京子と佐和紀が噛んでいることを知っているのなら、現れるはずだと思った。

由紀子の性格が佐和紀の想像通りなら、加奈子が退店させられることでさえ『負け』と思う相手だからだ。そして、京都での一件を忘れていないなら、もう二度と佐和紀には負けたくないと思っている。

由紀子が現れないはずがなかった。


時間が過ぎ、閉店後の掃除に取りかかろうかという頃。事務所のドアを叩いて三井が顔を覗かせた。

部屋の中は、京子を待つ佐和紀だけだ。タバコを灰皿に休ませると、

「加奈子さん、見なかった？」

焦った早口で言われる。

「さぁ、ここには来てないけど」

「じゃあ、あんたでいい」

「あんた？」

眉をひそめて気色ばむと、三井はその場で足を踏み鳴らす。ふざけ合う暇はないと言いたげに睨まれた。

「美緒ママ！　女の子がケンカして手がつけられない！」

そう叫ぶ。佐和紀はくちびるの端を曲げて笑った。

「割って入れよ」

「ヤだよ。こわいし」

「……他のボーイは？　支配人探して」

「支配人もどこにいるのか……」

三井を追ってフロアへ出ると、ステージ前のがらんとしたダンスフロアに、女の子が数人集まっていた。仲裁をしようとしているボーイたちは、周りをうろちょろするばかりでまるで役に立っていない。

「だから、どういうつもりだって聞いてるのよ！」

叫んだのは、れなだ。四人ほどの女の子を引き連れている。責められているのは、ひとりで向かい合うゆかりだった。

「黙って言うこと聞いてればいいって言ったでしょ！　言われたこともできないの？」

れなの振りあげた手のひらがゆかりの頬を張りつけ、ボーイのひとりが慌てて間へ入る。だが、れなに突き飛ばされて、あっけなく退場させられた。

「邪魔しないでよ！　ゆかりは、こういうのが好きなんだから」

ゆかりをもう一発平手打ちにしたれなの後ろで、女の子たちが笑いさざめく。

嘲笑《ちょうしょう》そのものの卑屈さに、佐和紀は眉をひそめた。

「ケンカじゃねぇだろ」

小さくつぶやいて、着物の衿を指でしごく。これはイジメだ。

理由は聞かなくてもわかる。

中島のテーブルを囲んだ一件。佐和紀に助け舟を出したゆかりは、仲間内での約束を破ったのだ。あの場面は、佐和紀に恥をかかせて終わるはずだった。

「なにをしてるの」

佐和紀は音高く手を打った。振り向いたれなが目を据わらせる。

「男は黙っててよ。なにがママ代理なの？　冗談じゃないわ。この店のママにふさわしいのは加奈子さんよ！」

そうだそうだと、取り巻きたちが一斉に騒ぎ立てる。まるで雀《すずめ》の合唱だ。

耳をふさぎたい気持ちになった佐和紀は、素直にそうした。うるさいとは口にせず、両手を耳に押し当て収まるのを待つ。

「男のくせに、きれいでごめんなさいね。それは謝るわ」

胸をそらして、女の子たちを眺め回した。

京子仕込みの啖呵《たんか》はスパッと切れ味よく、相手の感情を逆撫でにする。

「そんなこと言ってないわよッ！」

れながキィッとヒステリックに叫んだ。ハイヒールがフロアの床を蹴る。

「ゆかり！　あんたなんか、加奈子さんの優しさがなかったら、ここで働けないのよ！　それも知らないで！」

言われ放題のゆかりはうつむいたままだ。顔立ちは地味で、性格もおとなしい。だが、上品な振る舞いに落ち着きがあり、客受けは悪くないと東丘から聞いている。

「それは違うと思うけど」

佐和紀は、れなへ向かって口を開いた。

「ゆかりがここにいるのは、薫子ママが雇ってるからでしょう。売上も悪くないみたいだし、そこまで言われる理由がわからないわ」

「わからないなら、黙っててよ！」

「そうもいかない。ママの代理を任されてるんだから」

「だから、やめちゃえって言ってんの！　あんたもゆかりもよ！　目障り！」

「……それって、誰にとって？」

大股《おおまた》で、ずいっと近づく。佐和紀の勢いに気圧《けお》されて、れなはふらりとあとずさった。

「れな！　なにをしてるの！」

フロアに響いたのは加奈子の声だ。リズムを刻むようなハイヒールの音が近づく。

「加奈子さん！」

れなと佐和紀の間に入った加奈子の手にはクラッチバッグが握られていた。その中には携帯電話が入っているはずだ。

佐和紀が呼び出せと言った『誰か』と、連絡を取ったのだろう。

「れなちゃんは、わたしが嫌いみたいね」

加奈子へ視線を向けた佐和紀に対し、れなが叫ぶ。

「みんな、そうよ！」

またぞろ、つられた雀たちが騒ぎ出す。

「そんなことない！」

大声を張りあげたのは、薫子派の女の子たちだ。前へ出てきて、佐和紀の両隣にずらりと並ぶ。

「薫子ママの選んだ人だもん」

「そうよ！」

売上二位のあかりと六位のせりなが、一歩踏み出した。

「だいたい、美緒ママの性別のことは口にしないって決まりだったのに。知ってるのよ。それながら、わざとバラしたこと！」

「わたしが言わなくたって、みんなわかってるわよ。いっつも二位のあんたは、自分のことだけ考えてたら？」

「自分のことしか考えてないあんたに言われると、説得力あるわ！　その一位だって、どうやって稼いだんだか」

「悔しかったら、ナンバーワンになりなよ」

れながふふんとあごをそらす。いまにも飛びかかりそうなあかりを腕で制止して、佐和紀は店の出入り口の方へ視線を向けた。

「ずいぶんと、にぎやかね」

支配人とともに現れたのは京子だ。辻《つじ》が花《はな》の訪問着をきりりと着こなし、セットした髪にも隙《すき》はない。

「キャットファイトもいいけど、店のために頑張った方が、薫子ママは喜ぶわよ」

小さなバッグを片手に近づいてくると、加奈子の前に立った。

「約束が違うわね、加奈子さん。この子をママ代理として受け入れると言ったじゃない」

「それはもちろんです。でも、この子たちの気持ちもあるでしょう。私がどう言っても」

「そうやって内側から崩していくのが、あなたに与えられた仕事かしら。この店があの女のものになれば、そのままママに昇格できるものね」

京子に見つめられ、加奈子は弱々しい笑みを見せる。

「京子さん、言っている意味が」

「わからないの？　美緒さんから、あなたを辞めさせた方がいいんじゃないかって、相談が来たのよ」

京子の言葉に、加奈子側の女の子たちが騒いだ。眉尻を下げた加奈子は、困りきった被害者の顔で女の子たちをなだめ、京子へと向き直る。

「れなちゃんのしたことは失礼だったと思うわ。でも、いきなりホステスの半分を辞めさせるなんて、あんまりにも横暴じゃないですか」

「そうね。女の子を揃えるのが楽じゃないことぐらい、私も知ってるわ」

「じゃあ、京子さん。私と美緒さんのどちらが正しいかわかるでしょう」

「……それって、美緒を辞めさせて、あなたをママ代理にするってこと？」

「えぇ、そうです」

加奈子が胸元を押さえた。遠慮がちなのは表情だけだ。

「私の方がリンデンのことはよく知っているし、価値も理解しています。女の子たちだってまとめられる。失礼ですけど、男の人に助けてもらわなくても……」

「薫子さんだって、そうできたらどんなによかったかと思ってるわ」

「それなら私に任せてもらえるように、口添えしてください」

「……できるわけがないけど」

背筋を伸ばした京子の言葉に、加奈子が怯《ひる》んだ。まっすぐに見つめられて、前に出した足が引けていく。

「そこで引くのがいけないのよ」

軽やかな笑い声がフロアの中に飛び込んだ。ハッと息を呑んだ加奈子が機敏に反応した。京子を押しのけるようにして店へ入ってきた女へと駆け寄る。

「ご足労いただいて、申し訳ありません」

「いいのよ。かわいい加奈子のためですもの」

まったくの部外者である女は、臆《おく》することもなく柔らかな口調で答えた。

身体にぴったりと添ったドレススーツに、華奢《きゃしゃ》なハイヒール。丁寧に巻いた長い髪が、若い女にはない妖艶さを醸している。ホステスたちはもちろん、加奈子もかなわない圧倒的な存在感だ。

四十代も半ばになったはずだが、由紀子の美貌《びぼう》は相変わらずの瑞々《みずみず》しさだった。京都で会ったときよりも、さらに凄《すご》みが増している。

「お久しぶりね、京子さん」

穏やかな笑みを浮かべているが、由紀子の目は笑っていない。

「こんなことに首を突っ込んで。また痛い目を見るわよ」

「ご忠告ありがとう」

会釈を返した京子も負けじと背を伸ばす。女盛りの美人が向かい合う迫力は凄《すさ》まじく、きらびやかに着飾った若いホステスたちが束になっても太刀打《たちう》ちできない。

「それじゃあ、消えてくれる？」

こともなげに由紀子が微笑む。京子の答えを待たずに、加奈子の肩を叩き、

「私を呼び出したママ代理ってどこにいるの？　話をするわ」

マイペースにホールを見渡す。

「わたしです」

佐和紀は平然と答えた。

全身を眺めた由紀子の視線が顔で止まる。目が、ついっと細くなる。正体に気がついたのだ。

「誰かと思ったら……。相変わらず見事ね」

「『美緒』です」

本名で呼びかけられる間に源氏名を名乗る。

由紀子はおかしそうに笑い、肩の力を抜いた。佐和紀自身がヤクザであることも、ヤクザ幹部の嫁であることも口にはしなかった。ケンカのルールを知っている。

「そう。じゃあ、美緒さん。この人の口車に乗せられて、妙なことに首を突っ込まない方がいいわ。おうちに帰りなさいよ。心配なさる方がいるでしょう」

笑った目が、佐和紀の左手を見る。そこに指輪がないことに気づき、肩をすくめた。

「まったく……。京子さん。なにも、こんなに必死になることはないわよ。この店を盗ろうなんて考えてないのよ。それなりの金額は提示してるじゃないの。それで手を打つように言うのが、あなたにできる『優しさ』じゃない？　なんでもかんでもケンカに持ち込むのは、よくない癖ね」

「……タダ同然の値でしょう。リンデンが培ってきたステータスは決して安くない」

「そうかしら？　それはそうと、加奈子を退店させると言い出したそうね、美緒さん」

「薫子ママにも相談しますが、反対はされないと思います」

「ひとまず店は守れるものね。でも、どうかしら。傾いた評判を元へ戻すのも大変よ」

「ですから、由紀子さん」

佐和紀の肩を押さえ、京子が着物の肩をそびやかす。

「ここは店の中で決着をつけましょう。加奈子さんと美緒の両方をママ代理にして、売上で勝負するんです。薫子さんには事前に承諾をもらってますから」

「……勝算があることに驚くわね」

由紀子が声をあげて笑う。そばに控えた加奈子もホッとしたように微笑む。

「その申し出、受けます」

加奈子が答え、由紀子は、京子と佐和紀を順番に見た。

「ひとつだけ条件があるわ。お互いが、身銭を切らないことよ。あなたの身内もね」

睨みつけられた佐和紀は、まばたきを繰り返す。それがどういうことか、ピンと来なかったからだ。隣に立つ京子が代わりに答えた。

「いいわ。私とあなたは関《かか》わらない。身内にも援助は求めない。店に来るときは、相手側の席に通してもらいます」

「京子さん……」

佐和紀の呼びかけに、

「周平のことよ」

京子がこっそりと耳打ちしてくる。

「あの男が出てきたら勝負にもならない。店は買収できるし、ホステスの総取り替えも可能なの」

「そういうことよ」

由紀子もうなずく。

「近頃はすっかり退屈していたの。どうせならいい勝負をして欲しいわ。もしも、美緒さんが勝ったなら、私はすっぱりここをあきらめる。ケチのついた店に興味はないしね。で

も、こちらが勝ったときは、言い値で店を買うわよ」

それは無料《タダ》同然に奪われるということだ。しかし、加奈子の黒幕である由紀子を引っ張り出し、正々堂々と勝負を挑めば、薫子が車に轢かれたような姑息《こそく》な手を使われることはなくなる。

表情ひとつ変えずに承諾した京子が、成り行きを見守る東丘に声をかけた。

「支配人。そうなりましたから」

「わかりました。では、勝負はクリスマスイブの夜を最終日とします。加奈子さんと美緒さんの両方をママ代理として、ホステスは本人の希望で所属を決めます。等分にはしませんので、あしからず」

東丘の声が響き、フロアに緊張が走る。

由紀子の行動は退屈しのぎの気まぐれだと、京子は佐和紀に話していた。いまよりも刺激的なことがあれば、それで満足するのだと。

だからこれが、京子と薫子、そして東丘の三人が考えた作戦だ。加奈子の敵が佐和紀でなければ、由紀子は乗ってこない。それも計算ずくだった。

3

リンデンのホステスたちの希望を確認した結果、半分以上が加奈子側についた。薫子側だと思われていた女の子も加奈子へ流れたことは、佐和紀の求心力の問題だ。入店して三日目ではどうにもならない。

「おはよーございます！」

出勤してきたあかりとせりながが、フロアの一席に座る佐和紀に気づく。

「美緒ママ……」

「ドレスじゃないですか」

ふたりして、わぉと叫び、両手で口を覆った。

「似合いすぎですよー」

「こわい、こわい」

きゃっきゃっとはしゃぐ声を聞き、佐和紀は肩に流した髪を指に絡めた。典子が丁寧に巻いてくれたヘアスタイルだ。足首まであるエンジ色のロングドレスは、胸元にフリルがついている。肩を覆う部分は総レースで、素肌が透けていた。

「いいなぁ、美緒ママみたいに色っぽく生まれたかった」

くちびるを尖らせるせりなは、かわいいピンクのミニドレスだ。対するあかりは大人っぽく、青いロングドレスの胸元が大きく開いている。

「あかりちゃんもおっぱい大きいし」

「せりなは足がきれいなんだから」

「すぐ触られるから、やだぁ」

にぎやかなふたりは、フロアを見渡した。

「美緒ママ、今日はタモツくん来てないんですか?」

せりなに聞かれる。

「週明けには来るよ」

「明日も、お休みなんですかぁ」

明後日《あさって》は日曜だから、リンデンの定休日だ。

「タカシなら、今日も来てるけど」

「だって、さー」

佐和紀の言葉を聞き、せりなが肘で、あかりをつついた。

「タカシもタモツも年内の腰かけだけど、恋愛は禁止だよ」

軽い口調で警告すると、あかりは両手を振り回した。

「違う違う。違います。もー、せりなのせいで怒られたでしょー」

「だって、あかりちゃんが好みだって言うから」

「優しいねって言っただけ！」

「まぁ、どっちもお勧めはしない……」

優しくてもヤクザだ。しかも、恐ろしいアニキの下でキリキリ働いている。どこから見たって不良な、ワケアリ物件でしかない。

「えー。そうなんですかぁ」

「ざんねーん」

と言いながらも、三井を見つけたふたりは楽しげに顔を見合わせた。早出の女の子がぞくぞくと出勤してくる。裏口から入ってフロアへ声をかけ、控え室へ行くのだ。あかりとせりなも波に飲まれるように控え室へ消えていく。

加奈子側についていても、律儀に挨拶をしに来てくれる子もいれば、まるで無視してくる子もいる。対応はさまざまだ。いきなり降って湧《わ》いた対決に戸惑う子も少なくない。

佐和紀は席を立ち、カウンターへ向かった。店の出入り口には数段のステップがある。そこに立っていたゆかりと目が合った。

物憂げな表情が青ざめて見えるのは、加奈子側を飛び出す形で美緒についたからだろう。暴言を吐き、平手打ちまでしたれなに対して、ゆかりは最後まで言い返さなかった。普通なら摑み合いになる場面だ。

元から気の強い方ではないらしい。薫子ママが面接して入店したあと、加奈子やれなに目をかけられて成績を上げた。その実態は、れなや取り巻きたちのストレス解消要員だ。

彼女たちから嫌な客を押しつけられたり、嫌味を言われたりしても、辞める素振りは見せたことがないと東丘は眉をひそめていた。

理由を聞いても、微笑んでごまかすのだ。そのゆかりはすでに身繕いを済ませ、上品な紫色のドレスを着ていた。心ここにあらずの表情でふらりとステップを下りる。かと思うと、佐和紀が見ている前で足を踏み外した。あっという間の出来事だ。

体勢を崩した本人が一番驚いていて、めくれあがったドレスにも気づかない。太ももまでがあらわになり、あやうく下着が見えそうになっている。

低いヒールを鳴らして駆け寄った佐和紀は、まずドレスの裾を直す。その瞬間、若い肌に赤黒いアザが見えた。生まれつきのものじゃない。手のひらぐらいはありそうなそれは、周りが黄色く変色していた。ぶつけたで済ませられない打撲痕だ。

「ごめんなさい。足が滑っちゃいました。……おはようございます、美緒ママ」

裾を押さえ、ゆかりがはにかむ。

その頼りなさは確実に男の庇護《ひご》欲をくすぐる。潤んだ目が不安げに見えるのは、下がり眉のせいだ。

「おはよう。気をつけて。……足はひねってない？」

笑いかけながら、立ちあがるのに手を貸した。みっともないところを見られたゆかりは、質問をする余裕も見せず、逃げるように控え室へ戻ってしまう。

そして、アザについて聞き出すタイミングは、その日一日訪れなかった。

「だからな、絶対に殴られた痕《あと》だ。太ももだったし、蹴られたのかもな」

二十四時間営業のラーメン屋の奥にあるテーブル席で、化粧をしたままの佐和紀はずるずると麺《めん》をすすった。

加奈子を歯ぎしりさせるほど中島がメロメロになったドレス姿の上に羽織っているのは、背中に昇り鯉《ごい》の刺繍《ししゅう》が入った濃いピンクとくすんだ白のスカジャンだ。

大滝組屋敷の離れからスカジャンを持ってきた岡村も、今日は一緒にテーブルを囲んでいる。だが、いまだに佐和紀を真正面から見ていない。女装した佐和紀を見るのが初めてなら、髪の長い姿も初めてだ。まるで興味のないような態度で視線をそらし続けている。

その反応に対して笑いを噛み殺す石垣が、

「れなたちがやったってことですか」

岡村に睨まれながら言った。

長い髪を片手で摑んでいた佐和紀は、ふたりのやりとりなど気にもとめない。

「髪がっ、じゃま……っ」

小さく叫ぶ。

「わかった、わかった。まとめてやるから」

三井が苦笑いを浮かべて立ちあがる。

「ピンで留まってんだよ」

「わかってるから。これはな、こーしてな」

そう言いながら佐和紀の髪をねじり、ポケットから出したクリップで挟んだ。

「ほら、落ちないだろ。クリップ。典子から預かってたんだよ。『佐和紀さん、いきなり髪を切ったりしそうだから』だって」

「しねぇよ」

髪を押さえる必要がなくなった佐和紀は、うなじを満足げにさすった。

「思われてんだよ、あんたは。ゆかりちゃんの話はさ、ヒモがいるって噂だから、その相手じゃない？」

そう言った三井が、スーツ姿の岡村へ視線を送る。

「シンさん？　麵が伸びそうだけど……」

「え、あぁ……。あぁ」

返事が返事になっていない。目の前に置いたラーメン鉢に佐和紀の箸《はし》が伸びた。半熟味玉を奪っていく。チャーシューの半分は三井が取り、もう半分は石垣が取る。

「どうしたの、これ」

佐和紀が半熟味玉にかぶりつく。『これ』呼ばわりされた岡村は、まるでチンピラにいたぶられるサラリーマンのようだ。借金の取り立てが始まってもおかしくない。

「おまえのせいだろ」

三井がきひひと笑う。

「似合ってるよー。ドレスにスカジャン」

「うっせぇ」

三井を蹴ろうとした足は、勢い余って正面の岡村にぶち当たる。

「あ、ごめん」

肩をすくめた佐和紀と、パンプスのつま先で蹴り飛ばされた痛みをこらえる岡村の視線がバチリとぶつかった。

「……きれいです」

痛みに顔をしかめた岡村が眩《まぶ》しそうに目を細める。佐和紀は無意識に身を引いた。

「あ、そ……」

「シンさん。見すぎ！　それから、真剣すぎ！」

石垣が声を荒らげる。でも岡村は目をそらさなかった。直視できたからには穴が開くまで見つめそうな勢いに、三井が苦笑いを浮かべる。そして、岡村にではなく、石垣に向かって口を開いた。

「タモッちゃんもカリカリすんなよ。隣に座っててんだから幸せだろ」

「そういう問題じゃないし！」

三井の言葉にも、石垣は過剰反応した。

自分を巡る争いになど興味のない佐和紀は、ただひたすら麺をすすり、勢いに任せて腹を満たす。なにげなく向けた視界の先に、微笑む岡村がいた。

「……おまえ、女を見る目するなよ」

睨みつけると、おもしろいほど岡村の目が泳いだ。そのつもりはなかったのだろう。佐和紀だって本気で思ったわけじゃない。

ただ、いつも以上に温かく見つめられ、そんな優しい目で佐和紀を見る、もうひとりの男が恋しくなったのだ。

と同時に、ますますドツボにはまる岡村を不憫《ふびん》に思う。

佐和紀が愛して欲しいのは周平だけだ。それなのに、岡村はひとり勝手に佐和紀を好きでいる。見返りはいらないと言いつつも、あれこれとしてくれる裏側には確実に下心があって、そういうところがかわいいようで恐ろしい。

石垣から向けられる好意とはちょっと違うのだ。岡村の方は、どこか湿っている。

「シンさーん。エロい目で見ちゃダメだよー」

三井にからかわれ、岡村は自分の顔を両手で覆った。

「見てない、つもりなんだけど……」

「見てるよ」

石垣がぴしゃりと言う。三井はげらげら笑った。

「姐さんが悪い。女装とか、そういうレベルじゃないし。胸もありそうに思えてくるし……。アニキが見た日には、大変なことになるね」

「……来ないじゃん」

くちびるを尖らせた佐和紀に対し、世話係は三人三様の苦々しい表情になる。岡村が口を開いた。

「いまは忙しいときですから」

「知ってる」

「なんだ、来て欲しいの？　俺、メールしといてやろうか」

三井が言う。

「でも、アニキが来たら加奈子ママの方に座るんですよね。そういう取り決めなんです」

岡村に説明した石垣が、ふたたび佐和紀へ向かって言った。

「でも、京子さんからあれを言い出したってことは、暇を見つけて様子を見に来る、ってことですよ」

「そうなの？」

「見に来ないわけがないじゃん！　大喜びだよ」

三井の言葉に、佐和紀は眉根を引き絞る。

「……喜ぶのか？　あきれそうなんだけど」

「見た瞬間に、フル勃起《ぼっき》確実」

「メシ食ってんだよッ」

石垣がこめかみを引きつらせる。三井は鼻で笑った。

「うっせぇよ。メシ食いながらでも女抱けるくせに、いまさらなんだよ。佐和紀の前だとすぐそうやって純情ぶって、ケンカ売ってんのか。買うぞ、ごらぁ！」

「はぁ？　おまえ、イヤになるねー」

「……おまえら、ふたりともぶん殴るぞ」

きれいな化粧が施されたままの顔で、佐和紀は声をひそめる。ドレスの裾をものともせず片足あぐらを組んで『お行儀』が悪い。

「勃起されても困るだろ……。どーすればいいんだよ」

「……お持ち帰り？」

三井が首を傾げる。

「冗談じゃない。こっちだって遊びで媚売《こび》ってんじゃないんだから」

そこを見物されるなんて、さらに居心地が悪い。

「来なくていいよ……」

ぼそりとつぶやき、たっぷりとため息をつく。そのあとで、にやりと笑って岡村を見た。

「おまえもいま、勃起してんの？」

びくっと肩を揺らしたのは本人だけじゃない。

「聞く？　それ、聞く？」

石垣が怯《おび》え、

「ひでぇ」

と三井までもが同情をあらわにする。

「そこまで即物的ではありませんから」

はっきりと答えた岡村の言葉には、『アニキと違って』と言いたげな雰囲気がある。この頃は特に、周平へのライバル心を隠さなくなった。アニキ離れのいい兆候だが、ぞっこんに惚れられるのは考えものだ。

そう思いながら、佐和紀は能天気に笑う。

「悪かったなぁ。俺の旦那は、即ガチで。そーいうの、好きなの。ごめんね」

最後は柔らかな女声で小首を傾げた。岡村の頰がひくっと引きつった。

「……佐和紀、てめぇ。シンさん、勃起しちゃっただろ！」

三井がピントのずれたことを叫び、すかさず飛んできた岡村の手に、思いきり頰を張られた。

＊＊＊

翌週から十一月に入り、リンデンのボーイに真柴が加わった。毎日来られない石垣が、佐和紀を心配して送り込んできたのだ。斡旋を受けた真柴は毎日暇だったと喜び、マンションの一部屋で寝泊まりを始めた。佐和紀や三井と共同生活をしながら働いている。

二十代が多いボーイたちに紛れ、三十歳手前の振りをしているが、裏ではすぐに『保険の外商で、団地妻と不倫して失業した』という噂が立った。

佐和紀と三井は爆笑したが、噂はそのままに、物腰の柔らかさと年上の寛容さを兼ね備えた真柴は、持ち前の陽気さも手伝い、女の子たちからの人気を集めた。

そんな男の働きを眺めながらバーカウンターに控えていると、ミニドレスのせりながにこにこ笑いながら近づいてきた。

「美緒ママ。ゆかりちゃんのカレシ来てる」

かりは単なる金づる兼オモチャだ。肉体関係の中身も、ろくなものじゃない。

「私も噂を聞いただけなんですけど……。週に一回は来てるみたい」

せりなは、もの言いたげに視線をさまよわせたが、口を開く前に指名が入ったとボーイに呼ばれる。フロアまで付き添って戻り、佐和紀は定位置になりつつあるバーカウンターへ近づいた。

店は今日も盛況だ。加奈子と美緒のどちらの陣営も満席に近い。

「ゆかりの男を見てきた」

カウンターの中でグラスを拭《ふ》いていた三井がちらりと視線を向けてくる。

「それはあとで聞く。……アニキ、来てっから」

目で振り向くなとうながされ、佐和紀は目をしばたたかせた。

「加奈子ママの方を指名したって、真柴さんが」

と三井が言ったところで、

「美緒ママ、すみません」

ちょうど都合よく真柴がやってくる。

「加奈子ママの方へ新規のお客さんなんですが」

目がすでに、周平が来ていると物語っていた。佐和紀はなにごともないようにうなずく。

キャバレー・リンデンでの代理ママ対決は、銀座で遊ぶ紳士たちの噂の的だ。

いままで訪れたことのなかった客も、知り合いから聞いたとやってくる。出入り口でどちらのママの席に座るかを選ぶ方式が、まるで、ひとつのキャバレーにふたつのラウンジがあるようだと言われている。

「どちら?」

声を作って尋ねた佐和紀に、真柴が場所を告げる。奥まったソファ席に座っているのは、確かに周平だった。三つ揃えのスーツに黒い縁の眼鏡。長い足を持て余したように組んでいるのがいかにも様になっている。

一目見ただけで胸が疼くほどの男振りは、しばらく会っていないだけに新鮮で、佐和紀は内心ドギマギした。

実は昨日の夜、我慢できずに自分を慰めたのだ。三井たちにはバレないようにシャワーを流しっぱなしにして、あの声や指を想像した。

自分の身体を手のひらで撫で、溜《た》まりに溜まっていた性器をしごき、募る恋慕に思い余り、つい指先まで入れてしまった。それでもひとり遊びにすぎない。呼んでも返らない声は思い出すだけでもせつなくて、悪い遊びを教えた周平を少しだけ恨んだ。

「美緒ママにもご挨拶したいとのことなんですが……、あの……」

心配そうな真柴の声に、佐和紀はハッとした。顔を三井へと向け、

「口紅、平気?」

呼吸を整えるためだけに聞く。佐和紀の顔を覗き込んでも欲情しない男は貴重だ。

そのひとりである三井は、ふっと目を細めた。佐和紀の瞳の潤みに、察するところがあったのだろう。

「口紅は大丈夫ですけどね」

と、含みを持たせる。

「行くの、やめようか」

「そうはいきませんよ」

カラリと笑った。

「いまの美緒ママなら、どんな男でもイチコロで落とせますから。どうぞ行ってらっしゃいませ」

髪をしっぽのようにひとまとめに結んだ三井が、深々と頭を下げる。一瞬だけ向けられたからかいの目に気づき、殴ってやりたくなりながら佐和紀はバーカウンターを離れた。

こんな日に限って、着物ではなくドレスだ。腰まわりにドレープのあるマーメイドラインで、膝上にスリットが入っている。

歩くたびに裾がひらひらと乱れた。すっきりとしなやかな佐和紀の足は布地をかき分けるように、まっすぐに伸びている。

女ならよほどのアスリートでないと実現しないスマートな脚だ。男たちの視線がいやおうなく、ちらちら見える肌色に吸い寄せられる。

目的のソファ席では、加奈子とホステスが周平を挟んでいた。周平がタバコを手に取ると、加奈子がすかさず火を差し出す。その瞳はやけにうっとりと周平を見ている。

男たちが佐和紀の脚に目を奪われるように、加奈子は周平の凜々しさに釘付けだ。ライターをテーブルに戻すと、他の客にはしない仕草で寄りかかる。周平も周平で、それを押しのけようとはしなかった。

「お楽しみのところ、失礼します。美緒ママをお連れしました」

関西ヤクザが、関東ヤクザに水商売のママを紹介している図はなんとも滑稽《こっけい》だ。しかも、紹介されている佐和紀は女装している上に、本当は関東ヤクザの男嫁だ。

複雑すぎて、どうでもよくなる。

「本日はお越しいただきまして、ありがとうございます。美緒です」

佐和紀はあごを引いた。見あげてくる周平の目はシビアだ。

一瞬、ふたりの結婚生活が嘘だったような気分になる。初めて会ったときのことを思い出すほどの他人行儀な視線に、佐和紀は微笑みを返した。出会ったときに交わした挨拶が、一瞬だけ甦りかけて遠のく。記憶は儚《はかな》い。

「美緒ママもお座りになって」

加奈子の声に、思い出はかき消された。勧められるままに、テーブル越しのスツールへ腰かける。

　ドレスの裾が流れ、佐和紀の脚があらわになった。

「どちらも噂通りきれいだ」

　周平の手が、加奈子の肩へ回る。

「私なんて、美緒ママに比べたら……」

　謙遜《けんそん》しながら周平の視線を受け止め、スーツの胸元へと手を添えた加奈子は、勝ち誇った目で佐和紀を見た。

　こんなに男振りが良くて金回りのいい男を掴まえたのだと、自慢したくてたまらないのだろう。ほくそ笑むような表情を取り繕っても、下品な下心は丸見えになっている。

「あなたも、ドリンクをいかがですか」

　周平から儀礼的に尋ねられる。そばにいた真柴が膝をついた。

「お言葉に甘えて……。ミモザをひとつ」

　頼んでから、周平へ微笑みを向ける。洋酒に弱い佐和紀には鬼門のカクテルだ。一杯では酔わないが、杯を重ねれば酒乱の域に突入する。

　他人行儀な男の瞳がわずかに鋭くなり、佐和紀は視線をそらした。他人の振りをしただけではどうにもならないほど、身体の奥は周平を覚えている。昨日の自慰の名残がくすぶり、佐和紀は居心地悪くくちびるを震わせた。

うつむくと、加奈子に笑われる。

「あら、珍しい。美緒ママが恥ずかしがるなんて。……岩下さんは人材派遣の会社を経営されているんですって」

加奈子の声には、佐和紀に対するトゲがある。男はお呼びじゃないと言いたいのだろう。自分の陣営が指名を受けたことで、もうすっかり舞いあがっている。

佐和紀の注文したミモザがテーブルへ届いた。口をつけると、それが単なるオレンジジュースの炭酸割りだとわかる。バーカウンターに入っている三井が気を利かせ、バーテンダーにノンアルコールで頼んでくれたのだ。

たわいもない話に混じりながら、シャンパンの入っていないミモザを半分ほど飲み、佐和紀は席を辞した。

加奈子の視線にも邪険にされていたし、女を抱き寄せる周平は恐ろしくかっこよくて、なおさら、いつまでも見ていたい光景ではなかった。一緒に飲みに行っても、女がつくような店に入ったことがない。だから、佐和紀には見慣れない光景だ。

ときめきと苛立ちがないまぜになり、複雑な気分で挨拶をした。苛立ちが顔に出ないように気を使ったが、じゅうぶんに隠せたとは思えない。その証拠に、加奈子はますます図に乗り、余裕たっぷりに微笑む。

佐和紀は中央の通路を横切り、自分の陣営に戻った。もうそろそろステージが始まる時

間だ。フロアは満席になっている。

クリスマスまでの売上レースが開始して以来、毎日通ってくれている薫子ママの常連客が視界の端に見えた。今夜も新しい客を連れてきている。

広いソファ席に男が四人。ホステスはふたり。テーブルには新しいボトルが二本。

常連客に比べればいくぶんか若い三人の同伴者は、それでも五十代を軽く越えている。ネクタイで堅い職業だとわかった。

そのうちのひとりに見覚えがある。ロマンスグレーの紳士だ。白髪交じりのヤクザを何人か思い浮かべたが、男の清廉な雰囲気とは似ても似つかない。

どこで見かけたのかと考えているうちに視線が合う。驚いたような顔が怪訝《けげん》そうな表情を過ぎて微笑みになる。

佐和紀は思わず「あっ」と声をあげた。

スーツを着ているから、まるで印象が違う。でも、そこにいるのは、この夏、軽井沢の別荘地で知り合った牧島《まきしま》に違いなかった。先に気づいた男に指先で呼ばれ、佐和紀はしずしずと近づく。こんな姿で再会するなんて不運だ。

「ごぶさたしております」

頭を下げた佐和紀に、常連客が目を丸くした。

「なんだ、牧島くん。きみ、美緒さんと知り合いかい」

「知り合いというほどではないのですが、縁がありまして」

答えた牧島に勧められ、佐和紀は隣に腰かけた。

「美緒さん」

「はい……。事情が、ありまして」

「まさか、一家が傾いたわけではないだろう」

ふたりにしか聞こえない声で言われ、軽く笑い飛ばされる。佐和紀は牧島を振り向いた。

別荘地では二回会っただけだ。テラスで紅茶を飲み、コーヒーを飲み、お互いにフルネームは名乗らずに別れた。

佐和紀はヤクザだ。カタギとの交流は避けている。

でも、探してみせると牧島は言った。たわいもない戯れだと忘れていたが、本気だったらしい。『一家』というのは、ヤクザを示唆する言葉だ。それだけで、佐和紀の素性を知ったのだとわかる。

「それにしても元気そうでなによりだ」

「牧島さんも……」

「名前、覚えていてくれたんだね。私のことなんて、すっかり忘れただろうと思ったよ」

「でもわたしは、なにも存じあげないままです」

「それでいい。今日も肩書はなしで来ているんだ。それにしたって、君に会えるとはね」

「あんまり、見ないでください。……恥ずかしいです」

佐和紀が顔を背けると、ふたりのやりとりを眺めていた常連客が肩を揺すって笑った。

「牧島くん、美緒さんを恥ずかしがらせてどうするつもりだ。わしは、彼女のファンクラブ第一号だぞ」

「では、私は第二号に」

「いやいや、きみで三十五号だ」

常連客が朗らかな笑い声を響かせる。

「美緒さん。君は本当に美しい！　わしの若い頃には美少年だの美青年だのがいてだな。女性にはない美しさを持った素晴らしい存在だったんだ。君は勝るとも劣らない！」

「そう言っていただけると、道化になった甲斐《かい》もあります」

佐和紀が微笑むと、常連客は冗談交じりに眉を吊りあげる。

「なにが、道化か！　なぁ、牧島くん。きみもファンクラブ第三十五号としてだな、この美緒さんを勝たせなければならん！」

「わかりました、先生。この牧島、僭越《せんえつ》ながら尽力いたします」

「偉い！　よく言った！　それでこそだ！」

「本当ですか？」

佐和紀が顔を覗き込むと、牧島は出会ったときと同じ上品な笑顔でうなずいた。

「わたしはなかなか来られないと思うから、知り合いを寄越すようにしよう」

「助かります」

ほっと息をつく佐和紀の横顔を、牧島はじっと見ている。佐和紀はしばらく気づかないふりをした。

出会ったとき、昔の恋人に似ていると言われたのだ。佐和紀はそれを自分の母親ではないかと思った。牧島に聞いてみたが名前も違い、別人だということに落ち着いた。しかし、もしかしてという思いはまだ消えていない。

名前も顔も知らない実父を牧島だとは思っていないが、そうだったらと考えたぐらいに好ましい人物だ。上品で清廉としていて、胸に秘めた芯《しん》の強さを無条件で信頼してみたくなる。周平とは真逆だ。

佐和紀の亭主は百戦錬磨で艶っぽく、騙し合いの真っただ中で生きている。

それが佐和紀と牧島の生きている場所の違いでもあった。

「牧島さんも、一度、おひとりでいらしてください」

ささやくように言って席を立つ。引き止められることもなく離れた。

なにげなく向けた視線の先には周平がいる。牧島とのやりとりで当てつけたい気持ちが萎《な》えるほど、加奈子とのツーショットは穏やかで楽しそうだ。

胃の奥が熱くなり、子どもっぽく拗ねたくなる。だから、ふいと顔を背けた。それでも脳裏に残る。女を片手に遊ぶ周平は、憎らしいほどにいい男だった。

牧島がいたおかげで、なんとか嫉妬《しっと》をやり過ごせたと思いながら、佐和紀は事務所へ入った。無人の部屋の中はがらんとしている。

壁に並んだ事務机がひとつと、ロッカーが数個。真ん中には木の天板のスチールテーブルがふたつ並び、折り畳みのパイプイスが置かれている。

壁の一面には鏡がはめられ、腰の高さのカウンターが設置されていた。化粧直しをするスペースだ。室内が映ることで視覚的に広く感じられる。

タバコに火をつけた佐和紀は、パイプイスに腰かけた。

感情をやり過ごすことはできたが、心の奥はささくれている。

「あてつけがましい」

口に出すとひりひりと痛み出した。これはヤキモチだ。わかっているからいたたまれない。スパスパとせわしなくタバコを吸い、煙を吐き出す。

周平はまだ加奈子と話をしているのだろうか。初めての来店なのに、あんなにも身体を寄せ合うなんて。

もしかしたら、アフターの相談でもしているのかも知れないと本気で考えてしまう佐和紀は、完全に周りが見えていなかった。

　鎖骨が見えるボートネックのドレスにつけられた華奢なレースの袖ごと腕を抱き、ため息にもならない呼吸を繰り返す。

　知らず知らずのうちにくちびるを尖らせ、周平の顔を思い出した。ひとりでいるときだけは、どれほどにでも子どもっぽく拗ねていられる。だけど、じきに寂しくなった。

　いつもなら周平に見つけ出され、甘やかすように機嫌を取られる。佐和紀は勢いづいてますます拗ね、たわいもないやりとりで気分を直す。それが、いまは叶わない。

　離れていたって別居していたって平気だと、もう一度思い直してみる。それは強がりだが、嘘じゃない。お互いがやるべきことをやっていると思えば頑張れる。

　でも。あんな姿を見せつけられたら、気持ちだけは乱れてしまう。覚悟や決心とは別のところにある想いだ。

　持て余した佐和紀は、ノックする音にタバコを消した。立ちあがる。内鍵《うちかぎ》をかけていたことを思い出し、ドアに近づいた。

　まだこぼれ落ちていない涙を指先で拭って開錠する。向こう側に立つ人間の確認ができないうちに、隙間に手が差し込まれ、あっという間に男が入ってきた。

　後ろ手に鍵をかけ、テーブルへジャケットを投げたのは周平だ。腰の絞りが効いたベスト姿で、有無も言わせずに佐和紀を抱き寄せる。

「んんっ……」

くちびるがねっとりと重なった。乱暴で強引なキスだ。背中が反るほどにのしかかられ、肩を思いきり殴って逃げた。

手の甲でくちびるを拭うと、残っていた口紅がつく。

「なんて呼べばいいんだ」

「出ていって」

鏡へと追い詰められ、佐和紀は指先でドアを示す。くちびるがわなわなと震える。

「喜んで抱きつけよ」

周平が距離を詰めてくる。手首を掴まれ、立てた人差し指の先端を吸われた。背中に痺れが走り、爪の先が燃えるように熱くなる。

「仕事中、なんだから」

言いながら、もう片方の手でベストの胸を押し返す。その瞬間、胸板の逞《たくま》しさを感じた佐和紀の顔が歪む。同じ想いを加奈子も抱《いだ》いただろう。色男は、触れただけで相手を欲情させる。女ならフェロモンでイチコロだ。

「惚れ直したよ。きれいで……」

周平から顔を覗き込まれ、

「嘘つけ」

睨んだ佐和紀の目に涙が滲《にじ》む。顔を背けると、こらえきれずにこぼれてしまう。

「加奈子は、おまえの好みのドンピシャだろ」

「こういう店では、あてつけるのもテクニックだ。俺が落としたいのはいつだって、おまえだよ」

「知ら、ない……」

「知っていてくれよ。……おまえを見にいくならあっちを指名しろって、京子さんに言われたんだ。そういう取り決めなんだろう？」

「だからって……。近づきすぎだし、エロい顔してるし、加奈子だって惚れてた」

「知るか、そんなこと。俺をイライラさせたおまえも悪い。こんなスリットで足をチラチラさせて、その上に鎖骨まで見せて。俺が守ってきたおまえの肌が台無しだ」

「だから、来るなって言っただろ！」

我慢ができず、力任せに拳《こぶし》を振りおろす。胸をドンと叩いた。

「嫌だ」

周平が即答する。両手で、頬を包まれた。

「どんなおまえも俺のものだって確かめたい」

「ちょ……っ。ダメだ、ここは……」

「鍵は閉めた」

「そういう問題じゃない」

「もう止まれない」

押しつけられた腰は、佐和紀が思わず生唾《なまつば》を飲むほどに硬かった。

「美緒」

その名前をささやかれる倒錯に、ドレス姿の佐和紀は喘ぐ。そらした首筋に周平の息が吹きかかり、ゆっくりとくちびるでなぞられる。

バンドの演奏が遠く聞こえ始めた。

「……痕は、ダメ……んっ」

吸われる代わりに鎖骨へ歯を立てられる。

「佐和紀、エロい」

興奮している周平が、両手でドレスをたくしあげた。

「触ってくれ。俺が浮気もせずにいたのがわかる」

「疑ってなんて……」

そう言いながら、震える指先でスラックスのファスナーをおろす。中を探ろうとしたが、うまくできずに戸惑った。

「どうした?」

顔を覗き込んできた周平がニヤニヤ笑う。

いまさら恥ずかしいとは言えず、佐和紀はうつむく。ドレスの奥で佐和紀のそれも期待している。昨日の夜、自慰で欲望を晴らしたことも忘れたかのように熱を帯びていた。

「ママ代理をしてるのに、ウブだな」

自分の下着の中から硬く張り詰めた性器を引き出し、周平は遠慮もなく佐和紀の脚に先端をこすりつける。

先走りが肌に線を引いた。

「長い髪がよく似合う」

甘く口説かれ、佐和紀はうながされるままに手を伸ばす。ぎこちなくしごくと、眉根をひそめた周平が熱っぽく息を吐いた。

「知らない女みたいだ。だから、確かめたい。……俺の知ってるおまえかどうか」

柔らかいキスでくちびるを吸われ、佐和紀は流される。ダメだとわかっていても断れるはずがない。ずっと、待っていたのだ。

顔が見たくて、生の声が聞きたくて、触れて欲しくて、褒めて欲しかった。

「抱いていいだろう、美緒」

甘ったるいキスの合間に言われ、佐和紀はくちびるを引き結ぶ。視線をそらし、迷ったままでうなずいた。

身体を反転させられ、鏡に向かってカウンターへ手をつく。腰を突き出す格好で、ドレスがまくりあげられた。

「色気のない下着だ。ここが飛び出そうなぐらい布地の小さないやらしいのを穿《は》けよ」

足の付け根を撫でていた手が、後ろから前へとすり抜ける。ボクサーパンツの上から股《こ》間《かん》を摑まれ、形をなぞられた。

「あっ……」

漏れた声を、佐和紀は手の甲で押さえる。

「んっ……ぁ」

下着を剝《は》がれ、晒された尻をねっとりと揉まれる。肉づきを左右に割られ、唾液《だえき》に濡《ぬ》れた中指がぐぐっと差し込まれた。数回の出し入れであっけなくほどけてしまう。

「柔らかいな。溶けてる」

「……っ、はっ……」

「自分でしたんだろ？　今朝か？」

「……あっ、あぁ……」

自分ではうまく届かなかった場所をこすられ、佐和紀の腰が揺れる。膝が震え、体勢を保とうとするとさらに腰を突き出すことになった。恥ずかしさに肌が熱くなり、佐和紀はくちびるを嚙んだ。

鏡の中には、化粧をした髪の長い自分がいる。そして、欲情を隠さない男から舐めるように見られ、抑えきれない興奮に胸が痛む。

早く責めて欲しくて、でも言えなくて、カウンターの上で拳を握る。

「欲しがってもいいんだ。腰を振って、男が欲しかったって言ってみるか」

「バッ、カ……」

悪ノリを睨みつけても、求める仕草にしかならない。自分の甘えるような誘いの視線に気づき、佐和紀は目を細めた。

周平と目が合って、すがるように見つめる。

「欲しい……」

ズクズクと中をこする指だけでは我慢ができない。

太い昂《たか》ぶりで埋められる悦《よろこ》びを教えたのは周平だ。

日々のセックスが甦り、

「このまま、挿《い》れて」

鏡越しにねだってしまう。

「美緒を抱いたと知ったら、怒り狂うやつがいるな。ハメ撮りを送りつけて、地獄に落としてやりたいよ」

美緒と名乗っていたホステス時代を知っているのは、大滝組組長の息子、悠護だ。周平とは悪友同士でもある。

ゲスいことを言った周平が、ポケットからコンドームを取り出した。ふたを開けて、薄いそれを手早く装着する。ローションがついた指を佐和紀へとこすりつけ、先端をぐっと押しつけた。ゴム越しでもわかる熱が、入り口をこじ開けようとする。

「あぁ、俺を受け入れるには、まだ狭いな。処女みたいだ」

「……黙って、入れろ……バカ」

焦《じ》らされて息があがる。快感への期待が裏切られたことはない。

それは、今夜も同じだった。

腰の裏を大きな手のひらで押さえつけられ、先端がねじ込まれる。

「あぁっ」

思わず声が出た。昂ぶった先端は何度も佐和紀のすぼまりへスキン越しのキスを繰り返す。押し当たるごとに、少しずつめり込み、段差のくっきりとしたカリの部分が抜けると、そのまま一気に内壁を貫く。太い存在感が柔らかな壁を押し広げ、その刺激に佐和紀はぞくぞくっと震えた。

「んっ……ぁ……あぁっ」

身悶《みもだ》えながら逃げそうになる腰を、いつにない力強さで引き戻される。

そのまま、激しく突きあげられ、佐和紀は鏡にすがった。

「声はガマンしろよ」

背後から手が回ってきて、指先に舌をなぶられる。

「ん、く……っ」

激しい息の合間に込みあげる声を耐えた。周平の指に撫でられる舌先は快感から逃れ、直後にはさびしさを覚えて絡みつく。

「そんなやらしい舌使い、どこで覚えたんだ。なぁ、バージンの美緒ママ」

もてあそばれる舌先をそのままにした佐和紀は、溢《あふ》れた唾液をすするように周平の指先に吸いつく。じゅるっといやらしい水音が響き、鏡の中の周平もいっそう雄の顔になる。

「んっ、ん……」

揺すられて声が刻まれ、周平の片手が下腹部に巻きつく。身体がぴったりと密着する。奥をぐりぐり責める亀頭の動きに前立腺《ぜんりつせん》を刺激され、佐和紀の股間がびくびくと跳ねた。

「さわ、って……。おねがっ……しごいて」

太ももがぞわぞわと震え、周平の指を舐めしゃぶりながら訴える。指はすぐに絡んできて、先端を揉まれた。それから、周平の腰の動きに合わせてしごかれる。

「ん、んーっ、ん……」

頭の芯が痺れ、なにも考えられなくなっていく。せつないばかりの快感が募り、首筋を這《は》う周平の舌と乱れた息遣いに、興奮だけが確実に積みあげられた。

「気持ちいいのか、美緒」

「ん。んっ……、いい……」

女の姿をしている自分が鏡の中で乱れている。背後から周平に貫かれ、ひそめた眉根には淫乱《いんらん》な快感が溢れていた。

その卑猥さを噛みしめ、佐和紀はひとときの倒錯に浸る。

美緒と呼ばれていたのは十六の頃だ。女のように髪を伸ばし、男を騙して生きていた。しかし、性的なことは知らず、誰かを抱く快感も、抱かれる激しさも欲しなかった。

「おまえも、俺のものだ」

乱れた息遣いを繰り返す周平の声に、切羽詰まった嫉妬が見え隠れする。もっと手荒く抱くことも、もっと優しく抱くこともできる男は、どちらも放棄していた。

繋《つな》がり合う悦びだけがふたりの下半身を濡らし、欲望を募らせていく。長いまつげの佐和紀が見つめると、狂おしくすべてを奪おうとする周平の瞳が待ち構えていた。

優しさと乱暴さが同居する逞しさに求められ、貫かれた身体がぶるっと大きく震える。

「あっ、あっ……」

たまらずに周平を求めた腰の動きが止まらなくなり、痙攣《けいれん》するような律動を頼りに佐和紀の射精が始まる。苦しさに息を詰めると、佐和紀ごと揺さぶるように周平が動き出す。

その手に精を放ち、続けて何度も小さな絶頂を与えられた佐和紀の肌は汗ばんだ。

「だ、めっ……ッ」

周平が息を詰める。

「……俺もだ」

しっとりと濡れる太ももを撫でた周平が息を詰める。

「い、や……」

身をよじると、くちびるが吸われる。

どういうイヤなのか。すべてを悟っている周平は卑猥に笑う。腰がヒクつき、低い呻《うめ》きとともに佐和紀の中で砲身が暴れた。

「たったいまロストバージンしたって知られていいなら、生セックスしてやるよ」

できないとわかっているから、周平は意地の悪いことを言う。

ねっとりと舌を絡めたキスのあとで、まだ萎えない太さを引き抜いた。収めていては、早々に二回戦が始まってしまう。

「見てみろ」

潤んだ目を向ける佐和紀から離れ、周平はコンドームを手早くはずして口を結ぶ。

佐和紀の手元に投げたかと思うと、置かれたティッシュで身繕いを済ませた。スラックスのファスナーを上げ、はずしていたベルトを止め直す。

ずり落ちそうなドレスの裾を押さえた佐和紀は、投げて寄越されたコンドームをカウンターの上からつまみあげた。ドキッとしたのは、想像以上にたっぷりと入っていたからだ。

「何日分の精液だと思う。うん？」

顔を覗いてきた周平は佐和紀の股間を握ると、その場にひざまずいた。

「あっ……」

止める間もなくくわえられ、佐和紀はドレスの裾を抱えたままで身をかがめた。一滴も残らないほど吸われ、根元から先端まで舐められる。

くすぐったさに身をよじると物足りなさが募った。心が焦れる。

「やめっ……」

萎えかけていたものが硬さを取り戻しそうで、佐和紀は慌てて周平の額を押しのけた。いたずらに鈴口へ口づけた周平は卑猥な笑みを浮かべたまま、佐和紀のそれをティッシュで拭い、下着を引きあげた。

「今度はちゃんとしたホテルで逢引《あいびき》しよう」

精液がたっぷり溜まったコンドームもティッシュに包んで捨てられる。ドレスの裾をおろした佐和紀は、周平の手で顔まわりの髪の乱れを直されながら、意地の悪い色男を名残惜しく見つめた。

睨みたかったが、どうやっても力が入らない。強がることは不可能で、我慢できずにしがみつく。

こんなセックスで満たされるような関係じゃない。だけど、今夜はここまでだ。わかっている。だから、汗ばんだ周平のうなじに舌を這わせる。

「いつ？　いつ、会える？」

「おまえが呼べば、いつでも」

そう言って笑った周平のくちびるが、左手の薬指にちゅっとキスをする。

「な？　俺の奥さん。……佐和紀」

本当の名前を呼ばれると胸の奥が甘だるくきしんだ。周平の手には、チタンの結婚指輪がはまっている。

「美緒じゃないの？」

からかうように笑いかけると、片耳を摑んで揺すられた。

「俺を煽《あお》るなよ。孕《はら》むまで中に出すぞ。……タカシに、水を持ってこさせる。俺はもう帰るから」

ジャケットを羽織った周平は、鏡で衣服の乱れを確認する。佐和紀はほんの少しだけ曲がってみえるネクタイに手を伸ばした。

きりがないキスを交わす。最後に強く抱きしめられ、素直な仕草で頰を預けて甘えた。

＊＊＊

着飾った佐和紀を事務所に残して去るのは、かなりの思い切りが必要だった。後ろ髪を引きちぎられそうになりながら出て、ドアを静かに閉める。

顔の造りが繊細だから、女装が似合うことは知っていた。でも、ドレスを着た倒錯的な魅力は危ない。エクステンションで長くした髪も色っぽく、周平の知らないホステス時代を彷彿《ほうふつ》とさせた。

だから、牧島と談笑する姿を見せつけられ、どうしようもなく嫉妬したのだ。

盗られそうだと思うわけじゃない。

ただ、あの男に向ける笑顔の中に見え隠れしている無条件の信頼が、周平には向けられない類《たぐい》のものだと思うにつけ憎らしい。夫婦となったいまでは絶対に叶わない、他人行儀な初々しさだ。

いっそ毎日でも通って、女装姿を眺めてやりたいと思うが、そのたびに加奈子に金を使っていては佐和紀の不利になる。

あきらめるしかないと悟りながら、心の奥で京子を責めた。

厄介なことに巻き込んでくれたと心底から思う。

美緒の陣営を応援する男たちはみんな、男だとわかっていてなお、そんなことはどうでもいいと口を揃えていた。佐和紀の女装は『女装の域』を超えていて、ただの美人だ。見ていて美しければ、金を出す価値はある。

抱けない相手に興味を持てない周平には理解しがたいが、まったくわからないわけでもなかった。高嶺《たかね》の花だからこそ恋焦がれるという、老境の楽しみもある。

フロアに戻る途中で、急ぎ足のホステスとすれ違った。お互いに避けきれず、肩がぶつかる。当たり負けして転びそうになるのを、すかさず抱き支えた。

「申し訳ない」

「し、失礼しました」

慌てて体勢を直したホステスと一瞬だけ目が合う。さっと背を向ける態度は、客に対して不躾だ。しかし、それとは別の理由で、周平は振り向いた。

勢いに任せて、ジャケットの裾を揺らす。駆け寄って伸ばした手が、控え室に入る直前のホステスを摑まえた。

下がり眉の頼りなげな目元に見覚えがある。

「おまえ……」

怯えたような目は数年前と変わらない。周平は顔をしかめた。引き止める必要はなかったと、そのときになって気づいた。

4

秋風が冷たい街は、まだ宵の口だ。泥酔した通行人もまだいない。

「お忙しい中、本当にありがとうございました」

着物姿の佐和紀は帯の前で指を重ねた。

スーツ姿の牧島を出迎えた秘書らしき男が、車のドア近くに控えている。さっそく時間ができたからと、ほんの一時間ほど遊びに来た牧島は、携帯電話へのコールで呼び戻された。

よほど多忙なスケジュールなのだろう。この一時間も、あちこちに無理をさせて作ったに違いない。

「本当に、君の女装は女装じゃないね」

「褒め言葉ですよね？」

肩をすくめてみせ、佐和紀は少しだけ疲れの滲んだ息をつく。牧島の前ではどうにも演技が続かない。

貫禄《かんろく》に裏付けされた穏やかさが、人を素直な気持ちにさせるからだ。

「君はよくやっているよ。女の子たちをまとめるのも一苦労だろう。私なら断るよ。若い女性ほど難しいものはないからね」

「ありがとうございます。尊敬している人から頼まれたので、精いっぱい務めたいと思っているんです。……勝ちたいです」

「そうだな。勝負というのは、参加する以上は勝つべきだ」

言った牧島は、ジャケットの内ポケットから一枚のカードを取り出した。

「立場上、名刺は渡さないことにしているんだが、ここに連絡先を書いておいた。もし、どうしても困ったら、本名で電話をしてきなさい。力になろう」

「……なにも、返せませんから」

差し出されたカードを手のひらで押し戻した。

牧島が性的な関係を求めているとは思わない。だからこそ、カタギの、しかも政治に関わっているらしい牧島を巻き込めないと思った。

「佐和紀くん。君は、『桃李成蹊《とうりせいけい》』という言葉を知っているか」

「いえ……、不勉強で」

「桃李とはモモやスモモのことだ。実がなると甘い匂いがする。モモやスモモはなにも言わないけれど、それにつられて人が通い、その下にはおのずと道ができる。そういうことだ。『桃李はものをいわざれど、下おのずから道を成す』。だがね、これを『桃李はものをいわざれば』と言った人もいる」

「言わない方が人が集まる、と言うことですか」

「どうすれば理想的な桃李となれるのか、考えてみるのもおもしろいだろう。さぁ、これを受け取りなさい」

煙にまかれた気分になりながら、佐和紀は差し出されたカードを両手で受け取った。名前は書いていないが、几帳面《きちょうめん》な文字で数字が書きつけてある。

「ハートのエースが使えないときは、ジョーカーを切らなければいけないよ。勝算があるときにだけ勝負をするのも、ひとつの手だ」

「これを渡しにわざわざ……」

「今夜は和装だと噂に聞いたんだ。見ることができてよかったよ。しばらくは忙しくなるからね」

後ろへ撫でつけたロマンスグレーの髪には、微塵の乱れもない。背筋をスッと伸ばした牧島はジャケットの襟を整えた。そこにある小さな穴には本来、バッジがついているのだろう。はずした跡が見える。

「これは、お守りにします」

使わないつもりで、カードを帯板のポケットに差し込んだ。

「よろしければ、また……」

牧島のジャケットの肩から糸くずをつまみ取り、佐和紀は目を細めた。

「来るよ」

と口にした牧島は、そのまま車の後部座席へ乗り込んでいく。

最後の視線の中に、口にできない牧島の想いを感じた。別れた恋人の面影を、佐和紀の顔に探しているのだ。

何十年も経った想いはどんなものなのか。聞くことさえ無礼な気がする。

頭を下げて見送った佐和紀は、息を吸い込み、気持ちを入れ直した。

なんとも言えずに腰のあたりが落ち着かないのは、昨日、周平に襲われたせいだ。マンションに帰ってからまたひとり遊びをしてしまったが、もう指は入れなかった。

周平の指の太さを味わったあとでは虚しい。佐和紀の身体を満たすことができるのは、周平の肉体だけだ。

「嫌になるな」

ぼやきながら、店へ戻る。生バンドの奏でるリズムに耳を傾け、バーの止まり木を撫で続けていると、やがて気持ちも晴れた。腰あたりのもやもやは消えないが、周平の腕の感触が残っていると思うことは、どこか嬉しくもある。

三井はバーカウンターの中にいて、真柴はシルバートレイを手にフロアを歩いている。石垣の姿を探すと、裏から出てくるところだった。

佐和紀を見つけ、まっすぐに歩いてくる。

「控え室で女の子が揉めてます」

耳打ちされ、佐和紀はあとに続いた。石垣はまっすぐに女の子たちの控え室へ向かう。

どうして石垣が気づいたのかは、尋ねるまでもなかった。

控え室のドアが開いていて、中が見えないように置かれたパーテーションの向こうから、声が漏れ聞こえている。

「なんとか、言いなよ。ゆかり」

「通して」

答える声は、ゆかりだ。

「いいかげん、店にまで来ないように言ってよね」

「あの男、私たちのこともヤラしい目で見るんだから！」

「そーよ。迷惑してんだから……イタイっ」

女の子の悲鳴が聞こえ、殴り合いにでもなったのかと身構えたが、そうでないことはすぐにわかった。深いブルーのドレスを着たゆかりが、飛び出してきたからだ。

佐和紀と石垣を見て一瞬だけ固まったが、すぐにふたりの間をすり抜けた。裏口へと駆けていく。例のヒモ男が、今夜も来ているのだ。引き止めようとした佐和紀の耳に、女の子たちの笑い声が聞こえた。

「ひっどーい。突き飛ばされたァ」

「しかたないいんじゃない？　早く行かなきゃ、また殴られるんだし」

「えー、見えないところ殴られる方が、まだマシじゃん。この前なんて、顔にアレかけられてたよ……」

「やだ、エグいよ〜」

　悪意に満ちた笑い声が響き、佐和紀はドアを静かに閉めた。

「真柴、呼んでこい」

　石垣の肩を叩き、裏口に向かう。

　先に裏路地へ出る。前と同じ暗がりにゆかりがいた。向かい合っているのはヒモ男で、奥に派手な女が控えている。姉だという、あの女だ。顔ぶれは変わらない。

「おっせぇんだよ！」

　男が声を荒らげ、ゆかりの肩を抱き寄せた。次の瞬間、ゆかりが小さく飛びあがる。怯えたからじゃない。男の拳が腹にめり込んだのだ。

「おまえのためだぞ、ゆかり。ちゃんとしてくれないとよぉ。俺とカスミが困るじゃん。死んじゃうよ、俺たち」

　ドレスのままで崩れ落ちたゆかりの耳を引っ張った男は、にやにや笑いながらジーンズの前を開いた。

「しかたねぇなぁ、これが欲しいから焦らしてんだろ？　ほらほら、ご奉仕しろよ、ゆかり。おまえの好きなエロチ○ポだぞ」

まだダラリとしたそれを見せつけられても、ゆかりは抵抗しなかった。ふらりと顔を上げる。

「その程度にしてやってくれない？」

見ていられなくなった佐和紀は、一歩を踏み出した。我に返ったゆかりが大きく肩を震わせ、口元を押さえてうつむく。

「……誰だ、おまえ」

「ゆかりちゃんはわたしが預かってるの。こんなふうに扱われては困るわ」

「あんたもホステスなのか。へー。じゃあ、さぁ……」

男が股間をしごきながら舌なめずりする。クスリでもやっているのか、目の焦点が合っていない。

「やめてっ！」

ゆかりが男の腰にしがみついた。

「私が、私がするから……っ」

「うっせぇんだよ」

男はゆかりを蹴飛ばし、ふらふら揺れながら佐和紀へと近づいてくる。壁にもたれた女はニヤニヤ笑ったままだ。

「指でいいからよー。ちょっと貸してよ。それとも、俺が指を入れてやろうか」

下卑た笑いを向けられ、佐和紀の顔から表情が消える。拳を握った瞬間、視界の両脇から人影がふたつ飛び込んできた。

真柴と石垣だ。佐和紀を背中に守って立つ。

「その指、へし折るぞ」

石垣が凄むと、壁際の女がふらっと歩み出てくる。

「やだぁ。かっこいい……」

「俺の方が、かっこいいやろ」

ふざけた口調で切り返すのは、場慣れしている真柴だ。眉を吊りあげた石垣は、

「俺だよ、俺」

と張り合った。ふたりの背後で腕を組んだ佐和紀は、これみよがしなため息を響かせる。

目の前の背中は、どちらも過敏に緊張感を取り戻す。定規でも入れたようにスッと背筋が伸びた。

「くそビッチが！　色目使ってんじゃねぇよ！」

男ふたりに挑む勇気はないのだろう。男は怒鳴り散らしながら女の腕を摑んだ。

「二度と来るなよ」

逃げようとする男に言葉を投げる。振り向き、歯を剝《む》いた男の顔は、下品極まりない。

佐和紀たちの脇をすり抜け、足早に消えた。

「ゆかりちゃん、だいじょうぶか？　ケガ、してないか」

真柴が手を貸す。力の抜けているゆかりは、操り人形のようにカクカクとうなずいた。

「ごめんなさい……。ご迷惑をおかけして。ここには来ないように言ってるんですけど……ごめんなさい」

うつむいてはいたが、意外なほどしっかりと話す。声は震えるでもなく、泣くでもない。

近づいた佐和紀は、着物の裾を押さえ、片手であごをすくうようにした。顔を上げさせる。ふっとそらされた目は、無表情に宙を見ていた。

「あんなのと付き合うな」

「でも、いないと困ります」

「あの女は？　だれ？」

男言葉に怯えたのを見て、口調を美緒に戻す。

ゆかりは答えなかった。真柴の手を押し戻し、ドレスの胸元に自分の手のひらを当てながら深呼吸を繰り返す。

「服を着替えます。すぐにフロアへ戻りますから」

「ゆかり！　質問に答えなさい」

肘を摑むと、ゆかりの身体は途端に震え出した。

「ママ、ごめんなさい。いまは……、ごめんなさい。私、働かなくちゃ」

自分に言い聞かせる口調で、ゆかりは店の中へと戻っていく。その足取りは初めこそおぼつかなかったが、ドアに手をかける頃にはなにごともなかったかのようにしっかりした。

「タモツ。タカシに言って、もう一度、ゆかりのことを調べさせろ。それから、ゆかりと話がしたい。店が閉まったら、すぐ」

「朝までやってる個室居酒屋を探しておきます」

「頼む。……真柴、悪かったな。急に呼んで」

「いえ、かまいません。このためにいるようなもんやし。それはそうと、美緒ママ。俺も探してたんです」

「なに？」

店に戻りながら、佐和紀もスイッチを入れ替える。しなを作り、うなじに手を添える。

「ママにどうしても挨拶がしたいというお客様が……」

「私を指名したご新規さん？　そうでないなら、明日にでも出直してもらって」

「美緒ママの方をご指名いただいたんですがぁ……」

裏口から中へ入る間際で、真柴が足を止めた。

先に入った佐和紀と石垣が振り向くと、真柴はへらっと笑った。折り目正しい真柴には珍しい表情だ。

困惑をめいっぱいに表現しつつ、声をひそめる。

「たぶん、大滝さんとこの組長《オヤジ》さんと若頭さん、じゃ、ないかなぁと」

思うんですが、まで聞かずに、佐和紀は片手で壁を叩いた。

「追い返せ！」

「無理です！　ふたりして、『真柴くんじゃないかぁ、ハッハッハ』って笑いはるんです
よ！　怖くて無理です！」

本業なだけに、大組織の幹部には弱い。

顔を引きつらせた真柴は、耳を伏せた大型犬のように見える。

「タモツ！」

佐和紀が声を尖らせると、石垣が肩を落とした。

「ここは穏便に、美緒ママのあしらいで」

「……この格好で、あのふたりの前に出ろって……？」

「だいじょうぶです。おふたりとも、京都まで見に来ていたらしいので」

石垣の言葉に、佐和紀はふらりと壁に貼《は》りついた。言葉が見つからない。

「ドレスじゃないだけましですよ」

おそるおそる口にする石垣を間髪入れずに平手打ちにして、佐和紀は床をダンッと踏み

つけた。

「くっそ！　財布をカラにして追い出すぞ。売り上げは、加奈子のところと半々だな。タモツ、京子さんに連絡入れとけ。次に来たら、警察呼んでやる」

「……言葉がワルすぎまっせ、ママさん」

ふざけた真柴が乾いた笑いで肩を揺らす。睨みつけた佐和紀は腹の底に力を入れる。指でしごいた帯を、勢いよく叩いた。


佐和紀をからかいながら二時間ほど遊んだ大滝組の組長と若頭のツートップは、今度はドレス姿を見たいなどと言いながらほろ酔い気分で店を出た。その瞬間、警察よりも恐ろしい京子に出迎えられて無言になる。

帰り道で延々と説教されるのだ。佐和紀は胸のすく思いがした。

特に岡崎はいろいろと反省した方がいい。

義父の大滝組長が佐和紀を覗き込むたび、なんだかんだと邪魔をする態度には心底から苛立った。『あんたの嫁は京子さんで、俺は周平の嫁なんだ』と罵倒《ばとう》してやりたいのを、必死でこらえたぐらいだ。

どうせなら若頭補佐も連れてこいと、それも言い出しそうになってしまい、ほとほと疲れ果てた。美緒を演じていればなおさらだ。

フラストレーションを溜まりに溜めた佐和紀は、閉店を迎えた店でゆかりを掴まえた。驚いているのをなだめすかし、タクシー二台で移動する。

朝の五時までやっている個室居酒屋で、佐和紀はゆかりと差し向かいになった。三井、石垣、真柴の三人は隣の部屋だ。

「話は簡単だ」

化粧も着物もそのままで、佐和紀はタバコに火をつける。スリムタイプのメンソールだ。

向かい合ったゆかりは、ウーロン茶のグラスを両手で掴み、「はい」とうなずく。

「『別れた方がいい』とは言わない。別れろ」

強い口調で言ったが、うつむいたゆかりは反応しなかった。

「ゆかり。聞こえてるか」

「……はい」

「別れられない事情はどうでもいい。金をせびられるのは、まぁ、いいとしてもな。殴る男はやめろ」

「いつもじゃないんです。優しいときもあるし、それに……」

うつむいたまま早口で言い、ゆかりは声を詰まらせた。

「腹にグーパン入れてくる男のどこに優しさがあるんだ。それは通らないだろ。……ゆかり、聞けよ。通らないんだ。おまえがどんなことをしても、拳で殴られたり、アザが残るほど蹴られる理由にはならない」

「でも、私……」

「店にも迷惑だ。あんなのにウロつかれたら、他の女の子も怖がるだろう。でも、あんたに辞められるのも困る」

佐和紀は灰皿の上でタバコを叩く。細い灰がはらりと落ちた。

「別れたくなくても別れてもらう。相手が承知しないなら、俺が手を貸すから」

「……別れます！」

ゆかりがいきなり顔を跳ねあげた。

「別れます。ちゃんと、自分で話をします。……美緒ママは関わらないでください」

「俺は、やわじゃないよ」

「そういうことじゃないんです」

ゆかりは激しく首を振る。デモデモダッテと優柔不断だったわりに、佐和紀の介入は頑強に拒む。

「あの男、ヤバイの？　ヤクザ？」

「……違います」

うつむく瞬間に、ゆかりの頬が引きつった。

「クスリやってるんだろ」

「精神科で出してもらうものだから……、よくわかりません」

ゆかりの目が泳ぐ。それを病院で処方してもらうのも、ゆかりの役目なのだ。とことん都合よく使われている。

「あの女は？」

「彼の、奥さん……」

「嘘ついてない？　おまえの姉妹《きょうだい》だって聞いたけど」

それについてはだんまりだ。

「別れますから」

ゆかりは小声でつぶやいた。華奢な肩がさらに細く見えたが、やはり泣き出す素振りもない。どこか感情が壊れている。

ゆかりの中にもスイッチがあるのだろう。

佐和紀がチンピラとホステスを切り替えられるように、ゆかりにもオンとオフのスイッチがある。

それが生きていくためのものだとしたら、憐《あわ》れだ。自分がそうだったからこそ、佐和紀はゆかりに同情した。

「困ったことがあったらなんて、俺は言わないから。……見てる。ちゃんと別れてケリがつくのを、この目で見てる」

まばたきを繰り返すゆかりは、くちびるを震わせた。まるで金魚のようにぱくぱくと息を吸い込む。

「別れろよ」

テーブルに身を乗り出し、目を覗き込んだ。そこに映っているのは、女ものの和服を身に着け、長いまつげをした『女』の佐和紀だ。逃げていた視線がちらりと戻る。

「別れろ」

佐和紀はもう一度、今度は命令する口調で繰り返した。

＊＊＊

代理ママ対決はほぼ二ヶ月の勝負だ。

初めはどんぐりの背比べだった売り上げも、十一月に入ってからは美緒側がリードした。派手な金使いの客はいないが、新規客の指名が増えている。

そのうちの何人かは、帰り際に「牧島さんから聞いてきた」とささやいた。

彼らを微笑んで見送る佐和紀の帯板にはいつも、牧島がくれたカードが入っている。本当にお守り代わりだ。

「美緒ママぁ、お水ちょうだぁい」

バーカウンターでフロアを眺める佐和紀のもとに、せりながふらふらとやってくる。それほど酔っているわけじゃないだろう。足取りがあやういのはふざけているだけだ。

今日もひらひらのミニスカートから惜しみなく生足を晒している。膝小僧がちまっとしたかわいらしい足で、佐和紀でも触りたくなるようなくぼみが魅力的だ。

バーテンからもらったグラスにピッチャーの水を注いでやる。

両手で受け取ったせりなは、一息に飲み干した。

「さっきまでいたお客さん。いい人なんだけど、すごい酔わせようとしてくるの」

「今度来たら、助けてあげる」

仕事に慣れすぎて、店では女言葉の方が落ち着く。

スイッチの切り替えは数少ない方が楽だ。

「本当に？　助かります」

顔の前で両手を合わせ、せりなが明るく片目を閉じる。

「あ、そうだ。美緒ママ。ゆかりちゃん、男と別れることにしたみたい」

「……別れたんじゃなくて？」

藤色の訪問着の衿を指でなぞり、佐和紀はさりげなく探りを入れる。

「うん。あぁいうタイプだし、難しいんじゃないかなぁ。先週から、いろんな子の家に泊まり歩いてるみたい。昨日は私の家に泊めたんだけど……。なんだか、心配」

「そうね。あとで話を聞いておくわ。せりなちゃんはカレシいるの？」

「えー、いないんです。今年のクリスマスは、売上レースに身も心も捧げる覚悟ですよ」

ぐっと両手を握りしめた。

「勝ったら、タモツと遊ぶ？　身を捧げさせましょうか」

「え？」

せりなの目が真ん丸になる。佐和紀はハッとした。

「……女の子相手に……ごめん。失礼だった」

「いえいえ！　いえ、いえ〜」

せりなが両手で取りすがってくる。

「是非にお願いします。付き合いたいとか、そんなこと思ってないですし。きっとカノジョさんもおられると思うので、もぅ、ほんのつまみ食いでいいです……っ。超、超、好みなんです！」

「せりなちゃん……」

見た目に反して、ぐいぐい押してくる肉食系の肩に両手を置く。

「男に食われるなんて思っちゃダメ。男を食いものにしてこそ、よ」

きょとんとした表情をするせりなにとって、佐和紀は『男』じゃないのだろう。その目がキラキラと輝いた。

「はい〜っ。頑張って、つまみ食いします！」

「うん、そうね」

あまりにもあっけらかんとしていて、いっそ清々《すがすが》しい。苦笑を浮かべた佐和紀は、三井に気づいて視線を向けた。フロアを横切り、早足でやってくる。

せりなは別のボーイに呼ばれた。離れていく後ろ姿を眺める佐和紀の隣に立つ三井が声のトーンを下げた。

「Bフロアの五番テーブル。『こっち』です」

言われてさりげなく目を向ける。言われるまでもなく異様なテーブルだった。はっきり言って、眩しい。

「なに、あれ」

テーブルを囲む男たちの頭は揃いも揃ってスキンヘッドだ。ハゲているのもいれば、坊主のように剃《そ》りあげているのもいる。が、とにかく毛が少ない集団だ。

「一番端の男、瀬川《せがわ》組の幹部だ。あとも、そこそこ名前が通ってる。偶然じゃねぇよ」

「で、私にお呼びがかかっているわけね」

「……なにしに来たか、わかんねぇからさ。あんた、ちょっと店を抜けてた方がいいんじゃない」

「そんな、弱音吐いてどうすんの」

三井の肩をポンッと叩く。

「二時間ほどで帰ってもらえばいいでしょ。まぁ、人数分のボトル入れてもらってね」

「ちょっ、さわ……美緒さん……っ」

引き止めようとする三井の手からするりと逃げる。そのまま、いかつい男たちがくつろぐ席へ近づいた。

「ようこそいらっしゃいませ。ママ代理を務めております美緒です」

丁寧に挨拶をすると、五人のスキンヘッドが一斉に立ちあがった。女の子たちが席から追い出される。

「これはどうも、初めまして」

腰を九十度に折る一礼をされて、佐和紀はころころと笑った。

「まぁ、仰々しい。どうぞ、お座りになってください。女の子をみんなはずしてしまっていいんですか。私ひとりでは、みなさんの水割りを作るのは」

「それはこちらでやりますから、どうぞ座ってください」

周りの目が気になったが、Bフロアは奥まった場所にあり、ちょっとしたＶＩＰゾーンだ。悪目立ちする前に、佐和紀はスツールへ腰をおろした。

「ご迷惑になることはわかっていたんですが、こういう機会でもないとお話ができないも

げられてしまった。

水割りを作ろうと、空になっているグラスを引き寄せる。すると、慌てたように取りあ

佐和紀は、美緒のままで首を傾げた。

「……どんなお話でしょう」

ので」

「ここで全員が名乗りますと、迷惑になることは承知しています。代表させていただきますが、手前、横浜信義《しんぎ》会瀬川組の寺坂吉雄《てらさかよしお》と申します」

「横浜から、わざわざ」

横浜信義会も、大滝組の配下だ。

微笑もうとした佐和紀は、そのまま固まった。寺坂の目は真剣そのものだ。見渡すと、てらてら光るスキンヘッドの屈強な男たちがみんな、前のめりになって佐和紀を見ている。

若い頃はヤンチャをしてきたのだろう顔は、若くても四十代の前半。平均しても五十歳は越えていない。ヤクザとしても、ほどほどに地位を作り、舎弟を抱えている年齢だ。

「どうか、お耳だけは『御新造さん』としてお聞きください」

寺坂の言葉に、佐和紀は身構えた。

視界の端に映った真柴が察したが、目配せしてさがらせる。まだ、危険はない。

「なんでしょう」

「実はご主人の方には、もう何度もお願いをしているんですが、どうもあなたには話が回っていないようなので。お聞き及びでは……」

「ないです」

答える佐和紀の頭の中で、想像が渦を巻いた。

わざわざ嫁である佐和紀に持ち込みたい話となると、想像は難しい。ここにいる誰かの娘が周平の子どもを育ててるだとか、そうでなくても、実はいまだに関係が続いているだとか。

どれも濡《ぬ》れ衣《ぎぬ》だと言えないのが周平だ。悪事が仕事だからしかたがないが、気持ちのいい話でもない。

代表して話す寺坂は、引き連れた男たちと目配せを交わし、ずいっと膝を前に出した。こころもち、佐和紀に近づく。

「ぜひ、親衛隊を、作らせていただきたいんです」

「はい？」

佐和紀の声がひっくり返る。想像の斜め上を飛び越えて、月面宙返りだ。意味がわからない。

「な、なに？」

思わず素に戻って聞き返した。

『『親衛隊』です。御新造さんはいま、上も下もいない状態でしょう。盃をと言うのもおこがましいので、身辺の警護と小間使いにでもしていだければと」

「……ちょ、ちょっと、待ってください。え？　それは……」

周平も話を持ってこないはずだ。

「て、寺坂さんでしたっけ？　幹部ですよね？」

「お恥ずかしながら」

「恥ずかしいことはないですから！」

佐和紀は手のひらを向け、もう片方の手で胸を押さえた。

「みなさん、それぞれ、それなりの立場にあるようにお見受けします。……ご自分の親分さんへの……」

「ですから『親衛隊』を。……ファンクラブだと、思っていただければ」

寺坂を筆頭に、強面《こわもて》の男たちが一斉に照れた。自分の坊主頭を撫で回し、まるで茹《ゆ》でだこのように赤くなる。

「困ります」

佐和紀は真顔になって拒んだ。寺坂は怯まない。

「そう言われることはじゅうぶんと承知しています。でも、他のやつらが言い出したときには、ぜひ、我々のことを思い出していただいて……」

「よろしくお願いします」

周りから怪しまれない程度に頭を下げた五人は、さっと元へ戻る。

「あの……そんなことしたって、俺はケツを貸したりは」

弱りきった佐和紀が言うと、五人はざわめいた。ソファから滑り落ちそうなりながら、わたわたと手を振り回す。

「考えてません」

「絶対に、ありません」

「恐れ多くて、勃ちません！」

口々に言って身を乗り出す。

「……嘘だ。俺をズリネタにしてる……」

信じられない佐和紀は、じっとりと目を細めた。男たちは、ますます肩をすぼめて小さくなっていく。

「信じてください」

「本当ですから」

「……信じられるわけない」

佐和紀はさらにため息をついた。

「女とやるとき、片隅によぎったりはするだろう」

「……それぐらいは」

「ダメですか」

「もう思い出しませんから」

「……っ」

まるで叱《しか》られたフレンチブルドッグかパグの集団だ。いい年をした強面が、シュンと肩を落とす。

「どうでもいいけど、しっかりしろ。いますぐには決められないよ」

「そ、それはもちろんです。考えていただければ」

断れば、ここで土下座をしかねなかった。その上で号泣するのが想像できる。思い詰めた中年ほどこわいものはない。

「美緒ママ……」

そろそろ加減だと思ったのだろう三井がやってきて、膝をつく。

面識のある男も紛れているらしく、三井ははぁっとため息をついた。

「これ以上は、うちのアニキの耳にも入りますので」

「申し訳ない。一時間ほど遊んだら帰るよ」

男のうちのひとりが答えた。

「女の子を何人か……。それから、ボトルは何本入れれば？　一番高いものを」

「リンデンではですね……」

三井が価格の説明を始める。寺坂はとんでもない値段をボトルにつけようとして三井に止められた。

それでも、テーブルの支払いはかなりの高額だ。

佐和紀が事務所へ引っ込むと、追ってきた三井に話の内容を問い詰められる。

「えー……。なんか、親衛隊とかファンクラブとか言って……」

佐和紀が言葉を濁すと、

「うぉーっ。マジか！　噂だと思ってた！」

三井は頭を両手で抱えて悶絶《もんぜつ》した。

「噂はあったのか……」

「いろいろあるんだよ！　アニキを取り込むなら、まずは嫁からってヤツも多いから！」

「あー。じゃあ……」

寺坂たちもそれかと壁に目を向ける。がしっと肩を掴まれ、三井に揺すられた。

「ちげぇよ！　あの人たちの顔見ただろ。本気だよ。本気で、あんたのファンなんだよ……。握手会付きのＣＤが出たら、箱買いするような！」

「意味がわからない」

「マジかー。直接、来たかー。アニキにも連絡入れておこう」

急に冷静になる三井は働き者の舎弟だ。

「ヤクザって暇だっけ……」

三井のポケットを勝手に探り、タバコを取り出して火をつける。

「忙しいのは下っ端とチンピラだけだよ。そうじゃなきゃ、誰がヤクザになんかなるんだよ」

「まぁなぁ……」

はすっぱな仕草で煙を吐き出し、引き寄せたパイプイスにどさりと腰かける。

「タカシ、おまえはどう思う？」

チンピラのスイッチが入ってしまった佐和紀が問うと、両手を使ってスマホのメールを打っていた三井は眉をひそめた。答えるつもりはないようだった。


寺坂たちは本当に一時間ほど遊び、消えるように帰っていった。それでも、スキンヘッドが五人も集まるのは悪目立ちだ。

これきりにして欲しいとため息をついた佐和紀は、早あがりするというゆかりに声をかけられた。

開店から閉店までのシフトがほとんどで働き詰めだから、早く帰るのはいいことだと送り出したが、次第に不安が募ってきた。

昨日がせりなの家だったなら、今夜はどこへ行くつもりなのか。佐和紀は慌ててゆかりを探した。控え室から出てきた女の子に、帰ったばかりだと言われて裏口を飛び出す。

駅に向かう道の途中で追いついた。

息を乱しながら肩を摑むと、ゆかりは声をあげて驚く。いまにも倒れそうな青い顔になったが、相手が佐和紀だとわかるとゆっくり息を吐いた。

「ごめん。……おどろ、かす……つもりは」

「いいえ、いいんです。だいじょうぶですか？　その格好で走ったんですか」

「ガードレールを飛び越えてないから、大丈夫」

和装の佐和紀がおどけると、ゆかりは肩をすくめて笑った。その肩に手を置いたまま、佐和紀は聞く。

「今日は誰のところに泊めてもらうのか、聞いておこうと思って」

「あぁ……、はい」

視線をさまよわせたゆかりは静かにうなずいた。

「荷物を取りに行くんです。これから。たいした荷物はないんですけど……」

「それなら、誰か一緒に」

「いいえ、いいんです。ひとりで、ちゃんとしたいんです」

地味な私服を着たゆかりは、水商売をしているようには見えない。どこにでもいるような二十代の女の子だ。

「ママのおかげで、我慢しなくてもいいのかなって思えたんです。私、殴られても、あのふたりと一緒にいなくちゃいけないいんだと思ってました。いまさら、ひとりになるのはこわいけど、頑張ります」

「……ゆかり。やっぱり誰かと一緒に行けよ」

「大丈夫ですよ。もう、話はついてますから」

にこっと笑ったゆかりが嘘をついているとは思えない。だけど、人の波に消えていく背中を眺める佐和紀の不安は消えなかった。

いっそ、ついていこうかと思った瞬間、

「こんなところでどうされたんですか」

聞き覚えのある声がした。寺坂だ。残りの四人もいる。

「帰ってなかったのか」

「せっかく東京に出てきたんで、別の店で遊ぼうかと……」

「どうされましたか」

別の男が身をかがめる。佐和紀は乱れた髪を指先で撫でながら視線をさまよわせた。

「さっきのホステスですか？」

「ちょっと、トラブル抱えてんだよ」

「俺らが追いましょうか」

「はぁ？　反対に迷惑だから、やめてやって」

佐和紀が睨むと、シュンとしてあとずさる。その隣に立つ男がいきなり唸った。

「さっきの子、見覚えがありますよ。どこかの店で見たかな。前は横浜で働いていたんですかね」

「さぁ、そこまでは聞いてないな。自分のことはあんまり話したがらないんだ」

「すみません。思い出せなくて。もし思い出せたら……」

「いらね」

軽口で返して袖をひるがえす。

「迷惑かけないように遊んで帰ってよ」

声を残して背中を向けた。手を軽く振ると、ダミ声の挨拶が響く。

「迷惑なんだよ」

苦笑を嚙み殺し、佐和紀は店へと帰りつく。

ゆかりのことは気になったが、よく知りもしない男たちには頼めない。あとで三井に相談すると決め、仕事へ戻る。

後半も客の入りは問題なく、寺坂たちのおかげで美緒の陣営がリードを伸ばした。そのままなにごともなく閉店を迎える。

掃除を始めたボーイを目で追っていた佐和紀は、水の入ったグラスをカウンターに置いた。忙しさが去ると、胸騒ぎが止まらなくなり、指がせわしなく天板を叩く。

帰り支度を済ませた加奈子の挨拶を受け、表面上はにこやかに挨拶を交わす。そのあとで、三井を呼んだ。

「ゆかりの家はわかるか」

「調べてあるけど？」

「車を出してくれ。真柴も呼べ。……嫌な予感がする」

今夜は石垣がいないのだ。もうひとりかふたりの加勢が欲しかったが、ボーイを連れていくわけにもいかない。あきらめた佐和紀は化粧も落とさず着物のままで、三井を急《せ》かした。

支配人に声をかけ、三井たちの分の掃除もすることになるボーイたちへ配るようにとポケットマネーを渡した。ゆかりのことは説明してあるから、様子を見にいくと言うだけで話は通じる。

三井が運転するコンパクトカーは十五分ほど走り、下町の裏路地に建つ古いアパートの前で停まる。先に真柴と降り、近くのパーキングに車を預けた三井の戻りを待つ。

見あげた建物は鉄筋コンクリート造りの五階建てだ。あちらこちらの装飾に昭和の匂いが漂っている。ロビーに設置された郵便受けのほとんどは社名で、なにも書いていない場所は空室か住居使用だと三井が言った。真柴がエレベーターを呼ぶ。

　これもまた古く、動作のたびに不安になるほどバウンドした。

「４０５号室だから……、こっちの端かな」

　エレベーターの中で、三井が率先して前へ出る。

　ホールを中心に、ドアがふたつとみっつに分かれている。４０５はみっつ並んだドアの一番端だ。

　三井がインターホンを押したが、音が鳴らない。何度繰り返しても同じだった。

「壊れてるのかな」

　佐和紀が押しても、真柴が押しても変わらない。鉄製のドアには鍵がかかり、軽く叩いても返事はなかった。

「あのー……」

　か細い声が聞こえ、ドアを壊す相談を始めていた三人は揃って振り向く。

「こっち、こっち」

　手招いているのは４０４号室の住人だ。社会人らしき男は佐和紀を直視するなり、のけぞるように目を丸くした。女装に驚いたわけではないらしい。

　どぎまぎと視線を揺らしながら、

「お隣さんね、いまはやめた方がいいですよ」

声をひそめて言った。

「いやぁ、なんかね。……最中みたいだから」

「最中って？　痴話ゲンカ？」

三井がにこやかに聞く。

「いや、そのあと、みたいな……。でも……」

「なんでも言ってみて。迷惑かけないから」

「あぁ、うん……」

へらへらっとした三井の口調につられ、男は小さくうなずいた。

「乱交、してんじゃないかなーとか思って。いや、わかんないんだけど。声がするんだよね。ここ、壁薄いから。お隣さん、いつもさ、けっこう激しいんだけど。今日は男が何人も来てるみたいで。正直、ちょっとこわくて……警察呼んだ方がいいかな。でも、悲鳴とかはなくってさぁ」

「あ、警察は待ってくれる？」

三井が答えた。その肩を押しのけるように、佐和紀は割り込んだ。

「お兄さん。これ、貸して」

腕を伸ばした先に、防犯用らしい金属バットがあった。

「それは……おまえ」

三井が顔を歪め、

「ダメや」

真柴もつぶやく。だが、佐和紀は頓着《とんちゃく》しなかった。

「戸締まりをしっかりして、家から出ないで。ちょっと騒がしくなるけど、通報はしなくていいから」

男を部屋に押し戻し、ドアを閉める。鍵のかかる音のあとで、チェーンをかける音が続く。

それを聞き終え、佐和紀は４０５号室のドアの前に戻った。

「顔にケガでもしたら、どうすんだよ。美緒ママなんだぞ、おまえ」

三井がぶつぶつ言う。佐和紀は無視した。ドアを力任せに叩いて叫ぶ。

「すみませーん！　警察の方から来ましたぁ！　開けてもらえますか！」

ドンドンと激しく叩き、それでもダメだとわかると、金属バットの先で突く。

「うるせぇ！」

ドアの向こうから男の声がする。佐和紀はさらに激しくバットで突いた。

「真柴、ここのチェーン腐ってるからな。思いっきり引っ張れよ」

隣の部屋でちらりと見たチェーンは錆《さ》びつき、ねじが浮いていた。こっちも古くなっていると思って間違いない。

鍵の開く音がして、ドアノブが回る。佐和紀は外側からもドアノブをひねった。そのままの勢いでドアを引き、開いた隙間に、バットの持ち手を噛ませた。

「な、なにする！」

半裸の男が慌ててドアを閉めようとしたが、佐和紀と真柴は力任せにドアを引っ張った。チェーンがぴんと張る。

「な、に……って！　決まってんだろぉがッッ！」

叫びながら力任せにドアを開く。一度たゆんだチェーンがまた張り、ドア枠からボロッとはずれた。佐和紀の予想通りだ。隣の家のチェーンと同じく、錆びが来ている。

「おまっ……！　ヤクザより怖ぇよ！」

三井が叫んだのは、バットを足で跳ねあげた佐和紀が、宙で摑んだ勢いのままで男の腹を突いたからだ。振り回すばかりが得物じゃない。

蛙《かえる》がつぶれるよりも悲惨な声をあげてのけぞった男は、部屋の廊下でのたうち回る。

暴力に慣れているはずの三井でさえ青ざめ、よろめいた身体の脇を人影が駆け抜けた。白いシャツの腕をまくり上げた男たちが、どやどやと部屋の中へ入っていく。驚いたのは、佐和紀も真柴も同じだ。

一番最後にやってきた寺坂を見た佐和紀は、眉を吊りあげて思いきり睨む。相手は真剣な顔で会釈をした。

「すみません。気になったもので……。顔にケガでもされたらコトでしょう。しばらく見ていてください」

部屋の中から男たちの悲鳴が聞こえ、ひとり、またひとりと引きずるようにして連れ出される。パンツ一丁の半裸もいれば、下半身を丸出しにした男もいた。

次々と廊下に放り出され、片っ端から正座させられていく。

「真柴。中へ入って、ゆかりを保護してくれ」

佐和紀の命令に従った真柴と入れ違いに出てきたのは、姉の旦那だとゆかりが言ったヒモ男だ。泣きじゃくりながら助けを求め、スキンヘッドのひとりに張り倒される。

あきれた佐和紀は、三井と顔を見合わせた。

それとほぼ同時に、部屋の中から女の悲鳴が響く。ゆかりの声かと思ったふたりが駆け込むと、リビングに敷かれた布団の上で、ひとりの女が半狂乱になっていた。

高級そうなキャミソールが驚くほど似合っていない。

いつもゆかりを冷たく眺めていた女だ。寄り添いなだめるゆかりの肩から、真柴のジャケットがずれ落ちる。

その下は素肌だ。下着さえ身につけていない。口紅はよれ、化粧は涙で崩れていた。髪が男たちの体液でゴワゴワに乱れ、ひどい有り様だ。

「この子！　この子を、好きにしていいからっ！」

自分を守ろうとしているゆかりを突き飛ばし、女は必死になって叫ぶ。

「好きモノなのよ！　男なら誰でもいいの。入れてみたらわかるわ！　だから、ねぇ！　だから！」

女の手がゆかりの腕を摑んで振り回す。胸を摑まれても、足を持たれても、ゆかりは抵抗しない。いまさらだと言いたげに、揺さぶられ続ける。

真柴が止めに入る前に、佐和紀は動いた。女をゆかりから引き剝がし、裏手でなぎ払う。悲鳴をあげた女の髪を摑み、もう一度引っぱたいた。

それから、同じようにゆかりの頰も張り飛ばす。

「好きに言わせるな！」

肩を揺さぶって顔を覗き込んだが、感情の抜けた顔はうつむくばかりだ。

汚れた布団に膝をついた佐和紀の隣に、寺坂がしゃがむ。落ちたジャケットを摑み、ゆかりの腕を袖に通させた。襟を合わせ、胸元を隠す。

「御新造さん。この子の名前は、斎藤《さいとう》すみれです。こっちは腹違いの姉で斎藤花純《かすみ》。父親は大滝組の三次団体の幹部でした。相場で失敗して死にましたが」

「そうです」

ゆかりが乾いた目をして言った。

「父が借金をして、家に、知らない男の人がたくさん来て……。初めてだったんです。セックスするの。十五でした」

「でも！」

姉の花純が肩を揺らす。

「喘いでたのよ、この子。気持ちいいって……っ。く、くくっ、くふふ」

けらけらと笑い出した女を、部屋に残っていたスキンヘッドのひとりが捕まえた。後ろ手に縛る。

「少し黙ってろ」

「乱暴にしないでください」

ゆかりがなおも取りすがろうとする。その手を寺坂が引き剝がす。そして、佐和紀に向き直って言った。

「斎藤花純はこちらで回収させてもらっていいですか。うちの関係が探してまして」

「いいな、すみれ」

佐和紀が顔を覗き込むと、怯えたように眉をひそめる。下がり眉がますます頼りなげに見え、寺坂は弱ったように咳払《せきばら》いをして言った。

「ひどいことはしないから。筋だけは通させてくれ。……そのあとは、精神病院を手配します」

最後は佐和紀に向かって言う。

すみれはかすかにうなずく。病院という言葉に、少し安心したようだった。

「すみれ。外の男たちはどうする。おまえの手で始末をつけたいなら、場所は用意させる」

問いかけると、弱々しく首を振った。

「あの人たちだけが、悪いわけじゃない……」

か細い声で言う。無感情な目は宙をぼんやりと見ているばかりだ。

「タカシ！」

佐和紀が呼ぶと、後ろに控えていた三井が出てくる。

「典子ちゃんにヘルプ頼んでくれ。マンションに戻る。真柴は、服を探してやって。それから」

この部屋の後始末と、外に追い出した男たちが問題だ。

「御新造さん。あとのことは私たちに任せてください。ここの掃除もしておきますから、ご心配なく」

寺坂の言葉に、佐和紀は首を左右に振った。

「そんなこと頼めない」

「これは『お試し』とでも思ってもらえれば……。まぁ、俺たちが勝手にやったことですし。報酬だとか、貸しだとか、そんなことは言いませんから、ご心配なく」

「そういう問題じゃなくて」

「世話係の間じゃ、ご褒美は、あご下を撫でてもらうことですけどね」

三井がいきなり余計なことを言い出す。嘘もいいところだが、寺坂ともうひとりのスキンヘッドはすくりと立ちあがった。

「そんなこと……、そんな」

「まさか、そんなこと」

場所を取る大きな身体でうろつきながら、てかてかした頭を撫で回す。また茹でだこみたいに真っ赤だ。

佐和紀はあきれてため息をつき、なに食わぬ顔でスマホを取り出す三井を睨んだ。


結局、あとのことは、すべて寺坂たちに任せた。

部屋の中で行われていたのが、単なる輪姦《りんかん》じゃないとわかったからだ。男たちはたびたびゆかりをもてあそび、それを映像に残していたらしい。今回も含め、できる限りのデータを抹消してくれるように頼み、報告はすべて三井が受ける流れに決めた。

男たちはそれなりの報復を受けることになるが、どうでもいい。

仮住まいのマンションに四人で戻り、すでに待っていた典子にすみれを任せた。風呂にも付き添わせ、服を着せ替えてもらう。すべてが済んでから、リビングへ呼んだ。

「すみれ、俺を見ろ」

ぼんやりとしたままのすみれの視線が動く。化粧をしていない顔は想像以上にあどけない。細い肩を丸め、手には典子が作ったココアのカップを握っている。

向かい合う佐和紀もすでに化粧を落とし、男ものの和服に着替えていた。髪はおろしたままだ。

「おまえ、何歳なんだ」

「十八です」

「そうか。ずいぶん、頑張ってきたな」

「……そんなこと、ありません」

否定する声は硬い。頭を振り、くちびるをぎゅっと引き結ぶ。

「もう頑張らなくてもいい。殴られなくてもいいし、稼いだ金は自分のために使え。それから、自分の選んだ相手とセックスしろ」

すみれの目が泳いだ。ふっと表情が消え、また焦点が合わなくなる。

佐和紀はテーブルの端を指先で叩いた。そして呼びかける。

「すみれ。これからは、金を払ってでもヤリたい相手とだけ寝ろ。でも、金を要求する男とは寝るな。わかるか」

「わかりません……」

「おまえの思い通りになることだけすればいい。楽な生き方を選んでいいんだ」

「そんなことできません」

「どうして」

「頑張らないと。頑張って乗り越えないと」

「なにを乗り越えるつもりだ。それで、おまえの姉が正気に戻るのか。あれはもう帰ってこない。わかってるだろう」

「……姉が優しかったことはありません。昔からそうでした。私の母は後妻で、元は愛人です。だけど、頑張れば、そうやって報われるって……。だから、私は、頑張らないと」

震えるすみれの背中を、典子がゆっくりと撫で続けている。佐和紀は目を細めた。

「それが殴られて金を巻きあげられて、好きでもない男と寝ることなのか。運命なら、受け入れるだけが正解だと思うのか」

「逃げたくないんです。卑怯者にはなりたくないんです」

「……誰がそう言った」

佐和紀の問いかけに、すみれが黙り込む。

「なぁ、すみれ。おまえはもういいんだ。楽な道を自分で選んでいい。どうしてかって言ったらな、おまえはもう勝ってるからだ。まともに生きてるだろう。姉みたいに狂ったりはしなかった。その足で踏ん張って、この勝負にはもう勝ったんだ。だから、次の勝負だ。わかるな？」

ダイニングテーブルのイスに座る三井と真柴は黙っていた。

ほんのわずかな沈黙が流れ、すみれの喉で息が詰まる。乾いていた瞳に涙が溢れ出す。

「リンデンは辞めるなよ。俺が困る。クリスマスまでのレースは続いてるだろ。おまえなしじゃ苦しいからな」

「でも、私……」

「過去がどうであれ、自分を安く売るな。誰かがおまえを責めても、それは相手が作ったルールだ。乗らなくていい。拒否しろ。自分の生きる道は自分で選べよ。……おまえはまだ十八だ。これからまだ、くだらない男の二、三人は相手しなきゃいけないかも知れないけど、失敗したって、きっといい男に会える」

「どんな人ですか」

すみれの目から涙がこぼれる。きらきらときれいな涙は、年相応に純粋だ。

典子が慌ててココアのカップを取り、テーブルへ置く。

「おまえを大事にしてくれて、おまえの言葉が通じる相手だよ」

「言葉、ですか？」

「うん。言葉だ。口にしたことがちゃんと伝わる相手だ。途中で行き違っても、ちゃんと最後には理解し合える。わかるよ、出会えば」

本当は、キスだけでわかる。くちびるが触れ合ったとき、言葉もなくわかり合えたら、誰と抱き合うよりも身体が温まる。

佐和紀もそうだった。周平と初めてキスしたとき、ふわりと温かい気持ちになって、まだ知らない恋への恐れと期待に身体が震えた。

「誰を思い出して言ってんだかなぁ」

三井が軽口を叩き、典子に睨まれる。

佐和紀は肩をすくめて受け流した。湿っぽくなりすぎないように、三井なりに気を使っているのだ。その三井が続けて言う。

「しばらくは真柴さんに用心棒してもらったら？　新しい部屋もすぐに探した方がいい」

「あー、そうだな。真柴、おまえさ、十八は射程圏内？」

「は？　え？　いやいや、まさか。一回り以上違うし。ない、ない」

真柴が顔の前で手を振る。

「そっか、じゃあ、しばらく頼む。手を出したらぶっ殺すからな」

「出しませんて……。あんた、怖いし」

「なんだよ。こんなに美人なのに」

「美人は認めるけど、怖いのもほんまやから。これ、正直な話！　なぁ、三井くん」

「俺に振られてもねぇ……。どっちもうなずきたくない」

三井がイスから立つ。

「さてと、美緒ママの素晴らしいお説教も済んだみたいだし、そろそろホテルまで送ろうか」

「もう少し待ってよ。ココアも飲んでないのに、ほんと、女心のわからん男」

関西弁でポンポン言い返した典子が、伸ばした袖ですみれの頬を拭った。

「おまえこそガサツなんだよ、せめてティッシュにしろよ」

「じゃあ、持ってきて！」

「キツイんだよな、言い方が……」

勝てない三井がケースを取りに行く。

肩を落としていたすみれが笑った。

「佐和紀さん、ありがとうございます。まだよくわからないけど、落ち着いて考えます」

不安そうに揺れた瞳は、それでも佐和紀をまっすぐに見ていた。

5

そうして、華やかな夜はまたやってくる。

銀座の街路樹も色づき、冬の気配は日に日に増していく。イルミネーションが、澄んだ北風に華やいで見えた。

二大キャバレーのひとつである『リンデン』の代理ママ対決もいっそう盛りあがり、客足は増える一方だ。ママ代理のフロアを日によって選び変える客もいるし、ひとりの女の子を目当てにせっせと通う客もいる。

売り上げの途中経過は、相変わらず美緒陣営が一歩リードだが、大きな差をつけるまでには至らない。その理由のひとつを、佐和紀は横目で見た。

「たいした額は使ってないって、支配人も言ってただろ」

視線の行く先に気づいたボーイ姿の三井が笑う。グラス磨きが板につき、スピードも仕上がりも、一ヶ月前とはまるで違っている。

「なにの話かしら」

着物の衿《えり》を指に挟み、佐和紀はあごをそらした。

「見てたじゃないですか」

三井がカウンター越しにニヤニヤする。

「寺坂さんたちが直談判《じかだんぱん》に来たってさ、俺が報告したからだと思うけど……。それとも、いざとなったら、あの女をかき口説いて、勝たせてくれるつもりかなー、なんて」

加奈子陣営のフロアには、今夜も周平がいる。週に一度か二度、一時間ほど来るのだ。べったりと寄り添う加奈子は周平の指をいじったりして、帰ってからも閉店まで上機嫌だ。

「それ、『抱く』ってことだろ」

声をひそめた佐和紀がまなじりをきつくすると、びくっと背を伸ばした三井は、手にしたクロスを振り回した。

「気にしなくていいって。あぁやって、遠くから見たいんだよ。もちろん、美緒ママを。なっ？」

呼びかけられ、佐和紀は不機嫌な視線を返した。怯《おび》えた三井は、ひくひくと頬《ほお》を引きつらせ、カウンターの中であとずさる。

「そういや、ゆかりちゃんは部屋が見つかったらしいですよ。明日、引っ越しするって」

「さっき聞いたわ」

女言葉で応《こた》えてタバコに火をつける。フロアを眺めながら、ゆったりと煙をくゆらせた。何人かの客と目が合い、そのたびに微笑《ほほえ》む。これ見よがしではなく、ほんの少しだけだ。

「真柴さん、引っ越しも手伝うらしいよ」

「タカシも手伝ってあげたら？」

「断られた。狭い部屋だから邪魔なだけだって。そんなことないと思うんだけど。射程範囲外とか言ってたけど、意外と真柴さんの好みなんじゃないっすか。十代には見えないぐらい落ち着いてるし、顔もかわいいし。俺だったら……」

その先は口にしない。睨《にら》みつけた佐和紀の視線に苦笑いする。

そこへ、客のひとりが近づいてきた。加奈子が周平とイチャついているだけでも腹が立つのに、そこへ輪をかけて佐和紀をイラつかせる知り合いだ。

「ママがこんなところで油売っていていいの」

すっきりとした身のこなしで、カウンターに手をつく。仕立てのいいスーツを着た男が首を傾《かし》げた。インテリを装った眼鏡《めがね》の奥で、外面のいい瞳《ひとみ》が細くなる。

「じゃあ、買ってください」

しなを作って微笑みかけると、相手は思いがけずたじろぐ。

「ドレスの日があるって、マジで？」

食い入るように見られ、一瞬だけ殺気を剝《む》き出しにして睨みつける。田辺《たなべ》はにやっと笑った。周平の舎弟のひとりで、投資詐欺が生業《なりわい》のインテリヤクザだ。

佐和紀が結婚する前には、美人局《つつもたせ》やホステスバイトのクチを探してくれた相手だが、いつも上前は大幅にハネられた。因縁のある相手だ。仲良くはない。

なのに、田辺の方は嬉々《きき》として女装を見に来る。

「つまらないことを言ってないで、もう少しお金を落としてくださいね」

「あんまり派手に使うなって話だろ。岡村から言われたよ。『こっち』だって気づかれたらペナルティかも、って」

「そこまで細かくはない。向こうだって知り合いに声をかけてるだろ」

「素を出すなよ。萎《な》えるだろ」

「出さなかったら、萎えないの？　困った人ね。せっかく手に入れた『いい人』に愛想を尽かされるわよ」

「べつに、おまえに対する気持ちなんかこれっぽちもないよ。それはそうと、写真撮らせてくれない？」

「……死んできて」

「一枚でいいから」

田辺がいそいそとスマホを取り出す。佐和紀は指先を伸ばした。田辺の手首に添える。

「あなたの上司がいらしてるのよ。向こうの席」

田辺がぎくっと青ざめた。

「今日は帰る」

「もう来ないで。顔も見たくないから」

柔らかな口調で辛辣《しんらつ》に言ったが、カウンターに両手をついた田辺はしばらくうつむいた。

「……ほんっと、女じゃなくてよかったよ、おまえ」

言い終えると、その場を離れた。

田辺のことなどどうでもいい佐和紀は、舎弟に気づいていない周平を目で追う。

水割りのグラスに口をつけ、加奈子の話に対して相槌《あいづち》を打っている。頬にわずかな笑みが見え、佐和紀は人知れず歯をこすり合わせた。

嫉妬《しっと》したところで始まらない。そうわかっていても、心穏やかではいられない。事務所でセックスしてからまだ一度も、ふたりきりになっていないのだ。忙しくて時間が合わない上に、慣れない仕事で疲労している佐和紀は休日になると泥のように眠ってしまう。

仮住まいへの出入りは京子が禁止しているから、会えるのはリンデンに来たときだけだ。

「本気出して接客してくる」

カウンターのスツールから下りた。

帯に左手の指をかける。周平から贈られたダイヤがないことにはもうすっかり慣れた。

性欲も前ほどはなく、周平に抱きしめられたいとは思うが、それ以上のことは正直、避けたい気分だ。セックスのことより、勝負のことで頭がいっぱいだし、そうでありたい。

だからこそ、女とイチャつく周平が目の前をちらちらすると腹が立つ。ただでさえ乱れがちなメンタルを、これ以上、試さないで欲しい。

三井がカウンターに身を乗り出し、なにも言えずに元へ戻る。

フロアへ出た佐和紀は、田辺の席に直行した。

帰ろうとしているのを引き止めて隣に座る。

「少し、憂さ晴らしさせて」

有無を言わせず、高額のボトルを入れさせた。

＊＊＊

胸のポケットから取り出したタバコに火をつけ、一口喫《の》んだあとで手元を見つめる。

老舗《しにせ》ホテルの一階にあるロビーラウンジは、夜のざわめきの中にあった。さまざまな目的を持った人間が入り乱れ、そのひとつひとつに人生が潜んでいる。

タバコを見つめる周平にも。

脳裏に浮かぶのは、離れて暮らす妻のことだ。姉と慕う女の口車に乗せられたわりには、きっちりと自分の仕事こなしている。仕事を得た姿はどこかイキイキとして見え、周平の心をかき乱した。

女装というには板につきすぎている和服姿でタバコをふかす姿はあだっぽく、うなじの上でまとめた豊かな髪のほつれも艶《なま》めかしい。盗み見ているだけで胸の奥を熱くさせる佐和紀は、いつのまにやら細いメンソールのタバコを愛喫していた。

周平といるときは好まなかったから、仕事を始めてから自分で選んだのだろう。繊細な指先の動きに似合いすぎていて、細い吸い口を軽く挟むくちびるの赤さに焦燥感が湧《わ》く。

佐和紀が懸命にしどけなさを装っている間も、周平は夜毎《よごと》のわびしさを味わっているのだ。離れに帰る気にはならず、かといって秘密基地にしているマンションにも佐和紀の気配がある。どうせ、どこへ行っても、別居はつらい。触れられないばかりか、寝顔も見られないことがこんなにもこたえるとは想像もしなかった。

佐和紀の方が先に音をあげるとタカをくったのが間違いだったのだ。もっと早くに定期的な逢引《あいびき》を画策しておけば、敵の陣営に通うようなこともしなくて済んだだろう。

ヤキモチを焼かせる作戦も、一度目はうまくいったが、二度目は不発だった。佐和紀の性格から言えば、へそを曲げている頃だ。

拗《す》ねて怒って、いまは仕事中だからと腹の内に収めているのだろう。呼び出して叱《しか》りつけてくれれば、きしんだ歯車はすぐにも元へ戻るのに、久しぶりに得た仕事に夢中で気づきもしない。そう思い、自分の甘さに顔をしかめた。タバコを深く吸い込む。

結婚して三年。いつだって自分を優先してもらえると考えてしまうのは、佐和紀に対しての甘えだ。

「すみません。お待たせしました」

若い女に声をかけられ、タバコを揉《も》み消した。

「こちらからお願いしたのに、失礼しました」

深々と頭を下げるすみれは、小花柄のワンピース姿だ。膝丈《ひざたけ》も清楚《せいそ》で、ついさっきまでキャバレーで酒を注《つ》いでいたとは思えない。

周平がイスを勧め、ふたりは席についた。すみれが紅茶を注文する。ウェイターが離れると、小さな手で胸元を押さえた。

「姉のことで、佐和紀さんに助けられました。ご迷惑になってないですか」

深呼吸を一回してから言う。ぬるくなったコーヒーに口をつけた周平は、眉《まゆ》をひそめた。

「わざわざ、それを確認しに来たのか」

「店では、素性を伏せていらっしゃるので……」

「言ってないのか」

すみれが顔を上げる。

「言いません。……言えません」

震えるように答えて視線をそらす。周平の知っている三年前と変わらない横顔だが、あの頃のような弱々しさは感じられない。

十五になるまでは、金と手間をかけて育てられた箱入りのお嬢様だった。ジャンパースカートの制服を着て、つぶしていない学生鞄《かばん》を両手で持つ山の手の暮らしは、愛人をしていた母の結婚を機に様変わりした。

腹違いの姉ふたりと、気は優しいがカタギになれないヤクザの父親。どこから崩れたのかは周平の知るところじゃない。

でも、周平が初めて会ったとき、すみれは一糸まとわぬ姿で車の後部座席に座っていた。十五の小娘だ。でも、頼りなげな困り顔は哀愁を帯び、大人びて見えた。

相手が周平でなければ、どうなっていたかはわからない。

金に困った父親に強要され、男を誘惑するように言われた少女が手練《てだ》れているはずもなく、周平も女と見れば犯すようなタイプの男じゃない。自分のジャケットを着せかけて家まで送ってやった。会ったのは、それが最初で最後だ。

そのあとのすみれがどうなったのかは、佐和紀が首を突っ込んだ一件を調べるまで知らなかった。

「佐和紀さんは、不思議な人ですね。強くて、優しくて……」

すみれの前に、紅茶が運ばれる。

「自分の生きる道は、自分で選んでいいんだって言われて。初めはぴんと来なかったんですけど……あぁ、そうだなって」

はにかんだすみれは、佐和紀のことを話すたびに肩を小さく弾ませる。柔らかなロングヘアーがかすかに揺れた。

生まれつき物静かな性格なのだろう。夜の街に生きていてもスレたところがなく、育ちの良さが見え隠れしている。どれほど男に踏みにじられ泣かされても変わらない『処女性』も、佐和紀の好みに違いない。

「佐和紀に、惚《ほ》れたか」

周平は冷たく尋ねた。すみれの肩がびくっと緊張する。

「そんなこと、言える立場じゃありません。……憧《あこが》れです」

答えたすみれの脳裏には、やはり佐和紀の姿があるらしい。頬はゆるみ、希望を取り戻した少女の瞳がキラキラと輝く。

揃《そろ》えた膝の上で拳《こぶし》を握ったすみれが、小さく息を吸い込んだ。

「岩下さん。この勝負、私が必ず佐和紀さんを勝たせますから」

まっすぐに向けられた視線が、不意打ちで周平を貫いた。

「そうしてやってくれ。あんな女装、好きでやってるわけじゃない」

答えながら、タバコに手を伸ばす。口に挟んで火を灯《とも》し、苛立《いらだ》ちを押し隠す。

「あの……私って、汚れてるんでしょうか」

臆《おく》することなく周平を見るすみれの目には、女の決意があった。まっすぐで歪《ゆが》みのない純情さの証《あかし》だ。

「それを俺に聞くのか。決めるのは、俺じゃない」

顔を背けて煙を吐き出し、あらためてすみれを見据えた。少女めいていても、すでに女だ。身体《からだ》の発育や性経験の多少が問題ではなく、心の在り方がすみれを女にしていた。

物事の深部を容赦なくえぐり、血に濡《ぬ》れたように真っ赤な真実を臆することなく男へ突きつける。それが、女の本領だ。

怖いものなどない純真な目を周平に向け、すみれは静かに言った。

「私、佐和紀さんに抱かれてもいいですか」

少女を脱ぎ捨て女になった声は、澄んでいて美しく、どこかきわどい。

周平は黙ったまま、タバコを灰皿に休ませた。


大滝組の組屋敷に戻り、岡崎邸のドアを叩《たた》いた。出てきた部屋住みを押しのけると、慌てて周平の来訪を奥へ叫んだ。

聞きつけた京子が、自室から出てくる。寝支度を済ませた姿で、階段を下りながらガウンの紐《ひも》を結ぶ。

「なにごとなの？　騒がしいわ」

周平を睨み、胸の前で腕組みをする。岡崎は不在らしい。

「佐和紀になにかあったの」

怪訝《けげん》そうに眉をひそめ、自分への連絡はなかったけどと息をつく。周平は階段の手すりを掴《つか》み、一段目に足を乗せた。

「すみれをけしかけたのは、あんただろう」

「え？」

「とぼけるなよ。佐和紀を俺から引き離した挙句に、女まで差し向けて」

「ちょ、ちょっと……ちょっと、待って」

京子が慌てて階段を下りてくる。肩へ伸ばされた手を振り払い、周平は身を引く。

「誤解だわ。あんたたち、向こうに行ってなさい。あぁ、いいわ」

髪をかきあげながら、京子は客間へ向かう。

追いかけた周平は、明かりのついた部屋に入るなり、壁へと拳を打ちつけた。

「こういうやり方があんたの『育てる』ってことなら……ッ！」

「落ち着きなさいよ。言っている意味が……」

「佐和紀は今夜限りで辞めさせる。だいたい、あんたは、俺のものなら、どう扱ってもいいと思ってんだろ！」

叫んだ周平の頬に、京子の平手が飛ぶ。パンっと音が弾《はじ》けた。

「落ち着けって言ってんでしょ！」

「どう落ち着けって言うんだ！　何日、会えてないと思う。あいつは自分のことで手いっぱいだ！　俺のことなんか、思い出してもないだろ」

それが信頼の証だとわかっている。

だから、大人の顔で許すのだ。佐和紀のやることはすべて正しいと言ってやりたい気持ちが周平に無理をさせる。

その裏側にあるのは、寛容な大人の男を装う見栄だ。

「欲求不満のヒスを私にぶつけないでよ」

「はぁ？」

手を伸ばし、京子のローブの襟を引っ摑む。

「あんた、俺の気が長いと思ってんのか」

「昔よりはよっぽど長くなった」

「ふざけるな！」

襟を摑んだまま、壁に追い込む。肩をしたたかに打ちつけた京子が顔をしかめた。

「誤解だって、言ってるでしょ……。離れて。弘一が帰ってくるわよ」

「いいだろ」

「よくないわよ！　泣くのは、佐和紀よ！」

二度目の平手打ちにされて、周平の眼鏡が飛ぶ。床の上へ落ちて音を立てた。

周平の手からローブの襟を取り戻した京子は、肩で息をしながら壁にもたれた。

「こんなことに巻き込んで悪かったと思ってるわよ。ふたりに無理をさせてることもわかってる。……あの子のストイックさを理解してなくて……。でも、こんな八つ当たりをされる覚えはないわ！」

「佐和紀が女を知るのが、そんなに必要か！」

「意味がわからないって言ってるでしょう！　わかんないの！　言ってる、意味がッ！」

京子が両手を振りあげ、周平の胸へと力いっぱいに打ちつける。

「すみれなんて子は知らないし、佐和紀に女をあてがおうなんて考えてない！　由紀子が……、あッ」

両手を口で覆った京子が勢いよくしゃがみ込む。

「京子さん」

「口が滑ったのよ。関係ない名前が出ただけ……」

「京子さん。それは、そういうことをするなら、あいつだって話ですか」

「そんなこと言ってないわ！」

「言ってるも同然だろうが！　わかった。黒幕は、あの女だな」

客間をうろついた周平は、憤りにまかせてソファの背に両手を振りおろした。

「支倉か……」

裏の情報を止められるのは、秘書業務を受け持っている支倉だけだ。

「私が、頼んだのよ……」

京子がしゃがんだままで言った。

人を貶《おとし》めることに喜びを感じる悪魔のような女狐《めぎつね》と対決させると知れば、周平の反発がさらに強くなると思ったのだろう。

それは正しい判断だが、納得できるものじゃない。

「京都の件とは状況が違う。勝てばなおさら、佐和紀は矢面に晒《さら》される」

「あんたの嫁でいる限り、遅かれ早かれ、そうなるわよ！　いえ……嫁としてかわいがってるだけならいいの。そうじゃないから。桜川が死ねば、由紀子はまた動きだすわ」

由紀子はもう京都での生活に飽きている。金と権力が魅力だった桜川を捨てて、別の暮らしを望んでいるのだ。

それが単なる離婚にならないところが、あの女の恐ろしさだった。揉め事を愛し、その狭間《はざま》で傷つきもがく人間を、さらに踏みにじることに快感を覚える。

周平も京子も、苦渋と呼ぶのが物悲しいほどの泥水を飲まされてきたのだ。

「佐和紀は、知ってるのか……」

苦さを飲み込み、周平は目を細めた。

会いに行けば震えるほどにしがみつくのに、自分からは連絡してこないわけだ。

由紀子との対決は、京子の名代である以上の重荷を佐和紀に背負わせる。

周平が言わなくても、すべてを察してしまう。それが、佐和紀と周平の間にある愛情なのだから皮肉でしかない。

「……知らないふりを、してあげて」

その場に座り込んだ京子が膝に顔を伏せる。

「私とあんたに関《かか》わっている以上、どうしようもないわ。……それで、すみれって誰《だれ》？」

見あげてくる視線から顔を背けた周平は、なにごともなかったかのようにスーツの襟を整え直す。

「夜分遅くに失礼しました。どうやら酒が過ぎたようです」

「そうはいかないわよ。佐和紀がどんな女に迫られてるのか、詳しく聞こうじゃない」

ふふんと鼻で笑った京子が、周平の眼鏡を片手に引っかけ、行く手を阻む。あきらめ顔になった周平は、自分のネクタイをゆるめた。

京子に聞いてもらいたい気持ちがないと言えば、それは嘘《うそ》だった。

＊＊＊

早めに店に入った佐和紀は、三井や石垣が忙しくしている間に裏口を出た。着物の袖を押さえながらタクシーを呼び止める。誰も追っていないことを確かめて乗り込んだ。

行先は車で五分もかからない。古い喫茶店だ。年季の入った亜麻色の扉を引くとドアベルの音が響き、コーヒーの香りに包まれた。

それほど広くはない店内だ。待ち合わせた相手はすぐに見つかった。壁沿いの四人掛けテーブルで携帯電話を触っていた由紀子が顔を上げる。

「ごめんなさいね。忙しいときに呼び立てたりして。それにしても、いつ見たって完璧《かんぺき》ね。桜川もよく覚えてるわ。いくら誘っても花見にも紅葉《もみじ》狩りにも来ないってぼやいているけど。……知っているかしら。あの人、入院しているの。もう長くないかも知れないわね。畳の上で死ねないヤクザの筆頭なんて言われた頃もあったのだけど」

向かいに座った佐和紀に対してにこやかに微笑み、由紀子がウェイターを呼んだ。佐和紀は紅茶を頼む。

「佐和紀さんはきれいだけど、周平の好みとは違うわね」

胸元の開いたセーターを着た由紀子が、コーヒーカップに手を添えた。見た目だけなら、上品な美女だ。

「あの人は、加奈子のようなのが好きよ。知ってる？」

「……なんとなく」

「上品そうでいて、着痩《きや》せするタイプね。抱いたときのギャップが好きなのよ」

「そんなことを教えるために呼んだんですか」

「あら。周平は店に来てるんでしょう？　加奈子はもうぞっこんよ。正体を知らないってこわいわよね。どんなに金回りのいい実業家の振りをしても、女をもてあそぶことでしかノシ上がれない男なのに」

「由紀子さん。それぐらいにしてください。昔の話です」

真剣な声を出した佐和紀に向かって、由紀子はおどけたように肩をすくめた。

「昔話をしに来たのよ、佐和紀さん」

女の目が艶めかしく微笑む。

「ゆかりというホステスがいるでしょう？　あの子と周平の関係を知っている？」

いきなり切り込まれ、佐和紀は言葉に詰まる。運ばれてきた紅茶の香りが広がっても、天敵と向かい合う心は休まらない。

「周平が男と結婚すると言い出した一番の理由はあの子よ」

「そんな作り話で」

「そう思うなら、確かめてごらんなさいよ。私は本人から聞いたのよ」

「本人……」

「そうよ。周平自身。いまぐらいの季節だったかしら。横浜のホテルで過ごしたのが最後になるとは思わなかった」

含みのある微笑みを浮かべた由紀子が、指先でテーブルのふちをなぞる。

「すみれはね、ヤクザの父親に頼まれて周平を誘惑しようとしたの。全裸で車に乗っていたそうよ。手は出さなかったと言ってたけど、どうかしらね。男と結婚すると言い出したのは、そのすぐあとじゃないかしら？　佐和紀さんはすみれに感謝すべきね。周平に拒まれてからの彼女の人生は、それはもう大変だったんだから。まぁ、あなたの『お姉さん』よりはマシかしら」

「それ以上は！」

叫んで立ちあがった佐和紀は、ハッとする。店内を見渡し、客が自分たち以外にいないと気づいた。

「貸しきりを頼んだのよ。知っているのね、京子のこと。つまらないわ。詳しく教えてあげようと思ったのに」

「……あんたは」

奥歯を嚙《か》み、人の不幸を悦ぶ悪魔のような女を見据えた。

「すみれのことは、私じゃないわよ。ただ、あの子が転落したのはたった数百万のことだったの。周平なら用意できたでしょうね」

「それは関係のない話だ」

「もし、周平がすみれを抱いていても、そう言える？」

「ありえない」

「と、思いたいのね」

由紀子の口調は淀《よど》みなく冷たい。それはまるで蛇が動くように不穏だ。ぬらぬらと地を這《は》い、あっという間に目的地に達してしまう。

「すみれは、あなたが楽しい新婚生活を過ごしている裏で、口にもできないようなことをされてきたのよ。水商売よりも風俗の方が稼げるでしょうにね。落ちるところまで落ちたのに、いまさらだわ。ねぇ、座って」

「話はそれだけでしょう。時間の無駄だった」

「私とあなたの間に、実のある会話なんてあると思うの？」

由紀子が席を立つ。香水の匂《にお》いが漂うのを、佐和紀は疎ましく感じた。

あくどさに反して、由紀子は美しい。香水もまた、憎らしいほど心地よく香る。

「女の世界に首を突っ込むのはほどほどにすることよ、佐和紀さん」

向かい合うふたりの視線が交錯し、火花が散る。どちらも目をそらさなかった。

「桜川の金で遊んでいたから、あなたに頭を下げもした。あれは周平へのご祝儀よ。でも次は違う。私の邪魔をしたら、京子の二の舞になるわよ」

「偉そうに」

目を細めて睨み、佐和紀はあごをそらした。

「男も女も関係ない。俺は、あんたが目障りなんだよ。今度こそ、本当の土下座を教えてやろうか」

「どうせ、今回のことだって、周平の金で決着をつけることになるのよ。私がタダ同然で手に入れて、あなたたちに売ってあげるわ」

「そんなことにはならない」

「どうかしら。女を甘く見ないことよ」

冷淡に微笑む由紀子の禍々《まがまが》しさに、佐和紀は息を呑《の》んだ。

周平と京子の心の奥底には癒《い》えない傷がある。つけたのは由紀子だ。

それでも、あのふたりは生き延びた。不運を乗り越え、それぞれの足で立っている。人を愛し続け、すべてをあきらめない。

「あんたが俺にどんなことをしても、あのふたりみたいにはならないよ」

佐和紀はくちびるに笑みを浮かべた。それから、美緒の口調で言う。

「思い違いをしてるみたい」

髪をアップにまとめ、うなじをさらした着物の首元に指をやる。男たちに対してするように流し目を送った。

「私には周平がいるのよ。少しぐらい汚されても、ちゃんと舐《な》めてくれる。きれいになるまでね……。昔は、あんたにもそうだったでしょう？　あの人は優しいから」

ふっと笑い、佐和紀はクラッチバッグから千円札を出した。テーブルに置く。話すことはもうなにもなかった。この程度のやりとりでしっぽを巻いて逃げるなら、京子に共闘の約束などしない。足手まといになるだけだ。

「由紀子さん、うちの人の入れ墨は、いまも素敵よ。どうもありがとう」

「待ちなさいよ！」

自分の揺さぶりに動じない佐和紀に対し、由紀子は明らかに苛立っていた。

「『半端』もね、この夏に埋まったの」

佐和紀は、敵意を隠さずにぎりっと睨んだ。言葉の意味を理解するなり、真顔になった由紀子がたじろぐ。

「そんなことできるわけないわ！　できないように」

「そう。追い詰めたつもり、だったんでしょう」

身体に墨を入れる痛みよりも、消せない汚点を背負ったことに対する精神的な苦しみが周平のネックだったのだ。そうなるように仕向けたのは、この女だ。

だから周平はずっと未完成のままの半端な入れ墨を背負ってきた。自分に言い訳を重ねて。完成させたときも、佐和紀には弱った姿を見せなかった。その裏でたったひとり、奥歯を嚙んで乗り越えた痛みがある。

佐和紀の視線を真正面から受け止め、由紀子はかすかに息を吐き出した。

「わかったわ、佐和紀さん。あなたを男だと侮るのは、今日限りにします」

「そんなことは、どっちでも」

それじゃあと背を向けて、そのまま店を出た。

すみれの人生と、佐和紀の人生。

それが由紀子の言うような交錯をしているとは思わない。ふたりの人生は裏と表でさえない。しかし佐和紀は、自分にもありえた人生だったと思う。

十五歳の幼さで不運に遭い、男に踏みにじられる。その可能性は佐和紀にもあった。一度や二度じゃない。そのたびに、誰かを裏切り、誰かを犠牲にして逃げてきた。

それが佐和紀の選んだ人生だ。でも、思い出せば苦い後悔と涙しかない。

周平にさえ話したことのない記憶を噛みしめ、佐和紀は冷たい北風に震えた。

＊＊＊

二日後は定休の日曜日で、佐和紀は夕方までたっぷりと眠るつもりでいた。

しかし、前日に周平から電話があり、昼過ぎにはマンションを出る。向かったのは、指定されたラグジュアリーなホテルだ。

逢引のあとで一緒に食べる約束だった夕食は、周平に急な会食の予定が入り、キャンセルになった。秋の定例会はなにごともなく済んだのに、事後処理に追われる周平は忙しい。夕食は世話係と食べることになり、ヤるためだけに行くのかと、佐和紀は送りの車を運転する岡村にぼやいた。しかし。言葉と裏腹に、心は浮かれている。

由紀子に会ったせいか、涸《か》れていた性欲が湧き出し、会えると思うと即物的な期待しかない。話ができればそれでいいと思っていたのが嘘のようだ。

会えないさびしさを晴らす自慰はいつのまにか習慣づいてしまって、日に日にうまくなってきたのがわかる。だからこそ、ひとり遊びだけで満足できる身体になりたくなかった。

岡村から渡されたルームキーを手に、高層階専用エレベーターへ乗り込む。長い髪を後ろで結んだ佐和紀は、悪目立ちを避けてウールのパンツに薄手のセーターを選び、その上にカジュアルなジャケットを羽織った。鏡に映る姿は、見るたびに別人だ。化粧をしていなければ中性的な男だが、爪《つめ》は赤いままだ。

ドアが開くと、周平はもうそこで待っていた。濃いグレーのシャツに三つ揃えのベスト。ネクタイとジャケットは身につけていないラフな格好だ。

思わず笑顔になった佐和紀の腰に手が回る。周平は急《せ》かすように歩き出す。

「佐和紀。早く、キスがしたい」

そう言っているそばからくちびるが触れる。押しのけることができずに、抱き寄せられたままで部屋へ入った。

閉じたドアの裏で、エクステの長い髪が垂れる背中へ腕が回り、キスがひときわ深くなる。佐和紀も迷わずに手を返した。背中を抱き、それでは足りずに首筋へと巻きつける。互いを引き寄せ、ぴったりと合わせたくちびるの間から舌を忍ばせた。難しいことはまだ話したくない。

まずはセックスだ。不安も不満もさびしさも、すべてを満たしてからしか話せない。

焦がれた恋しさが、なににも増して、ふたりの間に募っている。

「んっ……ふぅ……っ」

入り口の壁に追い込まれて息を乱した佐和紀は、眼鏡を押しあげられて背をそらした。懐かしくさえ感じる男の匂いに興奮して、靴の踵《かかと》が浮く。

周平の両手に顔を掴まれ、くちびるが離れた。

「佐和紀」

熱っぽく見つめられる。指がうなじをなぞり肌を撫《な》でた。

「周平……っ」

名前を口にするだけで息があがり、佐和紀は喘《あえ》ぐようにして胸で迫る。でも周平は欲情した目をするばかりだ。突き刺すようなまなざしに晒され、心の奥までえぐるような激しさに佐和紀は震えた。

思い出すよりも先に身体が反応する。

からだ。

「して……」

掴んだ襟足を引き寄せた。舌足らずな声になったのは、待ちきれない舌先が迎えに出たからだ。

それがどれほど卑猥《ひわい》なことかは知っていた。それでも、見つめ合う瞳の間に互いの情欲が溢《あふ》れ、雰囲気だけでイキそうになる時間の中では、どうにもならない。

周平の舌で、差し出した舌の先端を舐められ、佐和紀はびくっと小さく跳ねた。

「はっ……ぁ……」

瞳にじわりと涙が浮かぶ。震えながら目を細めると、舌先を吸われた。視線がほどけ、キスがふたたび始まる。

奥から焦《じ》れてくる身体をよじらせ、佐和紀はまぶたを閉じた。互いの腰が触れ合い、硬く張り詰めた欲望がこすれるもどかしさにいきり立つ。

「しよ……。もう……っ」

キスの合間に訴え、周平のベルトに手をかける。情緒もなにもない。ただ触れたかった。だから、スラックスの前をくつろげ、下着ごとずらしながら手を伸ばす。

周平も佐和紀のパンツを性急な仕草で脱がしてくる。

生身の先端が互いに触れ、佐和紀は慌てて腰を引く。いつもより過敏なそこが周平の指で剝き出しにされると、自分でしているときには感じることのない人肌の熱さに怯えてしまう。手のひらは大きく、指が長い。包まれ、形をなぞられ、佐和紀は自分からの愛撫《あいぶ》を忘れてしまう。頭の芯《しん》が痺《しび》れて夢心地だ。

「どうして欲しい」

優しさを装った淫《みだ》らな声が耳元をなぶる。あごをそらして喘ぎ、壁に背を預けた佐和紀はずるっと身を沈めた。

「んっ……」

乱れた髪を耳にかけ、顔を傾ける。周平のシャツとベストの裾《すそ》を押しあげ、自分のものとは比べものにもならない熱の塊を赤い爪の指で支える。

知らず知らずのうちに、けだるい息が漏れ、吹きかけられた周平がまた、ビクリと大きくなった。

なにも言わずに視線だけを向けた佐和紀は、肩を大きく上下させた。見おろしてくる周平は、凜々《りり》しい眉根に深いしわを刻む。

佐和紀の押さえている裾を代わりに持ち、ゆっくりといやらしい腰つきで先端を動かした。先走りが佐和紀のくちびるを濡らす。

ふたりの息遣いだけが部屋の入り口を満たしていく。その淫らな空間の中で、佐和紀は濡れたくちびるを開いた。太い先端をくわえる。

「んっ……ふ」

口での呼吸ができないほどみっしりとふさがれ、目を伏せながら頭を動かした。根元へ舌を這わせ、脈を打って膨張する男をくちびるで横挟みにする。

息を吸い込むと、男の汗の匂いがした。

それにさえ痺れる自分をいやらしいと思う。しかし、そうなるようにしたのが、目の前の男だ。その事実に甘く爛《ただ》れていく。

硬く張り詰めた先端にこすりつける口腔《こうこう》内のすべてが気持ちよくて、そうなることが正しいのか間違っているのか、淫乱《いんらん》なのか、わからない。ただ、体裁を気にする余裕もない。

「佐和紀……」

欲情をこらえる声が降りかかる嬉《うれ》しさに、なおも激しく吸いつくと、

「ダメだ」

周平に昂《たか》ぶりを奪われた。追いかけた佐和紀の額が手のひらに押さえられる。

不満げな目を向けると、周平は身をかがめて靴の紐を解いた。靴を脱ぎ、スラックスと下着から足を抜く。

「禁欲明けの一発目は、下の口で受けてくれ」

にやりと笑った周平が、佐和紀の鼻先へキスする。

「エロいフェラのお返しに、たっぷり抱いてやる」

わきの下に腕が差し込まれ、軽々と立たされる。そのまま、ふたりで服を脱ぐ。シャツ

から袖を抜いた周平の背中には消せない入れ墨が鮮やかな色彩で刻まれていた。

瑞々《みずみず》しい牡丹《ぼたん》の花に触れると、軽く抱き寄せられる。髪をほどかれ、物珍しそうに撫でられた。長い髪の佐和紀は、腕の中から周平を見る。

「別人みたいだろ？」

「どんな姿でも、おまえは俺の奥さんだ」

軽々と抱きあげられる。広々とした部屋のカーテンはぴったりと閉まり、隙間《すきま》から差し込む光とベッドサイドのライトだけが部屋を浮かびあがらせていた。

「すみれのこと、聞いた」

佐和紀の言葉に、周平は誰からと聞かなかった。由紀子だとは、思いもしないだろう。

「俺の責任だと思うか」

キングサイズのベッドに横たわった佐和紀の上にのしかかる周平が、背中に挟まる長い髪を引き出した。質問はシビアな内容なのに、佐和紀の髪に触れる表情は楽しげだ。

顔まわりの髪を指で避《よ》け、そのままそっとあごのラインをなぞられる。優しい男の手を追いかけ、キスをする。

太い親指にくちびるを滑らせ、佐和紀は長いまつげを伏せた。

「思わない。いちいちおまえが責任を取ってたら、金も身体も時間も足りないだろ。すみれには過酷だっただろうけど、それがあいつの運命だ」

その人生の裏側で、佐和紀が周平という存在を得たことも『佐和紀の運命』だ。

光と影は、ふたつの運命の間には存在しない。ひとつひとつの運命の中に存在するものだ。夜が朝になるように、昼が黄昏《たそが》れていくように、幸運と不運は静かに巡る。

「……おまえの口から聞きたかった」

指先でくちびるをなぞると、周平は苦しげな表情になった。

「詳しくは知らなかったんだ」

「うん……」

それが本当かどうかはたいせつなことじゃない。だから、佐和紀は男の手を摑んで胸に引き寄せる。

キスと愛撫に溺《おぼ》れていくのに時間はかからない。

舌先の触れ合うもどかしさと、胸の突起をじっくりいじられるせつなさが絡み合い、息が弾んでいく。

「あっ……はぁ……っ」

周平のくちびると手は、佐和紀の全身をくまなくまさぐった。

足先も、膝の裏も、腰骨のくぼみも、脇腹《わきばら》も。すべてを撫でさすられ、舌でなぞられる。くすぐったさと恥ずかしさと、そのあとへの期待がないまぜになって、佐和紀は身をよじりながら息を乱す。喘ぐ声も次第に甘える響きになり、たまらずに逃げようとした身体を押さえつけられた。

「シャワーは浴びてきたんだろ？」

したり顔で言われ、くちびるを噛んだ。呼び出しに応えたときから、こうなることはわかっていたし期待していた。

出かける前にそこまでしなくてもと、自分で思うほど、隅々まで洗ったのも本当だ。

「……だって」

「だから、いいよな」

なにをと確認する暇はなかった。ベッドから下りた周平に仰向けで両足を引っ張られ、ハッと気づいたときには、折り曲がった膝が目の前にあった。

「ローションを塗る前に、味見させろ」

「い、やっ……」

押さえつけられた膝の間に、眼鏡をはずした周平の顔がある。指先で奥地のすぼまりを撫でられ、佐和紀は解放されていない足をばたつかせる。

「恥ず、かし……っ」

「少しだけだ」

自分の膝を抱えているように手を引っ張られ、佐和紀は拒んだ。でも、前をしごかれ、股間《こかん》の膨らみからすぼまりまでを撫でられて、たまらなくなる。片手で尻《しり》を揉まれただけでも、振動が内側を焦らす。

「んっ……、ぃや……」

頭がくらくらして、声がかすれる。それを待っていた周平が身をかがめ、根気強く焦らした佐和紀の中心線を舌でなぞりおろす。

肉づきのいい柔らかな臀部《でんぶ》を両手で支え持ち、ぎゅっと閉じている蕾《つぼみ》を舌で舐めた。

「んっ」

膝裏を抱えた佐和紀は息を呑んだ。でも、長くは我慢できない。さらけ出した場所にキスを散らされ、何度も舐められて腰がひくつく。

口には出せないが、頭の中では内側への刺激を待ち望んでいるのだ。

そこを舐められるときの背徳には、いつも嫌悪が入り混じる。周平ほどの男をひざまずかせ、そんなところへ顔を伏せさせて。

やめて欲しいと思う。でも、濡れた舌が侵入するぬめりの快感に優越感が芽を出せば、こらえきれない。

「んっ。はぁっ……ぁ！」

自分だけにしてくれる行為だと思うと、足先から痺れる。

「んっ、んんっ」

押し広げられた場所に舌が這う。熱い息遣いが肌に当たり、佐和紀は高く持ちあげられた腰を揺らめかせる。

嫌だと思うほどに気持ちがよくて、もう嫌だとは感じられなくなってしまう。

「あっ、あんっ……！」

ふいに指が滑り込んだ。ずくっと奥を突かれ、ずるずると引き抜かれる。動きに合わせて声が漏れ、背を丸めると足の間に周平が見えた。

佐和紀の肌はさらに火照《ほて》り、身体の奥に潜むものが、指の動きとともに引きずり出されていく。

「あっ……も、っと……」

思わずねだった佐和紀に応えた指が、柔らかくなり始めたそこを開く。周平はもう一度顔を伏せた。

「やっ……やだっ」

身をよじらせる佐和紀の太ももの裏を押さえ、周平はいやらしく水音を立てた。ことさら卑猥に羞恥《しゅうち》を煽《あお》られる。

「ねだってくれ。佐和紀」

ローションを手に出し、佐和紀の花唇に塗りつけた周平が身を起こす。猛々《たけだけ》しく反り返った自身にも塗りつける。

「入れて……」

ベッドの上をあとずさりながら、佐和紀は顔を伏せた。

久しぶりのセックスがこんなに恥ずかしいとは思わなかったのだ。口にすると、自分の身体が周平を求めていることをまざまざと感じてしまう。

「俺を我慢させておいて……そんな言葉じゃ、盛りあがらないだろう」

「盛りあがりなんて」

「いらないか？」

ベッドにあがってきた周平の手が膝を摑む。

佐和紀は息を詰めた。腰が浮きそうで、気持ちが焦る。

「そんないやらしい顔して」

「ん……、もう、入れて欲しい」

「どこに」

「……ここ」

「どこ？」

逞《たくま》しい屹立《きつりつ》の先端をぬるぬるともてあそぶ周平はそらとぼける。ムッとした佐和紀は、不機嫌に睨みつけた。

「どれぐらい俺が欲しかった」

佐和紀の両膝を押し広げ、周平が進んでくる。

「俺が教えた気持ちよさは、思ったほどでもなかったのかもな。我慢できる程度だったんだろう」

「そんなわけ、ない」

「店の事務所で抱いたことも怒ってるのかと思ったけどな」

「俺も、大変で……。仕事の前はしたくないし、でも、終わってからだと遅いし……。周平……っ」

　上半身を起こして、腕を摑んだ。奥が焦れていると、自分でもわかる。中をこすっていた指がなくなり、物足りないとごねるように波打っているのだ。

「おまえが……っ、する、から……」

　ぎゅっと眉をひそめて睨んだが、きつい表情にはならなかった。どこもかしこもだらしないのが自分でわかる。声さえも、しどけなく周平を欲しがっていた。

「おまえが、舐めたりするから……、欲しくてたまらなくなった……」

　手を伸ばし、男の首を引き寄せる。

「この頃、ひとりでしてばっかりだ。出したくて、毎日しごいてる」

　顔を覗《のぞ》き込むと、髪の長い佐和紀を凛々しい瞳に映した周平は、ほんの少し意地悪に微笑んだ。

「でも、もう指も入れてない。……自分じゃ、気持ちよくない」

近づくだけで息が乱れ、ぎこちなくくちびるにキスをした。

「なぁ、いやらしいことを言えばいい？　どんなのがいい？　わからない」

身体がぶるっと震え、佐和紀は目に涙を滲《にじ》ませた。身体の奥から濡れてくる情感に肌が粟立《あわだ》ち、すがりつくように周平を見た。それだけでまた腰がわななく。

入れられる前からすでに挿入されているときの快感が甦《よみがえ》り、佐和紀は目を伏せた。呼吸も乱れてくる。

「……周平。俺、イキそう」

不思議そうな表情をする周平の肩に頬をすり寄せた。

「入れなくていいから、抱いて欲しい。ぎゅって、して……っ」

息が喉で詰まり、両手を周平の身体へ回す。入れ墨の背中を赤い爪で撫で回し、胸をぴったりと寄り添わせる。

「あっ、あっ……」

屹立がこすれ合ったが、それよりも、周平の腕に抱き返される感覚が佐和紀をせつなくさせた。心の奥が満たされ、淡い性欲がさざ波のように湧き立つ。

「いく、いく……あ、いくっ……」

指が肌に食い込むほど強く抱き寄せられ、佐和紀は背筋を伸びあがらせた。腰裏のあたりがきゅうっと引き締まり、周平に触れている場所から肌がとろけていく。

びくっと大きく跳ねた腰が小刻みに揺れ、汗が滲んだ。射精することもなかった性器は、周平との間で濡れている。

「周平、俺……」

甘ったるい声で呼びかけたのは、身体の記憶だけで迎えた淡い絶頂に身も心も痺れたあとだからだ。

「淫語ぐらいで燃えてる俺が情けなくなるな」

顔を掴まれ、深いキスを交わす。

腰で足を開かされ、丸みを帯びた亀頭がすぼまりを探してすり寄る。

「言わなくていい。おまえは、そこにいるだけでいやらしい」

ぐっと体重がかかり、ほぐれたヒダが割り拡《ひろ》げられる。

のけぞった佐和紀の肩を抱き寄せた周平は、背中の長い髪が引きつれないように、そっと引き抜く。手に絡めたまま髪へ口づけた。

「ひとりでしても、こんなイき方してるのか？」

「ちが……、はじめて……ぁ……ん」

佐和紀の濡れた花唇が、周平を受け入れる。

「……あぅ……ぅ」

躊躇《ちゅうちょ》なく腰を進めた周平の昂ぶりは、佐和紀が想像した以上の熱と容積で、柔らかな肉をこすった。太ももが打ち震え、腰が浮く。

「んっ。……すご……ぃ。あ、あっ」

周平の腕を掴んだ指で、入れ墨を掻《か》く。深い快感はすぐに渦を巻き、淫らに乱れていく。飲み込まれたのは佐和紀だけじゃない。甘く爛れた情欲の蜜壺《みつつぼ》に侵入した周平も、頭の芯からとろけるような快楽に晒されている。

周平の汗ばんだ腰がわずかに揺れるだけで、濡れそぼった肉はぎゅうぎゅうと絡みつき、ふたりにとって最高の快感に変わっていくのだ。周平の息が低く弾み、佐和紀は艶めかしい声をあげて身悶《みもだ》える。

「すぐ、イッちゃ……あ、あんっ……んんっ」

小さな快感の波に飲まれては浮上し、また巻かれていく。

周平が互いの指を絡め、さらに腰を深く差し込んだ。

引き抜き、奥を穿《うが》ち、また引く。一定にしないリズムで佐和紀を翻弄《ほんろう》して、身に迫る淫欲の甘だるさを存分に味わっている。

「あっ、あっ……ん、あぁっ、あっ……っ」

すごいと繰り返した佐和紀の身体が跳ねる。押さえつけた周平の腰がリズムを刻んだ。

「そこっ……ぁ、いいっ、きもち、いっ……あぅ、あっ……」

「もっと、よがれよ。奥に出して欲しいだろ」

腰を打ちつけながら、息遣いの乱れた周平は佐和紀の顔を押さえた。

「出して……っ。周平の、欲しっ……」

喘ぐ佐和紀の腰はもう浮きっぱなしだ。びくびくと跳ねながら、快感を貪《むさぼ》っている。

周平の指で乳首をこねられ、痛いほど吸われてさらに身悶えた。

「あっ、あぅ……っ、あんっ、おかしく、なる……っ」

反り返り、先端から蜜を滴らせている自身に、佐和紀はようやく手を伸ばした。手のひらで包む。

「あっ、あっ、いく、いく……いきたいっ、周平っ……」

片手で肩を掴み、額に汗を浮かべている周平へ訴える。視線が複雑に絡み合えば、どちらも欲望を貪る男の顔になった。

寄せ合う腰を淫らに揺らし、激しく振り立て、快感のふちを駆けあがる。獣じみた息遣いを食らうようなキスは、唾液《だえき》を溢れさせて肌を濡らしていく。

「い、く……っ」

周平が低い声で唸《うな》った。限界までこらえた欲情の果てが、深々と突き立てられた先端からほとばしり出た。隔てるものはなく、体液は佐和紀の中へと注がれる。

断続的で長い放出のすべてを受け止めた佐和紀は、自身の解放とともにやってきた絶頂にまた身をさらわれた。

「あっ……んー、んっ……はっ……ぁ」

息も止まるような感覚のスパークで頭の中が真っ白になる。声が引きつれ、足先がシーツを滑った。両手がすがるものを求め、必死になって枕《まくら》の端を摑んだ。でも周平に剝《は》がされ、うながされるよりも先に首へとしがみつく。

「うっ、はっ……、あ……」

痙攣《けいれん》する身体の動きが止まらず、閉じ切らないくちびるから唾液が流れ出て、長い髪が貼《は》りつくうなじへ伝う。

「抜い、て……」

「冗談だろう。もう一度だ」

耳たぶを舐めしゃぶられた佐和紀が目を見開く。周平の腰はもう動きだしている。

「う、そ……。抜け……だめ、抜いてっ」

閉じた両足を片側に倒すと、こすれる位置が変わる。

「あっ……あっ」

下側になった足にまたがった周平は抜かずに動く。

「こっちもいいだろう」

「……や、だ……っ、も……だめっ」

たっぷりと中に出された精液が逆流してきて、出し入れされるたびにぐちゃぐちゃと水

音が響く。ぬめりに勢いづいた刺激はいっそう卑猥だ。

「あっ。あっ……あ、あーっ」

恥ずかしがるほどの余裕はもうなく、佐和紀は手に触れた枕を今度こそ引き寄せた。たまらず溢れ出る涙を拭《ぬぐ》うようにこすりつけ、あとは絶倫の周平が満足するまで快感に乱れるだけだ。

呻《うめ》きも喘ぎも、たまらずに叫ぶいやらしい言葉も、もうなにひとつ恥ずかしくなかった。


腰が立たなくなるまで抱かれた佐和紀が回復するのに一時間はかかった。全身が性感帯になったように、少しの刺激で肌が痙攣を起こし、そのたび、周平に強く抱き寄せられなければいけなかったからだ。

へとへとにくたびれた佐和紀は抱きあげられてシャワーを浴び、水滴をすっかり拭われてまたベッドへ転がされる。バスローブを身にまとい、ウトウトと浅い眠りに落ちた。

周平の腕を枕に身を寄せ、いつまでもそうしていたい気分でまぶたを開く。佐和紀のバスローブの中に手を入れていた周平は、ただ肌を撫でているだけだ。いやらしさはあったが、慈しみと紙一重の愛撫に過ぎない。

「このあと、あいつらとメシ食いに行くのに……。どうすんだよ」

拗ねて睨むと、同じデザインのバスローブを着ている周平が肩を揺らして笑う。

「俺だって仕事だ」

「おまえは平気だろ」

「どうだろうな。おまえのいやらしい顔を思い出したら、またすぐに勃《た》ちそうだ」

「……冗談と思えないから怖いんだよ」

ぼやきながら、身体を起こす。バスローブがはだけて太ももがあらわになると、周平の手がすぐに伸びてくる。

膝にくちびるを押し当てられ、

「もう、だめ。ほんとにね」

肩を押して仰向けにひっくり返し、くちびるにキスをする。佐和紀の髪が肩からすべり落ちてシーツにつく。引き寄せようとする腕を笑いながら払いのけた。

筋骨隆々のタイプではないくせに、佐和紀のことも軽々持ちあげる周平は身体能力が高い。特に持久力は恐ろしいほどで、高地トレーニングでもしたんじゃないかと、からかい半分に聞いたことがあるぐらいだ。性欲の強さは佐和紀に対してだけだと笑った周平の言葉が、この頃になってようやく理解できる。

さほど性欲のなかった佐和紀もまた、周平にだけは執着に似た欲望を感じるからだ。それはキリがなく、ときどき暴走しては今日のようになる。

ゆっくりとベッドを下りてみると、なんとか立てた。

「もう、時間だろ」

ベッドの端に座って声をかけると、周平も起きあがる。時計を確認した。

「お互いに気づかなかった振りをするっていうのはどうだ」

「べつにいいけど。俺のお迎えはシンだからさ。部屋まで突撃してくるんじゃない？」

「あいつは最近、生意気になったからな」

口ではそう言っても、舎弟分の独り立ちを喜んでいる。周平は笑いながらベッドを下り、佐和紀の着替えをひとまとめにして運ぶ。眼鏡も渡された。

「これでしばらくはお預けになるのか？　一ヶ月は長いぞ」

周平に言われ、服を着た佐和紀は靴下を手に取った。

「そうは言っても、クリスマスには終わるから。一ヶ月もない」

「……時間を作る、ぐらい言えよ」

「おまえに言われんの？」

佐和紀はなにげなく顔を上げた。半乾きの髪をかきあげて、指で梳《す》く。

いつもは周平の方が忙しいのだ。一ヶ月とは言わないが、かなりお預けになって、ビルの地下駐車場でカーセックスすることもある。狭い場所で求めあうのも悪くはないが、結局はガス抜き程度のセックスだ。

周平の眉がひくりと動く。それに気づいた佐和紀は、床に落ちているシュシュをみつけて拾い、長い髪をひとまとめにした。

「これだけやれば、しばらく満足だろ」

言いながら、ソファの陰に並べてある靴を見つけ、意外にマメな周平をこっそりと笑う。若頭補佐としては縦のものを横にもしないくせに、嫁のためには万事を整えてしまう男だ。

肘掛《ひじか》けにもたれながら靴を履き、黙り込んだ周平へ視線を向ける。

「周平？」

思いがけず、難しい表情が目に入った。鏡も見ずにネクタイをしめる姿は、もう一度ベッドに押し戻したくなるぐらいに禁欲的でそそられる。

「佐和紀。……おまえ、すみれのことをどう思ってる？」

「え？　べつに？」

質問の意図がわからない。急に不機嫌になった周平は、ベストを身につけ、革靴を履いた。紐を結ぶ指先が、佐和紀の胸を疼《うず》かせる。さっきまでは佐和紀を撫で回し、悦《よろこ》ばせていた指だ。

どんなことをしても性的に見え、慌てて視線をそらした。

「すみれは、おまえの好みだろう」

周平が言う。

「嫌いな感じじゃないけど。でも若いよ」

「俺とおまえの年の差と変わらない」

「もっと離れてるよ。……周平。おまえ、なんか怒ってる？」

声にトゲがある。それに、さっきからずっと、持って回った言い方ばかりだ。

「すみれに迫られて、断れるか？」

いきなり言われて、佐和紀は目を丸くした。

「バッカじゃないの！　ないよ、そんなの」

怒鳴るように言い返したが、周平は意にも介さず続ける。

「すみれみたいな女に、まともな恋愛はできない。自己評価が低いからな。助けてくれたおまえが、男と結婚してようが、気にしない」

「そんなことないだろ。決めつけるな」

「金をむしられてDVを受け続けるのは、そうすることで自分の存在意義を確かめたいからだ」

「周平。言いたいことがあるなら、はっきり言えよ。俺が気に障ることを言ったんだろ」

「……おまえは、俺をわかってない」

「は？」

驚いた佐和紀は、しばらくまばたきを忘れた。

そのあとでふつふつと怒りが湧いてくる。

「なに、それ。じゃあ、俺以上にわかってるヤツでもいんの？」

口にした端から、加奈子の面影が頭をよぎる。周平がすみれを持ち出したりするからだ。

不機嫌になった理由が、すみれとのことなら、加奈子と視線を交わす周平を思い出すたび、佐和紀もはらわたが煮えている。細く華奢《きゃしゃ》な肩に腕を回し、心からとは言わないまでも笑顔を見せているのだ。

抱かれてすぐだからなおさら、自分の男に対する独占欲が抑えられない。

「それってたとえば、奥さんに放っておかれてかわいそうですねって、そういう慰め方をしてくれる女がいるってこと？」

「俺の話をしてるんじゃない」

「でも、俺たちの話だ。いまさっき、そこであれだけセックスしたのに、なんで俺にすみれとのことを聞くんだよ」

「……」

周平には珍しく視線をそらす。それが佐和紀の中に疑惑を根づかせた。

「おまえ、加奈子とは店でしか会ってないの？」

「どういうことだ」

「浮気したから、俺にも疑いをかけたいだけじゃねぇの。俺はしないけど。絶対にしないけど！」

そこで、俺だってと応えてくれる周平じゃない。

視線はいっそう冷淡になって佐和紀を見る。本気で浮気をしたなんて思ってない。だけど、結果のためになら手段を選ばない男だ。そう考えてすぐに、ありえないと悟る。

でも、と佐和紀は心の中でつぶやいた。

俺をわかっていないと言われたことが、胸の奥をかき乱す。

結婚して三年。それは出会って三年ということだ。

短くはないが、長くもない。しかし、佐和紀なりに、自分は周平にとって特別な存在だと思ってきた。愛し合った欲深さの分だけ、口にはしない悲しみにも寄り添ってきたつもりだ。なのに、その自信が揺らぐ。

周平はいつも急に心を隠す。そんなときは、突き放された佐和紀の戸惑いさえ裏切りのように扱われる。経験値の乏しい佐和紀にはどうすることもできない。

部屋の電話が鳴り、周平が受話器を取った。

「シンが迎えに来た」

そう言われ、佐和紀はジャケットに袖を通す。言葉が見つからず、それ以上に、口を利きたくなかった。ケンカしたくないのに、雰囲気は悪くなる一方だ。

「佐和紀。俺が言いたいのは」

周平に腕を掴まれ、睨み返す。これからまたしばらく会えなくなる。本当なら名残惜しく、夜になれば身体が疼くほどの甘いキスで別れるはずだった。

周平は続きを言わない。じっと見つめてくるのは、続きを探しあぐねているからだろう。それが、心を言い当てられない自分へのあきれや叱責《しっせき》に思え、佐和紀は不安に駆られた。

「いまさら、女が抱けるカラダかよ」

腕を振り払って部屋を出た。

早足にエレベーターホールへ向かい、途中でためらって振り向く。

こういうとき、周平は追いかけてくれない。

言おうとして言わなかった言葉が、足を引き止めるからだ。よく考えてからしか行動しない男の慎重さが、たまらなく憎かった。

すぐに追いかけ、口にしたことは間違いだったと謝ってくれればいい。それだけのことだ。嘘だとわかっていても、なだめてくれたなら、拗ねて騙《だま》されてやれる。なのに。

「俺が一番、わかってんだよ。バカ」

考えていることが理解できなくても、あの男の悲しみだけはよくわかる。

到着したエレベーターに乗り、佐和紀はうつむいた。ぐっと拳を握る。

苛立ちが渦を巻き、言葉の足りない自分が疎ましくなる。周平の欲しい言葉を、欲しいときにあげられない無力さに、目頭が熱くなる。

いくら夫婦でも、信頼し合って愛し合っていても、悲しみを知っていても、相手の心にできた新しい隙間までは見つけられない。その事実に打ちのめされる。

周平が気に病んでいることを尋ねたとしても無駄だろう。

口にしないのは、周平の方に確固たる答えが出ていないからで、佐和紀が言葉を重ねても納得させることはできない。周平の答えは周平の中にしかなく、いつだって周平の言葉でしか現れなかった。

知っているからもどかしい。

ロビーへ出ると、近づいてきた岡村が顔色を変えた。

「どうかしましたか。気分が優れないなら」

「セックスの余韻だ」

そっけなく答えながら、佐和紀はエントランスに足を向けた。

「考え込むとさびしくなります。今夜は、遊びましょう」

憂いの理由を、クリスマスまで続く忙しさのせいだと思っている岡村が横に並ぶ。それも間違ってはいなかった。

ふたりの間のさびしさが、別れ際の気まずさになったのだ。

「タモツたちは車で待っています。エントランスの向こうに……」

ロビーから出たところで言われ、岡村の袖を引く。

「俺が童貞でいると問題なのか」

「はい？」

いきなりの質問に驚くのは当然だ。慌てた岡村にうながされ、車寄せの端に連れていかれる。車種がわからないから、石垣たちがどこにいるのかは不明だった。

見られて困るわけでもない佐和紀は、両肩から力を抜く。

「周平が、俺の浮気を疑ってる。っていうか、したらいいと思ってる」

「まさか！　ありえません。勘違いですよ、佐和紀さん」

「そう思いたいけど、してもいいとは思ってるだろ、あいつ。それって自分もしたいからなんじゃないの？」

佐和紀に問い詰められ、自分が責められているかのような表情で岡村はあとずさった。

「できれば肯定したいところですが……、ありえません。無理ですよ」

「おまえの話じゃねぇぞ」

「もちろんです」

背筋を伸ばした岡村は、自分のセーターの裾を軽く引っ張った。

「シン。あいつはそんなに身持ちが堅いか？　違うだろ。嘘だってうまい」

佐和紀はうつむいた。自分で言っていて苦しくなる。

「堅いですよ」

迷いもなく答えられ、息を吸い込みながら睨みつけた。岡村はまっすぐに佐和紀を見返し、微塵《みじん》も視線をそらさずに言った。

「あなたが特別だからです。泣かせてまで楽しむ女遊びでもないでしょう」

冷静かつ慎重な声に諭され、

「……ん」

佐和紀は小さな声でうなずいた。岡村の言葉は、望んだ以上の収まりのよさで佐和紀を満たす。すみれの件は、周平自身の浮気心とは関係ないと納得がいった。

「わかってもらえたなら、気持ちを切り替えて欲しいんですが。今夜は真柴さんがお好み焼きを作ってくれます。店を借りましたから」

「マジか」

「昔、バイトで焼いていたとかで、かなり自信があるらしいです」

「……それはいいけど、店、貸し切るなよ」

「俺の知り合いの店なんです。小さな店ですが、騒げますよ」

「行くか。もー、いいや。あいつのことは」

口で言うほどは割り切れないが、沈んでいても変わらない。

周平が考え終わって動くまで、佐和紀には打つ手がないのだ。特に、『リンデン』での仕事を抱えている、いまは。

「シン。さっきの、助かったよ。すごくホッとした」

「それはよかったです」

「ご褒美、欲しい？」

岡村の肩に片手を投げ出し、距離を詰める。

ぐっと押し黙った岡村は生唾《なまつば》を飲み込んだ。

「タカシがな、うちのご褒美は、ここをな……」

言いながら、そっとあご下に人差し指をあてがう。横向きにして撫でる。

「佐和紀さん……」

岡村の目が激しく動揺した瞬間、車寄せにクラクションが響いた。

隅に停《と》められた車が激しく揺れている。後部座席から身を乗り出した石垣が運転席の三井を押しのけ、鬼の形相でクラクションを鳴らしていた。

6

閉店した『リンデン』から仮住まいのマンションへ戻り、いつも通り三井に髪をほどいてもらう。それからシャワーを浴びた。

髪に刺さるピンを取るのが苦手なのは昔からだ。誰かにやってもらった方が断然早い。

化粧も落とした洗い髪でリビングへ戻ると、先に缶ビールを飲んでいた男三人がぴたっと固まる。パジャマ代わりのスウェットを着た佐和紀は、裸眼で流し目を向ける。肩にかけたバスタオルで髪を拭う姿は、傍目《はため》から見て悩殺的らしい。

見慣れてもいい頃なのに、毎回毎回、示し合わせてでもいるんじゃないかと思える反応をされる。佐和紀は通りすがりに三井と石垣の頭を叩き、真柴に対しては軽い睨みを利かせた。ソファへ座ると、石垣と三井が動く。

石垣は缶ビールを取りに行き、三井はスツールを移動させて佐和紀の後ろへ回る。ドライヤーで髪を乾かしてくれるのも、いつものことだ。

温かな風に眠気を誘われながら、グラスに注がれたビールを受け取る。

「それで、向こうが伸びてきてる理由は？」

ごくごくと喉《のど》を鳴らして苦いビールを飲む。質問には真柴が答えた。

「常連が、えらいたくさん通ってるな。席の回転率が速い」

周平からの電話を拒否し続けた翌週には十二月に入り、加奈子の陣営はじわじわと売り上げを伸ばし始めた。

佐和紀が拗ねていると思っているらしい周平は、ホテルでの逢引から一度も『リンデン』に来ていない。来たとしても、加奈子側に使う金額は知れている。だから周平が理由ではないのだが、売り上げの差は確実に詰まっていた。

このまま行けば来週には逆転される気配だ。

「席は限られてるからな」

「それだけじゃない」

ドライヤーを止めた三井が言う。

「あっちは『マクラ』、バンバンやってんだよ」

枕営業の略で、客を繋《つな》ぎ止めるためにベッドを共にすることだ。

佐和紀が身をよじって振り返ると、三井は肩をすくめた。

「女の子の半分はやってるよ。それもけっこうあくどい。相手もひとりやふたりじゃない。早出の子は店あがってから行ってるし、遅出の子は店の前にやってる」

「なりふりかまってねぇな」

石垣が眉をひそめた。

「年内限定だって、客の方もわかってるから。そりゃもう、えげつないぐらい粉かけてんだよ。ひとりで二、三人食ってるのもいるんじゃない？」

「一応、ホテルに入っていくところでも、証拠に押さえといた方がいいな」

石垣の提案に三井がうなずいた。

「写真を何枚か……。あと、こっちの女の子もみんな一度は誘われてる。断るように言ってあるから、常連が向こうへ流れてるってのもあるよな。『リンデン』はキャバなんかと違って、必ず同じ子を指名するわけじゃないだろ？　あっちの子はさ、支配人が注意しても聞くようなタマじゃねぇし」

「うちには絶対させるなよ」

佐和紀はビールのグラスをテーブルに置いた。片足をソファに引き寄せ、膝へあご先を乗せる。

三井がまたドライヤーを動かし、佐和紀はしばらくじっと考えた。

向こうがどんな手を使っても、正攻法で勝たなければ意味のない勝負だ。

こっそり金だけを回してもらう方法ならイケる気もするが、由紀子の手前、それで勝ったとは思われたくなかった。佐和紀の意地だ。

「すみれにしつこく言い寄ってる男がいますよ。たぶん、マクラの誘いなんでしょうね」

三井のドライヤーが終わるのを見計らって、石垣が言う。佐和紀は小さく唸った。

すみれにまともな恋愛はできないと言った周平の言葉が脳裏に甦る。

「真柴。よく見てろ。行き帰りもひとりにするなよ」

「もちろん。いまもドアからドアまで送ってるし、家に入ったあともしばらくは外で見てるんで」

「一歩間違えたらストーカーじゃない？ それって」

笑った三井は佐和紀の隣に座り、自分が乾かしたばかりの毛先をいじって続けた。

「真柴さんがすみれと付き合っちゃえばいいじゃん。けっこうお似合いだよ」

「俺の髪で遊ぶな」

三井の手から毛先をもぎり取り、佐和紀は真柴へ視線を向けた。困ったような表情を浮かべた真柴は、太い首の盆のくぼに手をやりながらため息をつく。

「俺なんかダメやろ。ヤクザやし。……ふさわしくない」

その返事に、三井と石垣が目配せを交わし合う。

「年齢じゃないんだ……」

ヤニさがった三井がつぶやいた。

佐和紀は気にもとめず、石垣にビールのおかわりを頼んだ。

＊＊＊

横浜のベイエリアにあるホテルのバーは、夜も更けて静かだ。

心地のいいスムースジャズが流れている。しかし、カウンターに座る周平の心をなだめるほどの効果はなかった。佐和紀との逢引がケンカ別れのようになってから一週間。

話を蒸し返すには時間が経ちすぎた。

忙しさのせいにすれば卑怯《ひきょう》になることは知っている。それでも、胸の奥にあるどす黒い淀みに答えは出ないままだ。嫉妬だと、それで済めば話は早い。違うから、周平も思い切れない。

タバコに苦味を感じた周平は、厳しい表情になる。

佐和紀は電話にも出てくれず、タブレットへメッセージを送っても無視だ。

「苦悩に満ちた顔が素敵ね。惚れ惚れするわ」

花の匂いを巻き起こし、ひとりの女が隣に座った。

「ドライマティーニをちょうだい」

バーテンダーに注文を告げ、

「ふたりでなんて、何年振りかしら」

周平の肩へ気安く手を置く。ロイヤルブルーのボディコンシャスなワンピースを着た由紀子は、歳《とし》を重ねるごとに熟成していくワインのような妖艶《ようえん》さで微笑んだ。

本性を知らなければ、これほどいい女もいない。

「話があるならさっさと済ませろ」

タバコを灰皿に休ませ、周平はバーボンの水割りを引き寄せた。

「つれないのね」

口ほどにも気にしていない由紀子の指先が、周平のジャケットのチーフをなぞる。その仕草にある艶めかしさに、周平は心底からあきれた。いちいち振り払うのも面倒だ。

「あなたのね、あの奥さん。少し躾《しつ》けた方がいいわよ」

拒まれないと知ると、ささやきながら身を寄せてくる。

「私が手を出さないと約束したのは、あなたがまだかわいかったからよ、周平さん」

「自滅すると思ってたんだろう。俺の結婚生活なんて一年続けばいい方だ」

「なのに、こんなにも続いて……。あの奥さんは少し図に乗りすぎてないかしら？　私から手を出さなくても、向こうが噛みついてきた場合は別なのよ」

由紀子の声に憤りが見え、周平は忍び笑いを漏らした。

「噛まれそうになったわけか。どうせおまえがからかったんだろう」

「邪魔をするからよ。目障りなの。どういうことか、あなたはわかるでしょう」

耳元にふっと息がかかり、周平はようやく振り向いた。

くちびるが重なりそうな間近に由紀子の顔がある。

どんなに化粧をしても、肌に表れている年齢まではごまかせない。それでも、女の価値は若さだけじゃないと思わせる色気がある。

「キスして」

甘い声にねだられ、周平が思い出すのは佐和紀だ。

男物の洒落《しゃれ》たジャケットを羽織り、長い髪をそのままにしていた。その姿はユニセックスで、相変わらず清純な色気が、爽《さわ》やかにしどけなかった。瑞々しく性的なのに、まだ誰にも触れられていない不可侵の魅力がある。

「口紅がつく」

顔を背けて由紀子を押しのける。

ドレスを着ていた佐和紀を思い出し、胸の奥がチリチリと焦げる。自信に満ちた振る舞いで男たちをあしらう姿は、男装の和服でヤクザたちをあしらうのと同じだ。

それでも、女らしく振る舞おうとシナを作る分、いつもは見せない媚《こび》がある。自分の客には微笑みかけ、肩や足に触れる手も優しくはずしていなす。その瞬間にも、佐和紀は仕事をしていた。

きゅっと手を握られた男はみんな、あきれるほど呆然《ぼうぜん》として、目の前の麗人に見惚《みと》れていた。ほんの瞬間であっても、骨抜きにされている。

「嫁がかわいいのなら、きちんと首輪をつけることよ」

「おまえに盾つくなと言えばいいのか」

にやりと笑いながら、周平はタバコを口に挟む。

「下手にかまうから噛まれるんだ。俺は首輪なんてつけない」

「……つけられたのは、あなたの方ね。加奈子を抱いてないんでしょう。みっともない」

辛辣に言われ、笑ったままで煙を吐く。

「そうか？　前よりもイイ男になったと思うけどな」

堂々と答えた。男としての価値を由紀子に決められたくない。

「私だって、あなたの幸せに傷をつけたくはないのよ？　財前《ざいぜん》に入れ墨の完成を頼んだそうね。よかったじゃない。もう錯乱したりはしなかったの？」

大人になったのねと、由紀子は微笑む。自分のスツールに戻り、ドライマティーニをゆっくりと飲み干した。

「顔色ぐらい変えたらかわいいのに。人って慣れるのね。あんなに苦しんだことも忘れてしまうものかしら」

悪魔的な笑みを浮かべ、由紀子は濡れたくちびるを舐める。

「周平さん。あなた、京都にいる親子のことは話したの？　北山《きたやま》に住まわせているでしょう？　あなたによく似た男の子……」

「くだらない。あれは谷山《たにやま》の子どもだ」

「それにしては熱心に通っていたじゃない。私を抱いたあと、慰めてもらっていたんでしょう。あなたも手間がかかるわよね」

「それがどうした。愛人といつ会おうが、おまえに関係あるのか。毒を食ったら、解毒剤がいるだろう」

「佐和紀さんは知ってるの？」

愛人とはもう手を切っている。いまさらな話だ。

「子どものことが切り札になると思ってるならやめておけよ。パイプカットしてるんだ。子どもなんてできない」

「いつ？」

由紀子が眉をひそめた。

「八年前だ」

「あら、そう。知らなかった。でも、あの子はちょうどそれぐらいの年齢じゃない？」

「思い込みもいいかげんにしろ。同じことを、京子さんからも言われたんだ。そんなことを言うために呼び出したのか」

京子と同じと言われた由紀子が、ぐっと黙り込む。

「俺がパイプカットしたのは、おまえがポンポン孕《はら》むからだ」

流し目で睨んだが、由紀子は意にも介さず微笑んだ。

「じゃあ、一緒ね。私も出来ないようにしたのよ。子どもなんて欲しくもないし。……あなたぐらいね、あれだけ命中させたのは」

そこに命の問題が絡んでいることなど考えもしないのだろう。

由紀子はいつでもこともなげに話す。初めて周平の子どもを妊娠したときでさえそうだった。学生のときの話だ。

周平が知ったときにはすでに処置が済んでいて、金だけを要求された。『不運だった』と言われ、その言葉の意味を都合よく取ろうとした自分が苦々しい。

「あの子どもが誰の子でも、本当のことなんていいのよ。あなたのかわいい佐和紀さんが動揺するなら」

由紀子が軽やかに言う。周平は眉根を開いて答えた。

「好きにしてくれ」

本当に関係ないのだから、言う必要はない。真実を知っているのは、ＤＮＡだけだろう。あの子どもが生まれた頃の人間関係はそれほど複雑だったのだ。

ふたを開けてみたら大滝組長の子どもだったということもありえる。周平としては、そちらを隠しておきたい。周りに知られるよりも、大滝本人に知られることが問題だった。

子どもの母親が一番望まないことだ。

スツールから下りた周平は、不機嫌な表情の由紀子を見た。

「佐和紀にやり込められたからって、俺に慰めを求めるな。お門違いもいいところだ」

「あの子がどうなってもいいのね」

「敵はおまえばかりじゃない」

言い捨てて背を向ける。

周平のそばにいる限り。そして、佐和紀自身がヤクザ社会の表に出るなら。なおさらだ。

バーを出て、構成員が運転席で待つ車へ乗る。行き先はオフィスだ。車寄せで降りて、構成員は帰らせた。

大滝組でも所在を知る人間は限られている。夜中に差しかかっていたが、常駐の警備員に声をかけて中へ入り、高層階用のエレベーターで一気に上がった。

指紋認証で鍵《かぎ》を開け、受付を通り過ぎて社長室へ向かう。普段なら手前にある秘書室に詰めている静香《しずか》も、とっくに退社している時間だ。

代わりに支倉がいた。すくりと立ちあがる。

由紀子についての報告をしなかったことで、周平はこっぴどく支倉を叱った。よかれと思ったことでしくじることは誰にでもある。だからと言って、なにもかもを受け流してやるわけにもいかなかった。

周平の仕事は手広い。今回のようなことをされれば、瑣末《さまつ》なことはすぐに取りこぼしになるのだ。

特に佐和紀に関しては、情報のルートが少ない。身の回りのことであれば三井たち世話係が報告してくるが、巻き込まれた事件の裏側は摑みにくい。

無言で頭を下げる支倉は、今夜ものさびしげに見えた。

大滝組の風紀委員などと呼ばれ、いつもカリカリしている神経質な男だが、周平から声も聞きたくないと無視される毎日は相当にこたえているらしい。

周平は無言で手のひらを差し出した。

報告があれば出せという意味だ。支倉は機敏に動き、書類を取り出す。受け取った周平はそのまま社長室へ入る。

書類をデスクに投げ、タバコに火をつける。ネクタイをゆるめて息を吐いた。

佐和紀のことが気にかかり、話し口調を思い出す先から火照った身体の感触が甦ってくる。いますぐにでも股間をしごいて、すっきりしたくなったが、そんなことで晴らせる欲求ではなかった。佐和紀に対する欲情は、佐和紀を抱くことでしか満たされない。

あんなふうに責めるつもりはなかったと、暗い気持ちになる。

すみれに誘われても乗るなと言えばいいだけだった。

なのに、それができなかったのは、秋から続く禁欲の毎日と、募りすぎる愛情のせいだ。

佐和紀から会いたいと言って欲しかったし、離れていても忘れていないと言葉にして欲しかった。

「ガラにもない……」

つぶやいてため息をつく。眼鏡をはずして、目頭を押さえた。

待たせているときは平気だったことが、反対の立場になった途端にガラリと変わってしまった感じだ。

愛人となら、会う頻度は周平が決めてきた。都合のいいときに必要になる抱き枕だからだ。惚れられても、惚れることはなかったし、情が移ることもなかった。

いままでの軽い関係とは、根本からして違うのだ。

なにしろ、惚れている。

顔や身体だけじゃない。ちょっとした仕草や話し方。乱暴者なのに心遣いが優しいところ。甘え上手になって、かわいくおねだりしてみせたかと思うと、次の瞬間には男の顔で周平のあくどさを見逃してしまうところ。

なにより、胸の奥に沈めた悲しみに、言葉もなく寄り添ってくれるところを心からありがたく思っている。男の強がりだと笑いもせず、過去をほじくることもない。

静かに佇《たたず》み、頃合いを見計らって手を握ってくれるのが、佐和紀の愛情だ。そしてそれは、意外に、誰に対しても向けられる。だから、すみれとのことも気鬱《きうつ》の種になる。

カタギとヤクザの間には線を引くが、同じ場所にいる人間には心を開きやすい。その上、自分の好意や優しさが恋愛に繋がると思っていない。だから、無自覚に惚れられてしまう。

苛立った周平は、二本目のタバコに火をつける。

自分の手元から離して働かせるということの実態が、現実のものになってみて、ようやく理解できた。

社会に出るのはいいことだと言いながら、夕食が遅いと機嫌を損ねる共稼ぎの旦那《だんな》みたいになっている。と、京子に笑われたばかりだ。そんなことはないと反発したが、それさえしらじらしく、みっともない。

結局、俺のことを一番に考えてくれ、と思っている。

それは佐和紀にとって酷だ。一度は『女』として囲われもしたが、うまくいかなかった。佐和紀を閉じ込めていても周平は苦しくなったし、それを感じ取った佐和紀も苦しんだ。

要は自分のせいだと、周平は手にしたタバコを睨みつける。

佐和紀に自由でいて欲しいのは本心だ。あのしなやかさを武器にして、思う存分に泳いで欲しい。

次々に男をたらし込んで、女も惚れさせて。

すべてを謳歌《おうか》したその上で、周平だけが人生だと言われたい。

なのに、佐和紀はあっさり旦那の存在を忘れてしまいそうだ。女を抱けば、そっちの方がよくなる可能性もある。

周平はうんざりした。テーブルに投げた報告書を、気乗りがしないまま眺める。即廃棄の判が押されているのは、読み終わったら、すぐにシュレッダー行きという意味だ。それほどの機密を扱う案件はなかったはずだといぶかしく思いながら表紙をめくる。周平は、そのまま最後までページを繰った。

四枚ほどの紙に書かれていたのは、謝罪の気持ちを支倉なりに表現した『報告書』だった。牧島斉一郎《さいいちろう》とその近辺の詳細だ。週刊誌へ持ち込めば「ブラックすぎる」と無かったことにされるタイプのネタが書かれている。

周平は内線の受話器を取り、隣の部屋で待機している支倉を呼びつけた。

「簡単に目を通した。補足と見解を聞かせろ」

デスクの上に浅く腰かけて尋ねると、スーツ姿の支倉は憔悴《しょうすい》した頬を引き締めた。

「牧島は御前の片翼《へんよく》です。片腕と呼べるほど表立った関与はしませんので、そう呼びます」

「なるほどな」

大磯《おおいそ》の御前と呼ばれる老人は、すでに絶滅したと言われている類《たぐい》のフィクサーだ。神奈川県の大磯あたりに広大な屋敷を持ち、総理大臣直通の黒電話はさすがにないが、いまだに電話一本でたいがいのことをやれてしまう。

それはもちろん『社会を動かす』ということだ。

支倉の報告書には、その数々に関わった牧島の動きが書かれていた。清廉が売りの牧島に後ろ暗い部分があることは問題じゃない。政治家なら大なり小なり悪事には手を染める。

周平にとって大問題なのは、牧島が御前と繋がっている、その現実だ。

「牧島が『リンデン』を訪れたのは二度だけですが、それから通い始めた人間の多くは、牧島が手を回していると思われます。しかも間に幾人かを挟んでいます」

「ツテを隠して、佐和紀を応援してるってことか」

それ自体は悪いことじゃない。ありがたい話だ。

「牧島との接点が今回限りであれば問題はないと思います。これが続くようであれば」

「牧島は、俺に気づいているだろう」

「気づいてなお、御新造《ごしんぞう》さんを助けているんです」

「狙《ねら》ってると思うか？」

「御新造さんをですか。それとも、あなたを、ですか」

「やめろよ。趣味じゃない」

周平はわざとふざけた。意味が違うことはわかっている。

御前から有望視されている周平を取り込む気でいるとしたら厄介だ。裏社会では駆け出し同然の周平に比べ、向こうは海千山千の政治家だ。しかも、政治をやるにも『政治がいる』と知っているぐらいに手練れている。

報告書にあった数々の出来事の糸を引き、それを完璧に隠しているのだから、半端な相手じゃない。

「どちらにしても、御新造さんが手駒《てごま》にされる結果は、ご気分が悪いのではと……」

支倉なりに気を回した、と言いたいのだろう。

「それから、もうひとつ懸念があります。牧島に企《たくら》みがないとしても、あまり懇意にしては御前がお気づきになります。こういう言い方はどうかと思いますが、あなたが嫁にもらったということよりも、牧島が目をかけているということの方が御前を刺激します」

「おまえが言うならそうなんだろう」

支倉は元々、大磯の屋敷にいたのだ。

「ふたりが交遊を続けぬよう、御新造さんにお話しになっては……」

こっぴどく叱られたことがまだ尾を引いているのか、下手に出てくる。いつもなら強く強制してくるところだ。

デスクから離れた周平は答えなかった。支倉はそれを答えと取る。

「どうなさるかは、いまのところお任せします。ですが、私は、隙があるということを見逃せない性質《たち》なので」

視線を向けた周平の前で、支倉は携帯電話を取り出した。

「お話しになってください」

そう言いながら電話をかける。相手は三井らしい。そして、佐和紀を電話口へ呼び出す。

「用件はおわかりですよね。切らないでください」

支倉が電話へ向かって言う。周平のコールは無視しても、いままでかけてきたことのない支倉の電話には出るのだ。

支倉から端末を渡され、周平は気鬱になりながら耳元へ押し当てた。社長室を出ていく支倉の姿が窓に映る。

「佐和紀か」

呼びかけると、

『なにの用？　ちぃに気を使わせて』

不機嫌そうな声が返ってくる。フロアのにぎやかさが聞こえてこないから、事務所に入っているのだろう。

「店はまだ終わってない時間だな」

どんなことを話せばいいのかわからず、周平はたわいもないことを口にする。佐和紀はますます厳しい声で言った。

『周平なんて嫌い』

「……そう言うな」

『もう嫌いだから』

拗ねた声の佐和紀が繰り返す。

「俺は好きだ」

『よく言うよ、あんなこと言っておいて。どうせ、おまえのことなんかわかんないもん。知らね』

膨らんだ頬が容易に想像できる拗ねた声だ。壁一面の窓ガラスへ近づいた周平は足元に視線を落とした。

「佐和紀。あれは売り言葉に買い言葉で……」

『俺がなに言った？』

無感情な声で問われ、周平は黙り込んだ。

あのとき、佐和紀に『これでしばらくは満足だろう』と言われた。それが不満だった。

一日のうちに回数を重ねても、それはやはりたった一日のことだ。結婚したての頃なら、佐和紀のうぶさを気遣って我慢もできたが、あんなふうに乱れる感じやすさを見せつけられては無理だ。

それに、佐和紀はあんまりにもサバサバしすぎていた。リンデンでの対決に夢中なのはわかっていても、少しぐらいさびしさを見せて欲しくて、そんなことはとてもじゃないが言えなくて。

周平も強がっていたのだ。

『ほら、またそうやって黙り込む！　俺、バカだからわからないよ。……嫌いだよ、周平なんて。嫌い嫌い嫌い』

まるで子どもだ。言いたいだけで言って一方的に切れた携帯電話を手に、周平は冷たい窓ガラスに額を預けた。

人に嫌われることなんて怖くはない。恨まれるのも慣れた。

それなのに、佐和紀の一言が胸に突き刺さる。今夜はなぜか、拗ねた声がかわいかったと、ニヤつくことさえできない。

携帯電話を手に、秘書室へ出る。デスクから近づく支倉へ返した。

「まだ怒ってるよ。……牧島のことだけどな。向こうに話を通しておいてくれ。やり方は任せる」

「近づくなと言いますか」

「傷つけたらぶっ殺すって、言っておけ」

そのまま背中を向け、社長室へ戻った。

怒った佐和紀は、目つきが鋭くなって涼しげに美しい。その顔を今夜も誰かが見ているのだ。

周平は自分の指をじっと見た。佐和紀の柔らかな肉に締めつけられる感覚を思い出す。よじれる腰を引き戻し、またゆっくりと愛撫する。

周平の名前を口にする佐和紀の甘い声に心が乱れ、つくづく虚《むな》しいと実感した。

＊＊＊

「仲直りしたのかよ」

いくつかの席を回ったあとでカウンターへ寄ると、灰皿を出した三井が声をひそめた。ミラーボールの回るダンスホールはチークダンスの時間だ。

佐和紀はつんとあごをそらした。着物の衿に指をやる。

「あいつが悪いんだ」

「どっちが悪いとかじゃないだろ。それにな、これだけ好きにさせてくれる男なんていない。よく考えろよ。こんな、男も女もわんさかいるところに、メチャクチャ大事にしてるおまえを放り込んでるんだぞ」

「だってさぁ、それはさ……」

「そうだよ。京子さんの手前、みっともないことはできないし、おまえのメンツもあると思ってんだよ」

「だからって、俺がすみれを抱くとかって、ないだろ」

三井を睨む気力もなかった。周平との仲違《なかたが》いは、佐和紀を疲労させるばかりだ。

さっきかかってきた電話にも、素直になれなかった。声を聞いたら腹が立って、それがあの日のことばかりじゃないからなおさらだ。仮住まいのマンションまで押しかけて会いに来てくれたらいいのにと、勝手なことばかり考えてしまう。

自分から頼めばいいのに、それができない。ただでさえ勝手に決めた別居だ。最後まで弱音は吐かずに頑張りたいと、ただそう思っていただけだったのに。いまはもう意地になっている。

「おまえのことを男だと思ってるんだよ。それに、おまえは……」

「なに？」

言い淀んだ三井がたじろぐ。佐和紀はさらに見つめた。

「めんどくせぇから、さっさと童貞、切っちゃぇよ。女に夢見てるって、思われてんだろ」

周りに聞こえないように、三井は小声で言った。返す佐和紀の声も、チークダンスの生演奏に紛れがちになる。

「そういうことじゃねぇだろ。だいたい、ヤりたいのと、ヤるのとは別だろ。浮気なんかしない」

「ヤりたいなら、ヤればいいんじゃないの？」

「どういう感じかって、思うだけ！」

「はー、童貞。そこが童貞。それならアニキだって同じだろ。アニキを疑うなんてありえねぇし。それに、するときは絶対、おまえにバレない完全犯罪キメて、ボロなんか切れっ端も出さねぇよ」

「……してんの？」

「バカじゃねぇーの！　喩《たと》えですよぉッ！」

吠《ほ》えた三井が、駆け寄った石垣に叩かれる。カウンター越しでも見事な平手打ちだ。

佐和紀が声を出す前に、客のひとりが近づいてきた。

「美緒ママ。チークダンスを……」

手が差し出される。客の中でも一、二を争うセレブな遊び人だ。美緒を気に入って、頻繁に通ってくれている。

「今夜はもう足がクタクタ。ごめんなさい」

佐和紀の微笑みを真正面から受け止めた男は、それだけで満足して戻っていく。

「あれは、笑ってもらいに来ただけ……？」

石垣がぼそりとつぶやいた。佐和紀は小さくため息をつく。

ホールではラストダンスが始まっている。

周平と踊ったときのことを、佐和紀はぼんやりと思い出した。あれはチークタイムのあるラウンジだった。ホステスと踊っているところへ横から入ってきたのだ。

手を繋ぎ、腰を抱かれ、寄り添った。曲はいまかかっている『テネシーワルツ』だ。甘酸っぱい恥ずかしさが胸に迫り、佐和紀は片手を喉元へ押し当てる。

「美緒ママぁ」

三井に声をかけられた。

「顔がエロすぎますぅ」

「うるさい」

キッと睨み、ぷいっと顔を背ける。

バンドの生演奏で踊るなら、周平と一緒がいい。いつものように抱き寄せられ、厚い胸板を感じながら揺れたら、きっとどんなことをしてもらうよりも温かな気分になれる。

知っているのに、いまはダメだ。あともう少し。この仕事が終われば戻れる。それまでは、強情を張ったままでいたい。

繰り返し、自分を鼓舞する佐和紀は、次にかかった曲に耳をそばだてた。

「この曲、好きだな」

「なんでしたっけ、これ」

石垣が首を傾げる。

「『ラストダンスは私に』」

答えた佐和紀は目を伏せた。この曲と同じように、どんなことを見逃し合っても、最後の最後は一緒に踊りたい。

嫌いと言った舌の根も乾かぬうちに、佐和紀はもう周平のすべてが恋しかった。

＊＊＊

「ゆかりちゃん。わかってるわね？」

客を見送ったすぐあとで、腕を摑んだ。

すみれはにこりと微笑む。クリスマスイブまであと一週間。『リンデン』のある通りも、街路樹に電飾が巻かれ、呼び込みに赤いサンタのコスプレが増えた。

街が浮かれるのに合わせ、客足は格段に伸びていたが、美緒陣営は苦戦を強いられたままだ。逆転され、その差は少しずつ広がっている。

佐和紀はもう何度もすみれに釘《くぎ》を刺していた。枕営業についてだ。

他の女の子にももちろん禁止しているが、すみれは過去が過去だけに、捨て鉢になりそうで放っておけない。

「もうすっかり寒くなりましたね。来週のイブ、雪が降るといいな」

無邪気に笑いながら、すみれは店へ戻っていく。その後ろ姿を追った佐和紀は、フロアの中に真柴を探した。

「すみれに変わったところはないか」

捕まえて、バックヤードへ入る。

「そんなに心配しなくても」

「放っておけないんだよ」

「……初恋の子に似てるとかですか？」

「なに言ってんだよ。過去に縛られて抜け出せないってのは一番嫌いなパターンだ。顔も性格もいいんだから、まっとうな道を歩かせたい」

水商売をしていたって、それはいい。職業に貴賤はない。でも、その理由が過去にあるなら間違っている。

「いつもそんなに優しいんですか。女の子に」

「……いや」

問われると答えに詰まった。

「今日も来てますよ。ファンクラブ」

話を変えた真柴がにやりと笑い、視線でフロアを示す。

隅の席にスキンヘッドが座っていた。連れはふたりだ。

佐和紀の親衛隊を作りたいと言った坊主頭の五人組は、十二月に入ってから日替わりで通うようになった。頭の光り具合もいかつさも大差がないから、同じ人間だと思っている女の子もいて笑える。

「旦那さんにも話は行ってるんでしょう？　いいやないですか。あの人たちの好きにさせてやったら。この前も役に立ってたし」

背筋を伸ばして立つ真柴は、にこやかな笑みを顔に貼りつけて店内を見回す。佐和紀も外面だけは穏やかな笑顔を作った。

「石垣も、力のある連中や、って言ってましたよ」

「そもそも、それだ。幹部クラスを俺があごで使えるか」

考えるだけで気が滅入る。こっちは二次団体とは名ばかりの弱小で、佐和紀は組のために嫁に行くしかなかったチンピラだ。

「いやぁ、あんたやったら……」

真柴がつぶやく。そこへ支配人がやってきて、呼ばれた佐和紀は一緒にその場を離れた。

支配人の東丘は中立の立場を崩せないが、いまの展開を快くは思っていない。

「美緒ママの方だけでも正々堂々としていてもらえれば、負けてもあきらめがつくと薫子ママからの伝言です」

「もう負けるつもりでいるんですか？」

佐和紀の問いに、東丘が立ち止まった。受付の手前で向かい合う。

「申し訳ありません。少し弱気になられているようです」

　薫子の再手術はうまくいき、傷の具合も良好だと聞く。しかし、そのあとのリハビリがよほどつらいようだ。弱気になっているのもそのせいだろう。

「京子さんのツテはもうほとんど使い果たしたようなものですね」

と、佐和紀は言った。そもそもスジ者が多いので、『リンデン』に通わせるにはガラが悪い。横浜のラウンジなら遊べても、銀座のキャバレーとなると幹部クラス以外は馴染《なじ》めないだろう。

　佐和紀の親衛隊志願の男たちも、本人が気にしていないだけで浮いている。

「私のツテが少しだけありますから。そこに期待しましょう、支配人」

「あまり無理はなさらないように」

「でも、負けません」

　強い口調で答えた。初めから負けると思う勝負に挑むつもりはない。殴り合いのケンカだってそうだ。勝てないなら初めから逃げる。勝率を上げる一番の方法だ。

　佐和紀はそのまま石垣を探し、岡村経由で田辺へ繋ぎを取ってもらう。電話をかけてきた田辺に、悪びれもせず、ヘルプの要請を出す。

　インテリヤクザの関係者ならまだマシだ。こじゃれた遊び方もできるだろう。

　田辺が来る日にはドレスを着てやると約束して、写真を撮られる覚悟を決める。いやらしいポーズを撮らせるわけじゃないし、一枚や二枚はかまわない。

しかし、あとあとになって揉めそうな話だ。周平も岡村も眉をひそめるだろうし、田辺がひそかに付き合っている恋人だっておもしろくないだろう。

問題になるとわかっていても佐和紀の女装写真を手元に残したがる田辺は変質的だ。頭がいいのか悪いのかまるでわからない。要は変態なんだろうなと思いながら電話を切った。

もしも田辺を使ってさえも挽回できないなら、最終的には悠護に連絡をつけるしかない。海外で暮らす京子の弟は、実家と絶縁していると見せかけ、実際は稼いだ金を組に援助している。

それもかなりの額らしいから、頼めばどうにでもしてくれるだろう。

そもそも美緒という名前は、悠護と出会った頃の源氏名だ。惚れられていることにつけ込み、結婚詐欺で金を巻きあげた。周平と結婚した佐和紀に再会するまで、本気で女と思い込んでいたというのがお笑い草だが、そういうところが悠護の長所だとも思う。

ただし、助けを頼むことが、田辺以上に揉めごとのタネになる存在だ。見返りになにを求められるか、わからない。

美緒になったと聞けば、おそらく明日には来日するだろうし、それを知った周平の気持ちを考えるといたたまれない。

やっぱり悠護だけはやめようと決めた。これ以上、周平との仲がこじれるのは困る。

「美緒ママ、すみません。予約のお客様の席についてですが」

ボーイに声をかけられ、受付に戻る。

そのあとも、あれこれと忙しく時間が過ぎ、客足や売り上げを気にする余裕もなく閉店になる。

これからクリスマスイブまでは同じ忙しさだと東丘に言われ、佐和紀はあらためて気持ちを引き締め直した。うまく客をあしらい、回転率を良くしなければ到底勝てない。

そのあたりはチーママをしていた加奈子に利がある。しかも、勝った暁には女の子を総入れ替えするつもりで枕営業をさせているのだろう。なりふりかまわないやり方に、加奈子の後ろにいる由紀子が見えた。リンデンを経済拠点とすることをあきらめ、佐和紀を負かすことだけを考えているから、リンデンの培ったステータスを平気で踏みにじる。

閉店後の片付けをしているボーイたちを眺め、佐和紀はひっそりとため息をつく。

疫病神としか思えない由紀子の悪魔的な美貌《びぼう》が脳裏に甦り、あんな女を相手にしていた周平のアクの強さをいまさらに実感する。

たぶん、佐和紀は勃たない。怖すぎて無理だ。

物思いにひたる佐和紀は、帰ったはずのせりなが飛び込んでくるのに気づいた。一直線に駆けてくる。

「ママ！　ゆかり、ちゃん……っ」

息を切らし、肩を激しく上下させた。

「お客さん、と……」

「落ち着いて」

佐和紀が声をかけたが、頭を左右にぶるぶると振る。

「たぶん、マクラ……。タクシーに乗ってた」

息を乱すせりなの言葉に、佐和紀は慌てて三井を呼び寄せた。

「真柴は？」

「ゆかりちゃんと一緒に出ましたけど」

まさかふたりが結託しているとは思えない。でも、絶対にありえないかと言われれば断言は無理だ。

「マジで、マクラ？」

三井が言うと、せりなは床を踏み鳴らして怒った。

「嘘なんて言わないもん！　その客、使うビジネスホテルが決まってるの。そこなら経費で落とせるから。お願い！　止めてあげて！」

せりなに取りすがられた三井がその肩を気安く叩いた。ホテルの名前を聞き、

「任せとけ。そのホテルなら、車よりも自転車の方が早い。裏にあるの使うから」

佐和紀の腕を引っ張る。

「せりなちゃん、支配人に戸締まりをお願いして！」

佐和紀の声に対するせりなの返事を背中に聞き、店の従業員用に置いてある自転車で通りに出た。佐和紀は着物だから、横乗りだ。袖を腕に巻きつけ、三井の腰にしがみつく。

「タカシ！　真柴が裏切ったってことか！」

「そういうんじゃねぇだろ！」

自転車を漕《こ》ぐ三井が叫ぶ。冷たい風が吹いていた。空にはどんよりとした雲が広がり、眠らない街の明かりを反射してグレーに光る。

「じゃあ、なんで止めないんだよ！」

「なんでもかんでも俺に聞くな！　ちょっとはてめぇで考えろよ！　そういうところが童貞なんだよ！」

「おまえだって、バージンだろうが！」

「当たり前だろ！」

どんどん話がズレていく。狭い路地を突っ切り、裏道を走った先のホテルで自転車が止まった。

三井がフロントで確認したが、まだチェックインしていないという返事だ。予約は入っている。

ロビーで待っていた佐和紀は、苛立ちを覚えた。

真柴なら止めると思っていたからだ。すみれがうまく逃げたならともかく、こんなにはっきりとした売春行為を見逃すはずがないと信じていた。

「来た！」

三井の声を聞き、佐和紀はロビーのソファから立つ。着物の乱れを直し、すみれの肩を抱いた男へと大股《おおまた》に近づく。

「どういうことか、説明していただけますか」

「プライベートだよ、プライベート。なぁ、ゆかりちゃん」

てらてらと脂ぎった顔の客が、へらへら笑う。すみれは黙ったままうつむいた。

「申し訳ないんですが、ゆかりにはプライベートなんてありません。問題を起こしたばかりなので、すべてわたしが管理しています。ですから、連れて帰らせていただきます」

「いやぁ、それはねぇ……」

すみれの腕を掴もうとしていた佐和紀の手を押さえたのは、男の汗ばんだ手だ。

「こっちはその気でさぁ……。今日も頑張ってボトル入れたんだよ。なんなら、美緒ママが来てよ」

「プライベートでも、お客様とはふたりきりになりません。申し訳ありませんが、また明日、お店にいらしてください」

「だめだよぉ。そんなの。こっちはその気なんだよ。美緒ママは男なんだからわかるだろ。

そのつもりになってんだよぉ」

「同じ男でも理解はできません。金で買おうなんて」

「そんなことじゃないだろ！」

男が叫んだ。酒が入っているせいで、一気に激昂《げっこう》する。

「下手に出てれば生意気を言いやがって！　お高くとまってんなよ！　オカマのくせに！

男に掘られるのが生き甲斐《がい》だろ。そういう顔してるよ！」

佐和紀への暴言に三井が反応する。佐和紀は指先で押し留《とど》めた。

「申し訳ありませんが、お高くとまっているんじゃなくて、本当に値が張るんです。金で口説くつもりなら、2カラットのダイヤを持ってきてください。それからじゃないと話になりません」

「なにを言ってるんだ。バカバカしい！」

「『リンデン』への出入りを禁止しますよ」

佐和紀はぴしゃりと言った。

「それでいいならかまいませんが、仲間内で噂《うわさ》になりませんか？　少しばかり風紀が乱れても、『リンデン』は老舗のキャバレーです。出入り禁止で噂の的になりたければ、どうぞ。……ゆかりちゃん、帰るわよ」

手首を掴んで引き寄せる。客はわなわなと震えたまま動かなかった。『リンデン』はしがないキャバレーだ。老舗とはいえ、高級クラブほど有名人が出入りするわけでもない。

それでも、一部の業界人には知名度がある。『リンデン』で上手に遊べることがステータスなのだ。出入り禁止は誰だって言い渡されたくない。

三井を伴い、すみれとホテルを出ると、向こうから真柴が走ってくるのが見えた。車は路上に停まっている。

「すみません。コンビニに行きたいと言われて……」

「よくここがわかったな」

「三井くんからさっき連絡をもらいました」

「そうか……。すみれ、送りがてらに話がある。タカシは先に帰っていい」

自転車を『リンデン』へ戻す都合もある。

青白い顔をしたすみれの肩を押し、佐和紀は真柴が使っている車に乗った。京子が用意した、ごく普通の国産セダンだ。

「おまえさぁ、日本語、わかってる?」

走り出した車の中で、佐和紀はすみれと向き合った。

苛立ちが声にも出て、冷静になろうとしてもトゲトゲしくなる。

「言ったよな。マクラはやるなって。……その前に、好きでもない男と寝るなって、言ったよな！　あの男が好きだとか口から出任せを言うなよ」

「……ごめんなさい」

「っていうか、真柴ぁ！　これ、東京から出てるだろ、てめぇ！」

暗いから気がつかなかったが、車はいつのまにか川を越えている。

「私が真柴さんに頼んだんです！」

すみれが叫んだ。

「お願いがあるんです。だから……」

うつむいた女の肩は、小刻みに揺れている。それだけで崩れてしまいそうなほど華奢だ。

すみれの年齢を思い出し、佐和紀はまた心が苦しくなる。

だから黙った。車は走り続け、佐和紀にはどこだかわからない街はずれで停まる。真柴とすみれが降り、佐和紀もしかたなく続いた。

目の前には古い建物が建っていた。敷地そのものが塀で囲われ、横長の平屋が建てられている。そのひとつひとつに車を停めるスペースがあり、窓はないがドアはある。そして、『空室』の文字があった。

「ラブホ？」

佐和紀のつぶやきに「モーテルです」と真柴が答える。

「で？　なに、これ」

佐和紀はふたりを睨んだ。すみれが泣きだしそうにうつむき、その横に立つ真柴が深々と頭を下げた。

「お願いします。話を聞いてやってください」

「ラブホで、か？」

「モーテルです」

「どう見たってラブホだろ！　俺にでもわかる！」

ふたりが考えていることも理解できた。

頭を下げ続ける真柴の背中を、後ろに控えるすみれの視線がなぞったように見えた。

送り迎えをしている真柴に、すみれへの同情心が芽生えたとしてもおかしくはない。年齢なんて関係ないだろう。

狂った姉と暴力的なヒモ男から解放されたとはいえ、ときおり見せる表情は実年齢以上に憂いを帯びている。儚《はかな》げで頼りなく、かわいそうな少女だ。

「真柴、言っとくけど。俺はいま、周平と揉めてピリピリしてんだよ。こんな形《なり》をしてても、男だ。わかってんだろうな」

「責任は俺が取ります」

「言わなきゃ、わかんないもんなぁ」

吐き捨てるように言って、佐和紀はすみれに手を伸ばした。

「一緒に入ってやる」

「……はい」

すみれがその場を離れても、真柴は頭を上げなかった。いつも明るく陽気な男の肩に迷いが見える。それが、すみれと佐和紀を密室に押し込めることへの罪悪感なのかは、わからない。

ぴくりとも動かない真柴の後頭部を睨みつけ、女装したままの佐和紀は、ドアを開けるすみれを追った。

真柴はモーテルだと言い張ったが、部屋の中は完全にラブホテルだ。玄関には自動精算機があり、靴を脱いであがった先には大きなベッドが置いてある。外見で想像したよりも清潔だったが、そういうことは問題じゃない。

「すみれ」

雰囲気を感じ取った佐和紀は振り向きざまに手を摑んだ。服を脱ごうとしていたすみれが固まる。

「見たくない」

「……見て欲しいんです」

「見ればヤれると思ってんのか」

「岩下さんとケンカしてるんですよね。イライラしているなら、私……」

「すみれ！　俺は話をしに来たんだ。さっきの客のことも聞かなきゃならない。それ以前に！」

そこで言葉を止めた。

「……怒鳴って、悪かった」

「いえ、いいんです。悪いのは私ですから。こんなこと、卑怯だと思ってます。でも、抱いて欲しいんです」

「あの客と寝るつもりはなかったんだな」

「……三井さんと引き離すなら、こういう手しかないって、真柴さんが……。でも、真柴さんは悪くないんです。あの人は私に同情してくれているんです」

「話を聞くから、脱ぐな」

話しながらもすみれは服を脱いでいく。自分でも自覚がないのか、ぽかんとした表情で長いまつげを震わせた。

心のどこかが壊れている。それを必死に元に戻そうとして、うまくいかずに戸惑っているのだ。空虚な瞳が悲しかった。

「俺は男だけど、好きなのは周平だけだ」

すみれの手を摑み、着物の裾をめくった。股間にあてがい、上から押さえつける。

「勃たないだろ。裸を見ても同じだ。でもな……」

眉をぴくりと動かし、佐和紀は身を引いた。すみれの手を離す。

「周平のことを思い出すと反応する……。そういうからだなんだよ。あの客が言ったことも間違ってはない。男に掘られるのが生き甲斐だよ。毎晩、あいつのことを想ってる」

「……岩下さんは素敵な人だと思います。でも、私……」

すみれの目に涙が浮かぶ。

「それって、なにの涙なんだ。おまえは俺のことを好きなわけじゃない」

「好きです」

即答したすみれは、スカートを両手で摑んだ。

「佐和紀さんだけです。私に、別の生き方があるって教えてくれたのは……。一度でいいんです。真似事《まねごと》でいいから、抱いてください」

「……それでも、浮気なんだよ」

佐和紀は視線をそらした。すみれのさびしさがわかる気がして、そこへ十八の頃の自分が重なっていく。

ひとりだった。この先、どうやって生きれば『男』になれるのかもわからず、考えないようにすれば日々だけはやり過ごせると思っていた。閑散とした、ものさびしい記憶だ。

「佐和紀さんに抱いてもらえたら、きれいになる気がするんです。そうしたら、自分のことが好きになれる気がします。勝手だって、わかってるけど……。動けないんです。このままじゃ……」

すみれの肩が揺れ、涙が床へと落ちていく。

「どうして自分のことを好きになる必要があるんだ」

問いながら、佐和紀はひとつのパーツを疑問の中にはめ込んだ。頭を上げなかった真柴と、その背中を見つめたすみれの一瞬のまなざし。

「真柴と、釣り合わないからか」

ぴしゃりと言うと、すみれの涙がぴたっと止まった。瞳から感情が消え、表情が沈んでいく。心を押し殺したすみれの反応は、なにを答えるよりも明らかに真実を語る。

真柴との間にどんなやりとりがあったのかはわからない。

しかし、すみれは心を傾け、真柴は受け止め切れずに迷っている。年齢の差なのか、過去なのか、それとも立場なのか。ふたりを隔てる理由なんていくらでも思いつく。言い訳はいつだってそうだ。無数にある。

「俺から見たら、真柴に対しての方が本気に見える。あいつは、おまえの過去を罵《ののし》るような男じゃないだろ」

「……」

「なぁ、すみれ。俺の旦那がどうしておまえに手を出さなかったと思う？」

「子ども、だったから」

佐和紀が知っていることに対して、すみれは驚かなかった。感情ない目で淡々と答えるだけだ。

佐和紀はやはり、かわいそうに思う。だから、言った。

「たぶん、あんまりにもきれいだったからだ。俺の惚れてる男は、骨の髄まで汚い男なんだよ。悪いことばっかりして、人の恨みと妬《ねた》みを踏み台にしてる。だから、汚せないって思ったんだろ」

「昔の話です。あれから……」

「おまえの過去がつらかったことは認める。だけどな、それが幸せになれない理由になるか？　おまえが口説く相手は俺じゃない。その頑固さでぶつからなきゃいけないのは、外にいるあの男だろう。本当はこんなこと、したくもないんだ。それでも、おまえが幸せになるならって、バカみたいなことを真剣に信じてる。なるわけないのにな。俺が浮気心で抱いても、おまえはがっかりする。身体も心も温まらないんだから」

すみれの目にわずかだけ感情が戻った。

佐和紀が口にする真柴の名前だけが、すみれに人間らしさを与えるようだ。

「おまえを見てるとイライラする。すぐそこに幸せがあるのに、ボケッとして見逃そうとして。そのくせに、不幸には敏感で、飛びつくんだ。バカだろ」

「だって……」

言い訳を口にしようとして、すみれはくちびるを嚙んだ。

本当に欲しいものに手を伸ばすことは怖いことだ。拒絶される不安と、失うことへの惑いがつきまとう。

それでも、挑戦してみなければわからない。やれるかやれないか、挑戦し続けるのが人生だ。どちらに転んでも、結果だけが残ればいい。答えは出る。

「真柴が、おまえの言い分を信じたのは、どうしてだと思う」

「……私が、かわいそうだから」

「あいつはな、関西のヤクザだ。こんなことをしたのが周平にバレたら、頭を下げるぐらいじゃ済まない。カタギじゃないしな。それをあいつはわかってる」

すみれの顔が青ざめる。くちびるがわなわなと震えた。

「それでも、おまえの望みを叶《かな》えてやりたいんだろ。……好きだからだ」

「ち、違います」

すみれは髪を振り乱した。否定する。

「真柴さんとは、いつも帰り際に少しだけ遠回りしてコーヒーショップに行くんです。でも、コーヒーは飲ませてくれなくて、よく眠れるからって、キャラメルミルクばっかりで。それを飲みながらドライブして、私が泣いても、なにも言わないんです。気づかない振りをしてくれるんです」

すみれの目から、涙がぽたぽたとこぼれる。

なのに真柴を想う瞳はキラキラと輝いた。自分に嘘をつけたとしてもなお、隠しきれないことがある。

言い訳を重ねようとすみれが息を継いだ瞬間、ドアを叩く音が響いた。真柴が、すみれと佐和紀を呼んでいる。

「男はバカなんだよ」

すみれの脱いだカーディガンを拾い、袖を通させてボタンを留める。

「やせ我慢したあとで泣くんだ。それだって、かわいそうに思ってやってくれよ……」

頬をそっと撫で、腕を引いた。玄関で草履を履く。ドアを叩く音はまだ続いていた。

佐和紀がドアを開けると、必死の形相になった真柴が叫んだ。

「やっぱり、よくない！　こんなことは、間違ってる！」

顔を真っ赤にして、声を張る。佐和紀は拳を握り、目が合うなり顔面を殴りつけた。

吹っ飛んだ真柴がステップを転がり落ちる。大股で追いかけ、

「邪魔してんじゃねぇよ」

真柴を足で蹴《け》りあげながら、ガレージの外へ追い出した。

「すみません」

土下座した真柴の肩を草履の裏で踏みにじる。

「手ェ出すなって言っただろ。それはな、おまえ、惚れさせるなってことなんだよ！」

服を摑み、引きずり起こして殴り続ける。

「おまえ、ヤクザだろ！　カタギに粉かけて、責任取れんのか！」

空から落ちた雨の粒が、佐和紀の頰を打った。

あっけに取られていたすみれが、ふたりの間に飛び込んでくる。

佐和紀が押しのけ、突き飛ばした。砂利の上に転がったが、すぐに起きあがり、真柴の胸倉を摑む佐和紀の腕へしがみついた。

降り始めた雨は、三人を平等に濡らした。

きれいにまとめ上げた佐和紀の髪がほつれ、おくれ毛がうなじに貼りつく。すみれの髪も濡れそぼる。

「ヤクザでもいいんです。そんなの、怖くないから！」

すみれが叫ぶ。佐和紀はまた押しのけ、びしょ濡れの真柴に拳を振るった。くちびるが切れ、血が飛ぶ。泥まみれになったすみれは、這うようにして真柴に手を伸ばす。

「この人がなんだっていいんです！　好きなんです！」

うずくまる男の腕を摑み、引き寄せ、自分の胸にかき抱いてかばう。佐和紀は濡れた着物の裾をさばいた。

「……真柴！」

怒鳴りつけると、

「はいっ」

すみれの胸から飛び出した真柴は、這いつくばるように膝をついた。土下座した額が、泥へめり込んだ。

「どうすんだよ！　関西の人間はケジメもつけられねぇのか！」

「責任を取ります！」

「すみれはものじゃねぇんだよ。『うっかりしたから、もらいます』じゃ、通るものも通らねぇだろうが！」

「ほ、惚れました！　他の男に、指一本触れさせたくありません！　お願いします。俺に責任を、取らせてください……っ！」

「……だとよ、すみれ。泣いてる場合かよ」

佐和紀はぐったりと身をかがめ、膝についた手で上半身を支えた。殴る方だって相応に疲れる。

泣きじゃくるすみれは、土下座を続ける真柴へすがりつく。真柴は両手と額を泥に沈めたまま、肩で大きく息を繰り返す。

佐和紀の許しが出ないうちは顔を上げないつもりだ。

そこへ一台の車が滑り込んできた。少し離れた場所でヘッドライトが消える。仮住まいのマンションに常備された、もう一台の車だった。ピカピカに磨かれた高級車だ。国産セダンに付けられたGPSをたどってきたのだろう。

「なんだよ！　びしょ濡れになってんじゃん！」

運転席を飛び出した三井が、手にした傘を佐和紀へ差しかける。

「おまえ、その着物がいくらするか知ってんのか。あー、泥まみれにして。脱いでから暴れろよ」

ぼやきながら、泥の中で土下座している真柴をちらりと見た。そばにはすみれが寄り添っている。なにが起こったか、三井には一目瞭然《いちもくりょうぜん》だろう。

「やっぱり、こうなっただろ」

「真柴が根性なしなんだよ」

「手を出してたら、こんなんじゃ済まなかったじゃん。骨とか折ってないよな？」

「そんなに簡単に折れるわけないだろ。金くれ」

佐和紀が手を出す。

「いくら？」

「十万」

言いながら傘を代わりに持つ。三井の財布には、周平から渡された佐和紀の遊ぶ金も一緒に入っているのだ。抜き出した紙幣を、佐和紀はもぎるように奪った。

枚数を確かめもせずに紙幣を折り畳み、真柴の前にしゃがむ。

「すみれ。この男は、簡単に足抜けできない立場だ。詳しくは本人に聞け。それでもな、いままで結婚もせずにきたのが不思議なぐらいのいい男だ。まぁ、女にとってどうかは知らないけどな。……真柴、顔を上げろ」

声に従い、真柴は上半身を起こす。顔は泥まみれだ。それでも、きっちりとした正座でうなだれる。すみれとはまだ、キスさえしていないかも知れない。

真柴の仕草を見ていれば、それぐらい、佐和紀にも想像ができる。

「俺がこれだけ殴っておけば、うちの旦那からは文句が出ない。安く済んだ方だと思ってくれ」

「わかってます」

「あと、これ。軍資金な。こんなモーテルじゃなくて、もっと雰囲気のいいホテルにしろ。ふたりで仲良くコンドーム買って、高級ホテル行って、明け方にシャンパンでも飲めよ」

「いや、これは……」

断ろうとする真柴のポケットへ無理やりに押し込む。

「俺はここで着替えてから帰る。さっさと消えないと、あとが怖いよ？　な、すみれ。男は繊細な生き物だから、大事にしてやってくれ」

佐和紀の視線を受け止め、すみれは素直にうなずいた。

「やることが誰かに似てきたよな」

からかってくる三井には目を向けず、佐和紀は濡れたほつれ毛を耳にかける。

「おまえの大好きな男だろ。……電話を貸してくれ。周平と話がしたい」

「はいよ」

泥にまみれたふたりを立たせた三井は、佐和紀ごとガレージの屋根の下に移動させ、スマホを操作した。周平に繋いで佐和紀に渡し、乗ってきた車からバスタオルを取って戻る。

十二月の夜だ。雨に濡れた身体はすぐにも震え出しそうになる。すみれと真柴にバスタオルを渡し、三井はふたりを、真柴が運転してきた国産セダンへうながした。

それを眺めながら、佐和紀は電話を耳に当てる。雨音の中で、小さく息を吸い込んだ。

「俺……。佐和紀……」

『あぁ、どうした』

冷静な声はいつものままだ。穏やかで寛容で、小さなことにこだわらないかと思えば、ときどき繊細に迷って、佐和紀を置き去りにする。

勝手に悩んで、勝手に答えを出して。

腹が立つのに好きだ。身勝手な振る舞いも、周平に限っては許せてしまう。

「……機嫌、取りにきて」

真柴の運転する車が、ガレージを出ていく。手をあげて見送り、佐和紀はあらためて言った。

「放っておかれるのが一番嫌いなんだ。かまってもらえないと、拗ねてる意味もない」

『わかった。……じゃあ、俺の傘においで』

優しい声が耳に響き、身体の芯が熱くなる。

三井の乗ってきた車の後部ドアが開き、その上に傘がパッと開いた。スマホを揺らしてみせる三つ揃えの周平に驚いた佐和紀は、はにかむように笑ってしまう。

手にしたスマホを三井に押しつけて、ガレージの下から飛び出した。雨の中を駆けて、周平の傘の中へ飛び込む。

『おいで』と呼びかけてくるときの周平の気持ちを、佐和紀は知っている。佐和紀を怖がらせまいと精いっぱいに落ち着き払って、精いっぱいに優しい振りをして、その実、焦れている。年上だから、男だから、強がりをやめられない。

それは、拗ねて突っぱねるしかできない佐和紀も同じだ。

泥がハネて汚れた着物を気にもしない腕に、ぎゅっと強く抱かれた。

「俺のことが嫌いか」

せつなげにささやかれ、三つ揃えのジャケットに腕を回してしがみつく。

「誰が言ったんだよ、そんなこと。なにがあっても嫌いになんてならない」

拗ねていたときのことを忘れ、佐和紀は待ちきれずにキスをねだった。傘が傾き、周平のくちびるが重なる。

甘くて長いキスのあとで、ふたりはようやく凍える三井のことを思い出した。

佐和紀がシャワーを浴びている間に、モーテルの部屋へ着替えが運び込まれて脱衣所へ置かれる。身繕いを済ませて出ると、周平と三井はベッドの足元に腰かけてアダルトビデオを見ていた。

「この女の子の声、いいと思いません？」

「成長しないな、おまえは」

のんきな義兄弟の会話だ。パーカーとスウェットパンツに着替えた佐和紀は、タオルで髪の雫《しずく》を押さえながら、眉をひそめた。

「見てただけ？」

「いや、さすがにね」

三井がベッドを飛び下りた。テレビのチャンネルを変え、佐和紀の髪をざっくりと手早く乾かす。

「俺は迎えを頼みますから、ふたりは車を使って先に帰ってください」

「女だろ」

と言った先から佐和紀の勘が働く。

「典子ちゃん……」

「違ぇよ。あんなの、いまさら！」

と、慌てているのがますます怪しい。もうちょっとからかってやろうとしたが、周平に止められてあきらめた。

三井をモーテルの部屋に残して、周平の運転する高級車に乗る。

「拳を痛めてないか」

都内へ戻る道すがら、信号待ちで手を握られる。

「平気……」

反対に握り返し、周平の手の甲をくちびるに引き寄せた。薬指にはチタンのマリッジリングがはまっている。

「あともう少しで終わるから。来週には決着がつく」

長い髪を左肩へ流した佐和紀は、離れて暮らすさびしさを隠して言った。

「勝てそうか」

「やれるだけやるよ。田辺にも声をかけた。……悠護はやめたけど」

「懸命だな。佐和紀……、抱いてもいいか」

深夜の道にはふたりの車しかない。信号が変わっても、周平はアクセルを踏まなかった。見つめられて、佐和紀の心は浮き立つ。

「うん。俺も、したい」

素直に答え、握っていた手にあご先を呼び寄せられるまま、近づいてキスをする。くちびるが触れ、舌が絡む。

「ラブホに行くか」

「……出てきたとこなのに」

「遊び道具がいろいろあって楽しいだろ」

「朝まで時間がないんだから、楽しむな。普通のホテルでいいよ。一緒に寝たい」

「そうだな」

嬉しげな声を隠そうともしない周平が、ようやく車を発進させた。

「あのさ、周平。瀬川組の寺坂って知ってる？」

佐和紀の声も、弾んでしまう。

「おまえの親衛隊候補だろう。直談判に行ったらしいな」

「どうなの？」

横顔を見つめて尋ねる。

「問題のある人間はいないから、おまえの好きにすればいい」

「あの人たち、みんな幹部クラスだろ。格上だよ」

「バカだな」

周平がちらりと振り向く。

「全員、格下だ。おまえは大滝組若頭補佐の嫁だろ」

「嫁であってさ……」

「同格だ、俺と。そう思って使ってやれ」

周平に言われると、あっさりと信じてしまう。だから小さくうなずいた。窓の外には広い川が流れている。

橋を渡る車の中で、佐和紀は手を伸ばす。周平の足に触れ、布地の上からじわじわと太ももの筋肉を確かめた。

指先から欲情してしまうような夜があるのは、眼鏡姿が凜々しい旦那のせいだ。だから、助手席にもたれて眺めながら、うっとりと目を細めた。

7

その日はやってきた。

十二月二十四日の金曜日。二ヶ月続いた代理ママ対決も今夜が最終日になる。

客たちは、ただのイベントレースだと思っている。店の権利がかかっている大勝負だと知っているのは、かなりの情報通だけだ。

だから、ほとんどの客は、クリスマスプログラムのバンドを楽しみ、ダンスを踊って騒ぐ。女の子のドレスは、赤と白が多く、いつも以上にキラキラと輝くデザインばかりだ。

加奈子のドレスも、豊満な胸を強調した細身の赤で、長いまつげのふちに引かれたアイラインが艶めかしい。やっぱり周平好みの美人だと思う佐和紀は、いつもより衿を抜き、合わせのVラインを広く着付けている。上半身は白で、足元に行くにつれグラデーションが濃くなる緑色の着物だ。空に舞いあがる無人のソリが裾に描かれている。

帯は赤で、黒い帯締めが斜めに走り、お太鼓には教会をイメージしたステンドグラスが刺繍《ししゅう》されていた。

周平が京子に託したクリスマスプレゼントは、総額が恐ろしくて聞けない。その金があれば、この勝負にも勝てる。でも、それは言わない約束だ。

「美緒ママぁ～。どうしよう、向こうの方がお客さん、多くない？」

「回転も早いし～」

剝き出しの肩を抱きしめるようにしたあかりとせりなが店の入り口で地団駄を踏んだ。

「最後までわからないわ」

佐和紀が『美緒ママ』の口調で答えると、

「私もマクラすればよかったぁ」

あかりがくちびるを尖《とが》らせる。

「そんなことしても一緒よ。焦って変な約束をしちゃダメよ。無理してボトルを入れさせないで」

「でも、美緒ママ。そんなことじゃ、負けちゃいます」

涙目になったせりながぐっと身を乗り出す。

「やるだけのことしかやれないのよ。ほら、お客さんが待ってる」

背中を叩いて励ますと、ふたりはぶつくさ言いながらもフロアへ戻っていく。そこに客がやってきた。

佐和紀が店に出た当初、男であることをからかってきた中島だ。

「会社の二次会をやるからさ、三十分でいいから席を作ってよ。経費でガンガン飲むから」

照れたように微笑まれ、佐和紀は穏やかな笑顔を返した。

あれから美緒陣営に鞍替《くらが》えした中島は、ほどほどの頻度で通い、売り上げに貢献してくれたのだ。

「はー。男もいいよね。美緒さんぐらいきれいなら、男もいいよね」

佐和紀の笑顔にぽぉっと見惚れ、ぴくりとも動かなくなったのを見かねた部下に背中を叩かれる。十五人ほどの集団を、呼び寄せたあかりとせりなに任せ、佐和紀は店の外を振り向いた。

街は最高潮にぎやかしい。この波が落ち着くのは、日付が変わってからになる。そこから閉店までの時間が本当の勝負だ。

「あら、美緒ママ。どうなさったの」

客の見送りに出ていた加奈子に声をかけられ、

「クリスマスイブだなと思って」

佐和紀は素直に答えた。

「そうね」

客を送り出した加奈子は、ふと柔らかな表情を見せる。人待ち顔で通りを眺める横顔に、佐和紀は目を細めた。

「約束でもあるみたいに」

　感情を押し殺して、声をかける。

「……忙しいのよ」

　せつなげに答えた加奈子が、肩に巻いたストールをぎゅっと摑んだ。佐和紀は、さりげなくカマをかけた。

「よく来ていた実業家の人でしょう。いい仲になれたの？」

「奥さんがいるのよ。でも、子どもはいないって言ってたから……。隙はあるわ」

柔らかな女の声は、それだけで鋭く突き刺さる。加奈子を夢中にさせた周平がどんな会話をしたのか、それを第三者の目で見たくなるほどだ。

もやもやとした不安が湧き、佐和紀は指で帯をしごいた。色男を伴侶《はんりょ》に持つのはつらい。立っているだけでも、周平はフェロモンを撒《ま》き散らす。色恋を仕掛けられたら、夜の女であろうとも太刀打《たちう》ちはできないだろう。

加奈子が指折り数えて待つ相手が贈ってくれた着物の衿をなぞり、佐和紀は自分のうなじへ指を這わせた。繊細で甘い周平の指使いを思い出す。そして、上質な絹の布地は、ベッドで絡み合うときのなめらかさで、佐和紀のすべてを包む。

そんなことを知らず、来ない男の面影を探す加奈子は、出会った頃と違う顔をしていた。いつからなのかと考えることは酷だ。惚れても傷つくだけだと、教えることもできない。

店から出てきた支配人に呼ばれ、ふたりは同時に踵《きびす》を返した。

「ゆかりをホテルに連れ込もうとしたおっさん、向こうのアイリのところに来たよ。したんだろうな」

受付で三井にささやかれ、佐和紀はボーイの差し出す予約表を受け取った。中島が団体で来た分、座席の運用を考え直す必要がある。ボーイの代わりに石垣を呼んだ。

「タモツ。このあとの座席の回し方、考え直して」

予約表を渡す。細かな計算を任せるなら、石垣が一番だ。

フロアに目を向けると、忙しく立ち動く真柴が見えた。すみれは席に着き、接客中だ。

あの夜にすみれを抱いた真柴は、翌日、使いものにならなかった。顔が腫《は》れていたから裏に回したのに、だ。『あっちが、よっぽどよかったんだろう』とからかった三井は、例のごとく石垣に殴られた。

照れるだけの真柴を見た佐和紀は、そのだらしない顔の中にこそ本気の真剣さを感じた。踏み出すまでに戸惑いがあった分、これからの展開は早そうだ。振り切ると早いのはヤクザの性分だろうかと思い、自分と親しくなるタイプがこういう男ばかりなのだと悟る。

「このままで勝てると思う？　こんなのさ、飲み屋とフーゾクの争いだろ」

手元の予約表を覗き込みながら、三井が不安そうに言う。石垣は、佐和紀を振り向いた。

「……いまからでも、悠護さんに」

「こっちが強制マクラさせられると思うけど……」

佐和紀は遠い目をして答える。代わりに三井が身を乗り出した。

「もう、アニキでいいじゃん。シンさんがアタッシュケース持参で来てくれたら……」

「周平には頼めない」

「向こうにそんな仁義を通してもさぁ……」

「そうですよ、佐和紀さん。同じレベルになれとは言いませんけど、勝負なんですから結果を考えないと」

どちらも痛いほどに真実だ。でも佐和紀には受け入れられない。

「俺の気持ちの問題だ。由紀子だって、身銭は切ってない」

「だけど、女を売ってるんですよ」

予約表の座席割り振りを書き替えた石垣が、眉をひそめた。

「俺はこれを、佐和紀さんの初陣だと思ってやってきました」

「初耳だ」

「プレッシャーになると思ったんで。だから、負けるのは嫌です。悠護さんには俺が頼みますから、決めたらいつでも言ってください」

石垣の言葉に三井もうなずいた。

「そりゃあ、あんたの思ったやり方で勝たせてやりたかったけど。こうなってくるとな。世話係の俺らのさ、プライドってのもあるじゃん」

「あとは入った客にどれだけ使わせるかってレースになります。この店のやり方だと、ボトルなんて関係ないです。寄付金がいくら集まるかだと思ってください」

「……考えさせてくれ」

「決まったらすぐに教えてください。日付が変わるまでに。……佐和紀さん。勝つ気、ありますよね？」

はっきりと尋ねられ、佐和紀は無言で視線を向ける。

いまさらな質問だ。そうは思うが、心は揺れた。

心配そうに見つめてくる三井を睨みつけ、佐和紀はフロアへ戻る。客の相手をしながらも、石垣の言葉を考えた。

勝つ気はありますか、なんて、その場で怒ってもいいような言葉だ。でも、佐和紀は言い返せなかった。

心のどこかで、支配人から伝えられた薫子の言葉を頼っていたからだ。口では負けないと言いながら、善戦すればそれでいいと思っている。

京子に引きずり出された意味も、日々の騒がしさと周平から離れたさびしさで、ろくに考えてこなかった。

　石垣だって言いたくはなかっただろう。聞こえのいい言葉だけを選んでいた方が、楽をしながらご褒美へ近くなる。

　もしかしたら、あのふたりはもっと効率のいいやり方を知っていたのかも知れないと、いまさら考えてしまって動きが止まった。

「美緒ママ、どうしたの」

　客が顔を覗き込んでくる。

「この対決が済んだら、年明けまで休みなんだよね？　薫子ママも帰ってくるって聞いたんだけど、勝った方がチーママで残るってこと？」

「さぁ、どうなるかしら。わたしは、お役御免だと思うわ。対決って言っても、『リンデン』を盛りあげるための企画だもの」

　自分の言葉が胸に刺さる。

「そうなの？　美緒ママの顔は見納めってことなら、よく見とかないと」

　酔っぱらいの手が佐和紀の頬を挟んだ。その手首を摑んで、そっと引き剝がし、顔から遠ざける。客はうっとりしたように佐和紀の手の動きを目で追う。

　これまで佐和紀は、勝てないケンカをしてこなかった。殴り合うときは、相手の前では絶対に倒れ込めない。だから、計算がはずれて負けそうになったら、余力のあるうちに逃げるのも作戦だった。

「見ておいてください。今日限りですから」

苦々しさが胸いっぱいに広がる。それを隠して、佐和紀は作り笑いを浮かべた。

適当に客をあしらい、席を立つ。そのまま事務所へ入った。

選択肢はいくつもある。

悠護に頼むか、協定を破って周平に頼むか。どちらもバレないように、人を送ってくれるだろう。

それなら、まず、京子に相談して……。

考えながら、落ち着きなく事務所の中を動き回る。タバコを指に挟み、火もつけずにくちびるに差した。

加奈子の見せた憂いを思い出し、心はますます重くなる。勝負のことよりも、来るあてのない周平のことを考えていた。あの横顔は、恋する女のものだ。

息を吐き、タバコを指で折る。ぐっと奥歯を嚙みしめた。

恋にうつつを抜かす女に負ける現実が身に迫り、焦燥感で胃の奥が焼ける。

互いが正々堂々と闘った結果ならまだしも、向こうが使っているのは禁じ手だ。周平に夢中になった加奈子は、一番てっとり早い方法に走ったことに罪悪感もない。

このままでは、美緒についてくれた女の子たちの頑張りも無になってしまう。

そして、三井と石垣、真柴からの期待にも応えられない。

あの三人は勝ちを信じ、裏から手を回せば済むことにも目をつぶり、佐和紀のやり方にすべてを委《ゆだ》ねたのだ。いまもそうだろう。

石垣は許しが出るまで動かないと宣言してきた。

結果が負けだとしても、受け入れるつもりでいる。そんな、あらかじめ用意されたあきらめを、周平は許すだろうか。佐和紀を焦らすつもりで、加奈子に近づいた周平の本当の目的は嫉妬を煽ることじゃない。別居させられたことへのあてつけでもないし、ましてや、佐和紀を優位に立たせるために近づいたわけでもないだろう。

考えた佐和紀は身を震わせる。

周平は、自分に惚れた女がなりふりかまわず行動することを知っている。その上で、加奈子を焚《た》きつけたのだ。

正絹の着物の袖を摑み、泣き出したい気持ちで鏡を睨む。佐和紀が追い込まれると、知っていた。

これが『仕事』だ。現実の厳しさだ。女装してママ代理をするなんて正気の沙汰《さた》じゃないが、それよりもなによりも、勝負をかけて結果を出していかなければならない現実を、佐和紀は知らなかった。

周平に外へ出たいかと問われ、出たいと佐和紀は答えたのだ。それを聞いた岡崎たちが邪魔した理由がようやく想像できた。

ずっと周平の下で働けるのなら、困ることはなかった。けれど、いつまでもそのままではいられない。外へ出るということは、人と交わり、争い、結果を勝ち取っていくことだ。能力のない人間は打ちのめされる。

ここで負け、泣いて逃げ帰っても、周平は受け止めてくれるだろう。でも、それではあまりに幼稚だ。

周平は、佐和紀の親じゃない。結果がもたらす責任のすべてを受け止めさせるなんてできない。

対等でいたいと願ったときからずっと、そう思ってきたのに。

気持ちが折れそうになって、目を閉じた。

周平のことを想い出す。精悍《せいかん》な顔立ちと、厚みのある身体。優しいのに意地悪な指先。三つ揃えのスーツと、スパイシーウッドの香水。

この仕事に巻き込まれたとき、周平は黙って送り出してくれた。佐和紀には嫌味のひとつも言わなかった。

別居することになっても、ろくに会えなくても、周平は距離感を保って見守ってくれたのだ。様子を見に来て、加奈子をその気にさせたりもしたが、我慢できないから帰ってこいとは言わなかった。

それなのに、佐和紀はやるだけやって帰ればいいと遊び半分に思っていたのだ。

鏡に映る自分の女装に目を向け、佐和紀は背筋を伸ばした。

佐和紀が出す『結果』を、周平は待っている。それは優しい労《ねぎら》いのためじゃない。今後の身の振り方を考える、ひとつの判断材料にするためだ。試されている。

周平の舎弟を巻き込んで、こんな結果では申し訳が立たない。泥をかぶるのは、佐和紀だけじゃない。京子も、世話係も、旦那である周平も、由紀子の嘲《あざけ》りを受けることになる。

息を吸い込み、帯を指でしごく。帯揚げを直した指が、帯板のポケットの紙片に触れた。

出てきたのは、牧島がくれた電話番号だ。

じっと見つめると、穏やかな口調が耳に甦ってきた。

固定電話の受話器を取り、書かれている番号をゆっくりと押す。コール二回で電話は繋がった。

『はい。どちらさまですか』

若い男の声に戸惑ったが、覚悟を決める。

「佐和紀といいます。牧島さんはいらっしゃいますか」

『お待ちしていました』

男の答えそのままに、牧島はすぐに電話口へ出てきた。

『ギリギリだね、佐和紀くん』

「あの……待っていたんですか」

『ずっとね。厳しいようだね。噂に聞いたよ』

その理由も知っているらしい牧島は、穏やかに言った。

『岩下には頼まないのか、君の旦那だろう』

「彼には頼めません。身銭を切らないというのが条件なんです」

『相手はずいぶんと派手にやっているようだが』

「そうですね。女の武器をこうもあざとく使われるとは思いませんでした。条件に加えなかったこちらのミスだと思います」

『それで、用件はなにかな』

「お力を貸してください。日付が変わってからが勝負になります。あとは女の子の営業力次第なんですが」

『私にも、営業の電話をくれたわけだ』

「……牧島さんだけです」

胸を押さえ、佐和紀はゆっくりと話した。

「牧島さんしか、思い出せなくて」

『罪作りだね、君は。その言葉を面と向かって聞きたかったよ。あいにく私は東京にいないが、知り合いに声をかけよう』

「よろしくお願いします。お待ちしてます」

『それぞれにコールバックさせるから。金のことは気にせず、好きな額で持ち込みボトルをさせるといい。その代わり』

牧島が言葉を切った。

やはり交換条件はあるのだと、佐和紀は腹の底に力を入れ直す。

『私の友人になって欲しい』

「え？」

意表を突かれた。頼みごとの規模から言えば、もっとすごいことを持ちかけられると思っていたのだ。

『ともだち、だよ。佐和紀くん。そうだな、秘密の友人ということになるかな。君も私も、一筋縄ではいかない立場だからね』

「あの、それって、なにをしたらいいんですか」

『いや、べつに』

牧島はこともなげに言った。

『たまに声を聞かせてくれたらいいかな。たわいもない話を聞かせてもらって、私の愚痴も少しは聞いてもらおう』

「そんなことでいいんですか」

『君にとっては、そんなことでも……ね』

「でも……。いえ、それでお願いします」

勝負に勝つために、牧島の人格を信じて話を持ちかけたのだ。ここで引くわけにはいかない。

『勝負はね、佐和紀くん。悟られずに残しておいたジョーカーを最後に切るのが醍醐味《だいごみ》だよ。ここまでこらえて偉かったじゃないか。さぁ、まだ一仕事あるだろう。結果は後日聞くから、今夜はもう無理に連絡しなくていいよ』

牧島の電話が切れ、佐和紀は静かに崩れ落ちた。

勝負はまだ続いているのだと思い出し、深呼吸をしながら、しゃがんだ姿勢で膝に力を入れる。

佐和紀はジョーカーを切った。あとは向こうに切り札がないことを祈るばかりだった。


「予約をくれたお客さんから、どんどんボトル入ってますよ」

テーブルを渡り歩いていた佐和紀は、すれ違いざまに呼び止められる。真柴だ。

明るく陽気な声に耳打ちされ、微笑んでうなずいた。

牧島との電話を切って三十分で予約の電話が入り始め、席のやりくりを任された石垣は難解なパズルを愉《たの》しむ顔で唸った。

その客たちの多くは高級ブランデーやシャンパンを持ち込み、高額な値段をつけていく。銀座の一等地にあるラウンジの価格だと、女の子たちはこぞって喜んだ。客の年齢はバラバラで、外見から予想できる職種もさまざま。牧島がどういうツテを使ったのか、まるで想像できない。でも、それがありがたかった。

やがて日付が変わり、両陣営はなおもクリスマスイブの華やかさを保ち続ける。美緒側の回転率の速さにかなわなくなった加奈子陣営は、長居の客がボトルを追加していく。

女の子たちがどんどん煽り、酔っぱらった客同士を競わせているのだ。

「どうやったんですか。悠護さんに頼まずに済んでよかったですけど」

席を立ったタイミングで、石垣に呼び止められる。

「まぁ、な」

と、佐和紀はあいまいに答えた。

怪訝な表情を返され、生演奏のにぎやかさの中で肩を叩く。

「危ないことに首を突っ込んでないですよね。ゆかりちゃんのことも……」

「終わったことを言うなよ」

「俺だって、呼んで欲しかったんです」

「こんなときに、おまえは」

不機嫌を丸出しにして顔を背ける石垣の頬に指を伸ばす。ツンツンとつついた。

「タモツ。おまえな、明日あたりに、せりなを抱いてやってくれ」

「はい？　なんですか、それ」

ぐりっと振り向いた目は、こぼれんばかりに見開かれている。

「頑張ったら頼んでやるって約束しちゃって」

「それもマクラですよ、それも」

石垣の靴先がタンタンと床を叩いた。苛立つというよりは拗ねている。その足を草履で踏んで止める。

「わかった。あかりもつける」

「つけなくていいです！」

「年が明けたら、おまえにもご褒美をやるから」

「どうせ、三井にも真柴にもやるんでしょう。いりません、そんなの」

なにを拗ねているのか。この忙しいときに面倒な男だ。

「おまえが俺のことを思って、ヤキモキしてくれてるのはよくわかってる。ごめんな、まっすぐやれば負けてもいいなんて、そんなふうに思って。感謝してる。おまえには。だって、おまえじゃなかったら、追加の予約を回せなかった。ほんとうに、ありがとう」

石垣の眉がぴくっと動く。くちびるの端がにやけたように見えた。

「さっきの。言葉が悪かったよな。せりなとデートしてやって。フルコースのな。そうしたら、俺もおまえと前菜ぐらいの、な」

「俺は前菜だけなんですか」

「どうしたいんだよ、おまえは」

佐和紀が笑うと、その陽気さにたじろいだ石垣が視線をそらした。

「……本気にしますよ。あとでグループデートとか言ったら、乱交フルコースにしますからね、俺」

「強気だな。わかってるから、残りの一時間も、気を抜かずにこなしてくれ」

シャツの襟を直してやると、石垣は上機嫌な笑顔を振りまいてうなずく。まるで金色の毛並みをした犬のようだ。

フロアへ戻っていくのを笑って送り出す。それからトイレへ行き、事務所に寄ってタバコを一本だけ吸った。

そこへ支配人の東丘が顔を見せる。

「美緒さん。どうにか競り勝てそうですね」

「だといいですけど」

佐和紀が美緒の口調で返すと、東丘は眉尻を下げた。

「一時期はどうなるかと思いましたが、無事に年末を迎えられそうで安心しました」

まだ終わっていないが、東丘にとっては決着が見えたも同然なのだろう。この勝負の行方よりも、リンデンが由紀子の手に渡らないかどうかだけを心配してきたのだ。

「これから薫子ママを迎えに行ってきます。京子さんもご一緒されますので」

気をつけてと声をかけて送り出した佐和紀は、由紀子も来るのだと悟った。勝負が終われば、京都へ帰るのだろうか。悪魔のような女は得体が知れなくて、同じ土地にいると思うだけで神経がすり減る。

バックヤードの通路へ出ると、フロアの騒がしさが耳に飛び込んできた。女の子の悲鳴とグラスの割れる音が響く。

ただごとではないと足を向けたのと同時に、ボーイが転げるようにしてやってきた。

「ヤ、ヤクザが……」

息を切らして片膝をつく。くちびるの端が切れていた。

営業中のフロアからは、なおも激しい物音が聞こえ、佐和紀は駆け出した。客が暴れているのは加奈子側のテーブルだ。ソファは乱れ、テーブルが倒れている。客たちが遠巻きに見守る中で、眼光の鋭いでっぷりとした男が喚《わめ》いていた。

あとふたり、固太りの仲間がいる。そのひとりはせりなを引き寄せ、抵抗するのを押さえつけてスカートへ手を入れようとしていた。

止めようとした石垣が殴られて吹っ飛び、佐和紀は三井と真柴を探す。三井は人垣の一番前にいて、背中に女の子たちを守っていた。すみれもその中だ。真柴はフロアに見当たらなかった。客を送りに出たか、雑用をしているのか。加奈子の姿もない。

「ここのお姉ちゃんたちは、すぐに足を開いてくれるんやろう。なんで、俺らはあかんねん！」

ドスの利いた太い声は、きつい関西弁だ。

「さびしいさびしいシングルベルや。ちょっとしごいてもらうぐらい、ええやないか」

「きみ、失礼だろう。せりなちゃんを離しなさい！」

客のひとりが果敢に飛び出す。止めようとした石垣がもう一度殴られ、せりなが悲鳴をあげる。足蹴にされた客が転がった。

意を決した佐和紀は静かに歩み出る。

「タモツくん。お客様をお願い」

「なんや。おまえ」

男がぎろりと目を剝いて凄《すご》んだ。

「ママ代理の美緒です。せりなが失礼をしましたか？　お話を聞きますから、こんなことはやめてください」

向かい合う男の脇をすり抜け、せりなを拘束している別の男を睨みつけた。たじろいだところですかさず奪い返し、三井の方へと押し出す。

「ここは風俗店じゃありません。そういうサービスがご希望でしたら、案内所を紹介しますから」

「ここも似たようなもんちゃうんかい！」

「そ、そうだ！」

いきなり尻馬に乗ったのは、すみれに枕営業を持ちかけた客だった。長居を続けていたらしい。

「そこにいるゆかりなんか売女《ばいた》もいいところだ。高校生のときにヤクザにマワされたっていうじゃないか、そのくせに男をより好みしやがって」

男の言い分は逆恨みだ。口にしなくてもいいことを大声でがなり立てる。

「こんなの、勝負にならなぁい」

背後に隠れていたアイリとれなが、しゃしゃり出て言った。

「ゆかりみたいな子を雇う薫子ママが、『リンデン』にふさわしくなぁい」

甲高い声で口を揃える。

「あんたたちだって、マクラばっかしてんじゃない！」

三井に守られている女の子たちの中から、あかりが顔を出した。

「そういうことしてるから、こんなことになるのよ！」

「私、知らなぁい」

「自由レンアイでしょー」

アイリとれながシラを切る。そこへ、加奈子が戻ってきた。客の送り出しをしていたらしい。

「困るわ、美緒ママ。勝負の最後にこんなことをするなんて」

髪の乱れを気遣いながら人垣を抜けた加奈子は、佐和紀とヤクザたちを見比べた。

「勝てないから、こんなことをしたんでしょう、美緒さん」

加奈子の流し目に、佐和紀は眉だけをぴくりと動かす。

「なにを……」

「ヤクザと親しいらしいじゃない。それって大問題よ。この店の営業だって危うくなるわ」

勝ち誇った目が、うっすらと笑う。

「なんや、同業やったらええやないか。オンナ、貸してくれや」

ヤクザたちが調子づき、手近な女の子に手を伸ばす。佐和紀は拳を握りしめた。

罠《わな》だということは一目瞭然だ。これにどう対処するべきか、一瞬の判断に迷う。躊躇していると、騒ぎを聞きつけた真柴が走り込んできた。

「ヤクザは俺や！」

大声をあげ、ぜぇぜぇと息をつく。それから、三人のヤクザを順番に睨みつけた。

「おまえら、なにを、チンタラ遠征かましとんのや！」

いつもとはまるで違う、キツい関西弁だった。怒鳴りつけられた男たちはひょいと飛びあがり、ハッと息を呑んだ。その目が、やけにキラキラと輝き出す。

「ま、真柴さん！」

「真柴さんや……」

いままでの傍若無人さが嘘のように穏やかになり、わらわらと真柴を取り囲む。

「俺ら、探しに来たんですよ。黙って消えはって……」

「そしたら、そこのネェちゃんが小遣い稼がせたるって言うから。暇やし、思うて」

目の前に並んだヤクザ三人の頭を、真柴は右から順番に拳で殴っていく。

「あ、ほ、かッ！　俺の邪魔してどないするんじゃ！」

「す、すんません！」

「堪忍してください」

ヤクザたちは大慌てだ。へこへこと頭を下げる。

「どの女に頼まれたって？」

佐和紀が尋ねると、ひとりが加奈子を指差した。

「あれです」

「し、知らない。そんな人たち。知らないったら」

びくっと肩を揺らした加奈子は、首を振りながらあとずさった。

フロア中の視線が加奈子に集まる。加奈子側の女の子たちも驚き戸惑っているように見えた。

「余計なことをしたものね」

不穏な空気の中に、凛《りん》とした声が響く。

客を押しのけて現れたのは、ツイードのツーピースを着た由紀子だ。

今日もゴージャスな巻き髪で、手に小さなクラッチバッグを持っている。

「勝てる勝負だったのに」

「由紀子さん、これは、その……」

言い訳を口にしようにも、外野が多すぎてヘタなことを言えず、加奈子はくちびるを空動きさせる。

由紀子は冷たい一瞥《いちべつ》を向けた。口では『勝てる勝負』だと言ったが、結果への興味はもはや失われているのだろう。加奈子がすべてをぶち壊したことに、驚きもしなければ怒りもしない。

佐和紀は由紀子の横顔を見据えた。そして、加奈子を見る。

加奈子が切ったジョーカーは、由紀子への裏切りだ。しかし、由紀子にも見透かされていた。クリスマスイブの街をせつなく眺めていた加奈子の横顔が思い出され、同時に、あの男の、ニヒルな笑みが脳裏をよぎった。

加奈子は、自分の勝利のためにではなく、他の誰かのために、裏切りのジョーカーを使ったのだ。

女に甘言をささやき、期待を持たせて操るぐらい、造作もないことだろう。

加奈子をそそのかして佐和紀を窮地に追い込み、そして、すべてをぶち壊した。裏で糸を引いたのは周平だ。

嫉妬と怒りがないまぜになり、佐和紀の心は乱れた。勝負の裏に由紀子がいるから、周平は加奈子に関わったのだ。自分抜きで佐和紀と由紀子が争うことが、周平には我慢できないのだろう。

醒《さ》めた表情の由紀子は真実を知っている。リンデンをあきらめた本当の理由にも周平が噛んでいるのではないかと思うと、それがまた佐和紀には不愉快だ。

「永吾さん、お久しぶりね」

由紀子が真柴へ向き直った。

「横浜にいると聞いていたのに、銀座でお目にかかるなんて。驚いたわ」

「知ってたんですか」

「さすがに逃げ込んだところがね……。見て見ぬ振りしてあげたのよ」

にこやかに答え、佐和紀を見た由紀子が息を吸い込む。

口を開こうとして黙ったのは、支配人が戻ったからだ。集計に間に合うように戻ってきたのだろうが、騒ぎになっていることに気づき、驚く。

客の人垣を丁寧にかき分けた東丘は、松葉杖《まつばづえ》をつく薫子を伴っていた。その隣には、ピンストライプのスーツを着た京子が寄り添っている。ジャケットの裾がフリルになっているドレッシーなデザインで、髪はさっぱりとまとめあげられていた。

「これでは、勝負になりませんな」

店の惨状を目の当たりにした東丘は、残念そうに眉根を曇らせる。

その肩に摑まった薫子は、優雅な仕草で頭を下げた。

「みなさま、ご迷惑をおかけしました。秋から行ってきたこの勝負ですが、さきほどの集計では、美緒ママ代理の売上がわずかに上回っているようです。……加奈子ちゃん、閉店まであと十分もないけれど、まだ続けるつもり？　でも、これ以上の行きすぎは困るわ。リンデンは、身体を売るお店ではないのよ」

うつむいた加奈子のくちびるがわなわなと震える。

薫子は、続けて由紀子へと顔を向けた。

「由紀子さんもこれでいいですね」

「異存はないわ。せっかくのお祭りだったのに、汚点を残して残念よ。こんな店でも、それなりに転売できたのに」

由紀子は悠然と肩をそびやかし、加奈子を見た。

「帰るわよ」

呼ばれた瞬間、華奢な肩が大きく震える。

「薫子ママ、私たちも今日限り、やめますから」

れなたちが不満げに声をあげ、肩を落とした加奈子を取り囲む。

「どうぞ」

薫子は店の出入り口を指し示した。

「性根の腐った人間は不必要よ。お給金は年明けにでも取りにいらっしゃい」

声こそ柔らかだが、口調には絶縁状を叩きつける厳しさがあった。

加奈子や女の子を引きつれた由紀子が退場すると、美緒側の女の子たちからぱらぱらと拍手が起こり、客へと広がる。

最後には、加奈子側を選んだ客たちも薫子に向かって拍手を贈っていた。

加奈子の仕掛けた枕営業の影響も、一派がすっかりいなくなれば消えるだろう。

薫子がただそこにいるだけで、店の雰囲気はなごやかになった。しらけていた空気さえ、穏やかに温まっていく。

女主人を喜んで迎え入れたのは、女の子たちでも客でもない。老舗キャバレー『リンデン』のフロア、そのものだった。

＊＊＊

フロアに残っていた客に謝罪代わりのシャンパンを振る舞い、一斉に乾杯してお開きになった。スタッフ全員で送り出しを済ませ、女の子とボーイを店内へ戻らせる。

薫子と支配人、そして佐和紀と京子が店の外に残った。

街は人影まばらだ。風は吹いていないが、空気は冷え込んでいる。

「最後の最後で、本当にすみませんでした」

佐和紀は、支配人に肩を借りている薫子へ頭を下げた。

「やるだろうと思っていたのよ。だからこそ、京子さんに頼んだの。関東でも関西でも、ヤクザが絡めば大滝組が一番だもの」

フルメイクを施し、夜の女の顔に戻った薫子が微笑む。さすがに、裏で繰り広げられた周平と由紀子の静かなつばぜり合いには気づいていないだろう。

一番かわいそうなのは加奈子だが、従う相手を間違えたことは自己責任だ。

「佐和紀さん、本当にありがとう」

薫子に言われ、佐和紀はくすぐったくなる。

「あなたが道化をやってくれたから、最小限の傷で済んだわ。そうじゃなかったら、この店はつぶされていたかも知れない。……実はね、常連さんからは女の子の接客がよくなったって聞いていたのよ。ボーイもよく動くって。ねぇ、どうかしら。これからはチーママで」

「え……」

目を丸くすると、隣で聞いていた京子が笑った。

「断ったじゃないですか。本人を口説いてもダメですよ。これでも無理を言って借りてきたんですから。今日が返却日です」

「残念だわ。女装もやめるの？　こんなにきれいなのに」

頬に手を当てた薫子が、残念そうにため息をつく。

「私だってもっと眺めたかったわ、京子さん」

「しかたがないじゃないですか。無茶ばっかり言うんだから」

京子が肩をすくめ、佐和紀は笑って頭を下げた。

「今回は勉強になりました。これからは男の格好で通わせてください」

「京子さんはいいわね。こんな子を見つけて。礼儀正しくて、きれいで、真面目《まじめ》なんて。いないわよ、いまどき」

褒められた佐和紀は目をそらした。薫子は佐和紀の本性を知らない。どんなに女装映えしても、金属バットを持てば目が血走る、ただの狂犬だ。

「そうでしょう。だから、大事にしてるんです」

佐和紀の背中をぽんと叩き、京子は自慢げに胸を張る。

それが純粋に嬉しくて、佐和紀はますますうつむいてしまう。

夜風が傷に障るからと薫子を先に店内へ戻した京子の手が、あらためて向かい合った佐和紀の衿を直す。

「佐和ちゃん。あなたの着物を選ぶときのね、周平さんの顔を見せてあげたいわ」

「どんな顔ですか」

「そうね。悪い虫がつくと嫌だけど、きれいでいて欲しくて、でも、佐和紀だったら、なんでもいいって顔」

「全然、わかりません」

「……ごめんね。今回は、妙なことに巻き込んで」

「由紀子はあっさりしてましたね」

あの女の存在を周平に漏らしたのは京子かも知れないが、そこを責める気はない。誰が言わなくても、佐和紀を心配する周平は嗅《か》ぎつける。遅いか早いかの差でしかない。

「あんな感じなのよ。引くときは早いの。興味がなくなったの。……加奈子が周平に落とされたから」

「ルール違反ですか」

「そんなもの、初めからないわよ。身銭の話は、決着がすぐにつくのがおもしろくないからなの。遊びなのよ、あの女にとってはぜんぶ。でも、勝ったわ。誰も、なにひとつ傷つかなかった」

京子の目が、きりっと涼しくなる。

「向こうがマクラをやって、評判が」

「店を二分した対決レースだって客は知ってる。それでいいのよ。……佐和紀。心配しなくても、あんたのことは男として独り立ちさせるからね。女装までしてくれて、今回はありがとう。本当にありがとう」

感謝の言葉を二度繰り返した京子の胸に、どんな思いがあるのかはわからない。それでも佐和紀は、肩に手を回してくれる京子の笑顔に応えた。

「やっぱり勝つ方がいいですね、京子姉さん」

「負ける気でいたの？　私はそんなこと、微塵も考えなかった」

肩を寄せ、ふたりは店内へと戻った。

クリスマスイブの営業を年内最後にして、『リンデン』は冬季休暇に入る。

年明けの再開は薫子ママの復帰記念だ。支配人の指示を受け、ボーイたちはクリスマス飾りを片付け、年明けの準備を始めていた。

京子は薫子とともに帰り、カウンターでビールを飲む佐和紀のもとには、三井と石垣がやってきた。

「おつかれさまでした。俺たちはこれで」

ふたりともいつものチンピラスタイルに戻っている。ボーイの仕事も今日で終わりだ。

「おつかれさま。打ち上げに行くんだろう。ハメをはずすなよ。特に、タカシはな」

佐和紀が突きつけた指を、しかめっつらの三井が思いきり払い落とす。

ふたりはこれから、打ち上げという名の『デート』だ。相手はあかりとせりな。これで佐和紀が交わした約束も果たされる。

「典子ちゃんに言いつけてやるからな」

佐和紀は三井に向かって言った。

女の子ふたりの相手を頼んだのは、石垣に対してだけだ。

「だから、あいつは違うって言ってんだろ」

「どうだかな」

含み笑いを浮かべた石垣は、三井からじっとりと睨まれるのをわざと無視して言った。

「そうだ。佐和紀さん。事務所にクリスマスプレゼントを置いておきましたので」

「俺に？　いいのに、そんなの」

「もう用意してるんだから、ありがとうって言えよ、素直に」

三井から言われ、

「わかったよ。ありがとう」

苦笑しながら視線を向けると、ふたりは満足げに一礼をした。仲良く裏口から出ていくのを見送り、佐和紀もビールを飲み干す。

迎えの岡村が到着するまでタバコでも吸っていようと思ったが、事務所に置き忘れていて、手元にない。バーカウンターを離れて事務所へ戻り、なにげなくドアを開けた佐和紀は、そのまま固まった。

イスに座っている相手の顔をまじまじと見つめ、部屋の中へ入り、ドアを後ろ手に閉める。艶《つや》やかにカールした髪を指に絡めて微笑んだのは由紀子だ。

「おつかれさま」

メンソールのタバコをくちびるから離し、煙をくゆらせた由紀子の目がついと細くなる。

「本当の目的はなにですか」

佐和紀は、冷淡に声をかけた。

「目的？　そんなもの、ないわ」

由紀子はしどけなく肩をすくめる。

「京都は退屈なのよ。桜川は入院したきりだし、男たちも代わり映えしない。だから、遊びに来ただけ」

佐和紀は眉根を引き絞った。由紀子の遊びは、人を苦しめることだ。普通じゃない。

「もっとましな楽しみがあるだろ……」

「そうね。すみれと加奈子は、残念だったわ。もっと楽しめたのに」

「……ターゲットにしてたのか」

「いいえ。モルモットよ」

佐和紀の視線をまっすぐに受け止め、女は禍々しく妖艶に微笑む。

「不幸のモルモット。あの子たちも薫子もじっくり借金漬けにして、這いずり回らせてやるつもりだったのに。つまらない」

不幸の味に舌なめずりするような由紀子を睨み、佐和紀はテーブルへと手のひらを叩きつけた。

「そんなくだらないことのために！」

大声で叫ぶと、

「くだらないかどうかは、私が決めるのよ！」

怒鳴り返してきた由紀子が、タバコを消して立ちあがる。

「勝ったなんて思わないことね。こんなたわいもない遊びで」

「負け惜しみだろ」

「そうね。そうかも知れない」

ふいに柔らかな声を出した。テーブルのふちをなぞりながら、佐和紀の前まで歩いてくる。

「周平さんの子ども、来年、小学校にあがるそうね。知らなかった？　京都の北山に住ませているのよ。谷山がお金を払ってるなんて、そんな嘘をあなたは信じる？」

顔を覗き込まれ、佐和紀は片目だけをすがめる。

「よかった。あいつのタネが残るなら」

「……強がりね」

笑った由紀子は小首を傾げ、髪をかきあげる。花の匂いがあたりを包み、佐和紀はテーブルに身体を預けた。

周平の遺伝子が残るならそれもいいと言ったのは、本心からの言葉だった。それでも不意打ちの揺さぶりを受け、心はにわかに波立つ。

それを見逃すような由紀子ではない。くちびるの端を引きあげ、甘く、艶めかしく、微笑んだ。

「私も孕んだことがあるのよ。あの男の子ども」

不意打ちの言葉は、隠し子の話以上に。佐和紀へ鋭く突き刺さった。

「二回とも堕胎《おろ》したわ。初めては、学生の頃。まだ虫みたいに小さい『なにか』だった。

すぐにわかって処置したのに、あの男は最後まで聞かないで……。浮かれて結婚なんて言うから虫唾《むしず》が走った」

気づいたときには、頬を張りつけていた。由紀子も手を振りあげる。佐和紀は逃げなかった。勢いよく平手打ちにされる。

「あの男、泣いたのよ。くだらないじゃない。でも、その顔がセクシーだった。だから、とことんまで踏みにじってやるって決めたわ。いまみたいにクールだったら、私たち、ずっと一緒にいられたのに」

悪魔のような女の頬は、佐和紀の憤りをぶつけられ、うっすらと赤い。それさえも飾りにして、由紀子は美しかった。

そういう女だ。邪悪に淀んでいる。

「おまえ、地獄に落ちるぞ」

ぐっと奥歯を噛む。周平の過去は消せない。だから、由紀子は何度でも記憶を引き出し、周平を貶め続ける。

「そこが私のテリトリーよ」

由紀子は平然と答えた。

「二度と、俺たちの前に現れるな」

「それも私の自由でしょう。一度は見逃してあげたのに……。周平もあなたも、本当にバカね。男はみんな、バカだわ」

由紀子はつまらなそうにクラッチバッグを引き寄せる。

「佐和紀さん。今度はあなたの泣き顔を確かめてみたいわね。だから、たいせつなものを作らないことよ。……あぁ、あなたは男だから、子どもの心配はないわね」

これ見よがしに口にした由紀子は、楽しげな声で笑った。

「早く旦那のところへ帰ってあげなさい。他の女の匂いがつかないうちに。メリークリスマス」

長い髪を波打たせて身をひるがえす。部屋に残されたのは、うすら寒い空気だけだ。

「産めて、たまるか」

佐和紀は大きく深呼吸をして、メンソールのタバコを口に挟んだ。

出産は神秘だ。女だけに許された特権だとも思う。それと同時に、業でもある。

佐和紀の母もそうだった。身ごもらなければ、愛する男と寄り添えていたかも知れない。産むために別れたことと産まずに寄り添うこと、どちらが幸せなのかは、女である母にしかわからない。

視界の端にプレゼントの包みが見え、佐和紀は落ち込んだ気分のまま手を伸ばす。

ひとつは自立していて、もうひとつはその包みにもたれかかっている。それぞれにメッセージカードがついていた。

佐和紀は先に、自立している包みにぶらさがるカードを見た。

石垣からだ。『おつかれさまでした』とあたりさわりのない手書きのメッセージが書かれている。包みの中身はサンタブーツだった。

貧乏育ちの佐和紀にとっては、イチゴの乗ったクリスマスケーキも、お菓子が詰まったサンタのブーツも、遠い日の憧れだった。

それを去年、三井に知られ、スーパーで売っているものをこっそりと枕元へ置かれた。翌朝になって喜んでしまった佐和紀を、石垣は覚えていたのだろう。

中身は取り替えられ、お菓子ではなく、酒のつまみがぎっしり詰まっている。

「こっちはタカシか」

メッセージカードを開きながらイスを引き寄せる。

性格を表したような乱雑な文字で『これがクリスマスだ』と書いてあった。意味がわからず首を傾げながらリボンをほどき、中に入っているものを引き出した佐和紀はそのまま突っ伏す。

落ち込んでいた気分が、ふつふつと怒りに変わる。

ここに三井がいたら、間違いなくみぞおちに膝蹴りをかましてやったのに、本人はまんまと逃げている。中身を見たときの反応も想像がついていたのだろう。

佐和紀は赤い布地を握りしめ、ぶるぶると震えた。

いますぐ追いかけてやろうかと思いながら、それを袋の中へ突っ込み戻した。じっくり見る気にもならない代物だ。

捨てようと思って立ちあがると、事務所にノックの音が響いた。迎えに来た岡村が顔を見せる。

「雪が降っていますよ」

そう声をかけてきたが、ノリの悪い佐和紀に気づくと、不思議そうに首をひねった。

「酔ってるんですか？」

「違うよ、バカ」

頬を火照らせて悪態をつく。岡村を押しのけて部屋を出た。裏口のドアの向こうは、もうっすらと雪に覆われていた。

「表まで行きますか」

岡村のコートを肩にかけられ、ふたりで大通りまで歩く。

行き交う車も途絶えた通りは、雪の降り続く淡い景色だ。はらはらと舞い落ちる大きな雪片が、差し出した佐和紀の手のひらに乗る。なかなか溶けない雪だった。

「軽井沢のクリスマスを思い出すな。おまえたちと雪を投げて楽しかった」

「あの雪だるまは大変でした」

結婚した年のクリスマスのことだ。

夫婦と世話係の五人で、雪深い軽井沢へ行った。周平が夕食の準備をしてくれている間に大きな雪だるまを五体も作った。

「周平は、加奈子と寝たと思うか」

ぽつりと口にする。岡村はかすかに笑った。

「言ったじゃないですか。あの人は、あなたに嫌われたくないんです。二、三度、デートはしていますが、食事だけです。……証人になるように言われて、始終見ていたので本当です」

「デバガメが趣味なのかと思った」

意地悪く笑いかけると、岡村はそれさえ心地よさそうに受け止めた。

「アニキは、あの女を口説いて、言いくるめただけです。あと、借金の肩代わりを。だから、この店のママになることになんて興味がなくなったんでしょう」

そして、男が言うままにヤクザを誘い入れ、勝負そのものをつぶしてしまったのだ。はっきりと負けを通告されるよりは、晒し者にならずに退場できる。そして、由紀子への面目も立つ。

夜風の中に周平を探していた加奈子のまなざしが思い出され、佐和紀は静かに口ごもった。

いまもまだ騙されたままでいるはずだ。アフターフォローなどするはずもない男を信じ、繋がらなくなった電話番号へ何十回かけ直すのだろうか。

「なぁ、シン。おまえは女を孕ませたいとか思わないの？　子ども、欲しいだろ」

「実際は責任が重いですね。自分が苦労しましたから」

「実際……」

ということは、考えたことぐらいはあるのだろうか。

答えを求めて、横顔を見た。視線に気づいている岡村は、ストイックに振り向かない。

「佐和紀さん。処女懐胎って知っていますか。イエスの母のマリアは処女で妊娠したんです」

「俺は、処女じゃねぇよ」

思わず言い返す。岡村はにこやかに笑った。

「それ以前に、男じゃないですか」

「おまえが変なこと言うから」

早とちりに気づいた佐和紀は、岡村を睨んだ。

「……でも、可能性を追いたくなるのが男ですね」

「おまえ、女はないけど、俺のことなら孕ませようとか思ってんの？」

「俺の話じゃありません。だいたい、させてくれないでしょう」

「恨み節で言うなよ」

頭も肩も雪で真っ白になった岡村から、ぷいっと顔を背ける。

「好きです」

いきなり言われた。怒ってみせたのに、岡村は妙に嬉しそうだ。佐和紀はさらに背中を向けた。

「うるさい」

うまくごまかされたらしい。子どもの話が周平の過去に繋がっていくと察し、考えてもしかたのないことは忘れた方がいいと言うのだ。

「俺からのプレゼントがありますから、店へ戻りましょう」

声をかけられ、

「『孕ませセックス』ならいらねぇからな」

振り向きざまに視線を合わせる。

「誰から、そんな」

「タカシが貸してくれたエロ漫画」

「殴っておきます」

「いや、エロかったからいいんだ」

答えた脳裏に、三井のプレゼントが浮かんでくる。その場にしゃがみ込みたくなった佐和紀は、怒ったように店の入り口へ向かった。雪を蹴散らし、乱暴に頭を振ると、

「セットが乱れますよ」

岡村に笑われた。屋根の下で、ハンカチを使って雪を払われる。

「見納めですね」

遠慮がちな目で眺められ、佐和紀はいきなり岡村の頬を両手で摑んだ。肩からコートがずれ落ち、すかさず摑んで止めた岡村が、佐和紀の背中を抱くことになる。

「よく見とけ」

「……見つめないでください」

「見てるのはおまえだ」

「見ろと言うから」

「嫌ならいいぞ。それとも、目を閉じてやろうか？」

からかいを投げると、岡村は苦しげに眉をひそめた。

「悪い人だ」

「悪い男の嫁だもん。こうじゃなきゃ、やってけないだろ」

「それでも、純ですよ。佐和紀さんは」

佐和紀の顔を遠慮がちに見回す岡村の視線は、最後になって瞳の中だけを見つめてくる。きれいに化粧をした女装の顔よりも、いつもと変わらない瞳の方に価値があると言いたげだ。セクシャルに熱っぽい。

「で、おまえからのプレゼントってなんなの？」

引き戻せなくなるギリギリのところで、佐和紀は視線をそらした。コートを押しつけ返して店の中へ入る。

受付を過ぎたあたりで、異変に気づいた。きれいに片付いたフロアは無人だ。ボーイも支配人もいない。

だけど、正面の舞台にはバンドが揃っていた。ボーカルまで立っている。そして、ホールには古い映画の中に出てくるような、身に添ったアイボリーの三つ揃えで決めた男が立っていた。

笑ってしまうぐらいに気障《きざ》だ。通路を歩いてくる腕に真っ白なカサブランカの花束を抱いている。ありえないと思いながらも、みっともないほどときめいた。笑い飛ばしたいのにできなくて、

「メリークリスマス。佐和紀さん。ラストダンスをどうぞ」

岡村に背中を押し出され、ふらふらと近づいた。

「踊っていただけますか」

花束を差し出してくる周平の片手は、もう腰に回っている。甘い花の匂いが佐和紀を痺れさせた。タイミングを合わせたように演奏が始まり、

「……バカ。恥ずかしい」

答えながら抱きしめたカサブランカの花束も、すぐに取りあげられる。手近なテーブルに置いた周平の手に引っ張られ、ホールの真ん中に連れ出された。

「三回リピートで一曲だ」

右手が握られ、左手を肩に置く。気恥ずかしさは初めだけだった。

女性ボーカルが『Save the Last Dance for Me』を優しく歌い出す。この店の定番曲であり、佐和紀も好きな歌だ。一回目は英語で、そして二回目は日本語で。

そして、周平が佐和紀の左手を摑んだ。

ミラーボールがキラキラ回り、ふたりだけのホールに光を振りまく。周平が取り出した指輪がライトを受けて眩《まぶ》しく光った。左手の薬指に戻ったのは、2カラットの大きなダイヤだ。そして周平とお揃いのチタンのリング。

「おかえり、佐和紀」

両手が頰をなぞり、アップスタイルにしたうなじをそっとかすめる。キスがゆっくりと佐和紀のくちびるに押し当たった。周平の温かさが佐和紀をぞくりと震わせる。

そして、ようやく、すべてが済んだのだ、と実感した。

「……周平。ただいま」

きつく抱きしめられ、両手で周平の肩を摑んだ。頰を寄せ、キスをする。それをバンドメンバーに見られていても、かまわなかった。

もうすっかりふたりの世界だ。曲は三回目のターンに入る。

「よくやりきったな。あきらめなくて、えらかった」

「おまえが、仕掛けておいてくれたから」

「余計なことだった。集計はおまえの方が上だったんだ」

周平の言葉に、佐和紀は首を振った。顔を覗き込まれる。

「おまえを助けるのも、俺の仕事だ。誰より心配するよ。旦那だからな。……勝つと信じてた。それは」

疑わないでくれと言われる前に、佐和紀はあごを上げた。精悍な頬にくちびるを押し当てる。

「もう、なにも言わないで……いまだけ」

肩に頬を預け、周平に抱かれて揺れる。気を利かせたバンドはもう一度だけ曲をリピートさせた。

すべてを任された初めての仕事が終わったのだ。達成感と気疲れがないまぜになり、初めは気づきもしなかったと思い出す。

女装をするなんてふざけた条件でごまかされてしまったのだ。それこそが、京子の作戦だったのかも知れない。

周平と離れ、自分の使える手駒で目的を達成すること。

その結果が参加賞ではなく、当初に求めた以上の成果であること。

一番知るべきだったのは、離れていても周平は佐和紀を見つめ、考え、手を差し伸べているということだ。

たとえ、必死になった佐和紀の頭から、周平のことがすべて飛んでしまっていても。周平はちゃんと佐和紀を見ている。

周平の手が佐和紀の背中を撫でる。片手はお太鼓に結んだ帯の下に添いヒップを撫でるように包んだ。

佐和紀へのプレゼントをセッティングした岡村は、バーカウンターにもたれ、そんなふたりを見ている。その向こう側。カウンターの中から、帰ったはずの三井と石垣もひょっこりと顔を出した。

世話係の三人は、それぞれの想いを抱き、ダンスホールを独占する夫婦を眺めていた。

＊＊＊

バンドのメンバーも一緒になって、またシャンパンを開けたあと、ほろ酔いになった佐和紀は周平とタクシーに乗った。行先は仮住まいにしていたマンションだ。

すべてが終わったから、出入り禁止は解かれている。

玄関で抱き寄せられそうになり、佐和紀は慌てて中へ逃げ込む。プレゼントを詰めた紙袋をソファの裏に置いて足袋《たび》を脱ぐ。三井と石垣は、岡村を引きつれて、今度こそ打ち上げに出かけた。

ネクタイをはずした周平が、なおもキスをしようと迫ってくる。佐和紀も、今度は腕に応えた。

ひとしきり、舌を絡め合い、それが情欲に変わる手前で身を引く。

「由紀子がな、隠し子の話をしてきたよ。京都の、北山？　そこにいるって」

「信じたのか」

周平はこともなげに笑う。その表情を眺め、佐和紀はわざときつく睨んだ。

「次から次へと疑惑しかない男だな、おまえは」

「モテた証拠だ」

「いまもだろ？」

「モテない男が好きか？」

「ほどほどがいい」

正直に言うと、周平の表情が柔らかくなる。

「難しいこと言うなよ。……それは俺の子じゃないぞ。パイプカットしてるんだ。できないよ」

「そうなの？」

「実を言うと、俺よりも大滝組長の子どもである可能性が高い。だから面倒を見てるし、バレないように気を使ってる。男なんだよ、子どもは。いまは世襲なんて流行《はや》らないけど、会社のひとつやふたつは任せたくなるだろう？　母親はそれを望んでない。……俺の愛人だったことは、事実だ」

「自分の組長《オヤジ》から奪《と》ったってことか？　そっちは、聞いてなかった」

声をひそめると、由紀子への苛立ちを隠さない周平ははっきりと舌打ちした。

「周平の子どもなら見たかったな。会いたかった」

視線をそらした佐和紀が言うと、

「ショックじゃないのか」

周平は意外そうに答えた。

「会ってみないとわかんないよ、正直。でも、おまえに似た頭の良さそうな男の子はかわいいだろうし、俺も絶対にこっちには近づけさせない」

「佐和紀……」

「いるんだったら、それでいいと思う。まだ隠してるなら、黙ってて。いきなり五人も十人も出てきたんじゃ……」

「いない。そんなものは、いないよ」

「男が二回繰り返すときは」

真剣じゃないときだと言ったのは、京子だ。

「大事なことだから二回言ったんだ」

周平が肩をすくめて笑う。

「その愛人とは、もう会ってないの」

「谷山が様子を見てる」

「……いい女?」

「どうして聞くんだ」

「俺の勘がさ、聞いとけって言うんだよ」

由紀子に人生を壊された周平にとって、女とセックスは蓄積する恨みを発散するためだけの行為だ。なのに、その女のことは守ってきた。

大滝組長のことは言い訳のひとつかも知れないと、佐和紀はやけに冷静になって考える。

「どこにでもいるような女だ。不幸な思い出を大事にして、細々と暮らしているだけの。それでも、俺の中に、その子どもを自分の子のように思う瞬間があることは否定しない」

苦々しく歪めた顔に憂いが差し込む。苦悩に満ちた周平の横顔に、佐和紀は見惚れた。

周平が静かに続ける。

「グレーにしておきたいんだよ。子どもに俺の良心が移ったと思えば、俺自身はどれほどにでも残酷でいられるだろう」

「……おまえは、いっつも言い訳が欲しいんだ」

男らしい精悍な頬に、佐和紀はそっと手のひらを押し当てた。

「難しいことばっかり考えて……、かわいそうになる」

「じゃあ、もっと同情してくれ。甘やかして……」

捕えられた手のひらにくちびるが当たる。

「そうだな」

周平の顔を覗き込み、佐和紀は優しく微笑んだ。

「おまえはとってもいい子の『若頭補佐』だから、今日はサンタがな、『可能性』をプレゼントしてくれるって」

「うん？」

周平が首を傾げた。佐和紀は足首まである和装コートのボタンをはずす。もう帯は締めていない。帰る前に事務所で解いて紙袋へ入れた。腰には幅広の伊達《だて》締めがリボンに結んであるだけだ。

「おまえがその子どもの中に、自分の良心を求めなくていい方法を、俺はひとつだけ知ってる。……と思う」

周平の手を摑んで、コートを左右に開いた先の、伊達締めの端を握らせる。それをほどくと、次は二本の腰紐だ。ほどくと、おはしょりを作っていた分、着物が長くなって床につく。

襦袢《じゅばん》に紐は結んでいない。着物と襦袢を、コートごと床へ脱ぎ落とす。周平の眉が跳ね、目が、信じられないものを見るように見開かれた。

「俺の中に、作っちゃえばいい」

空調の効いた部屋でも、肌寒さを感じた。

着物の下につけているのは、佐和紀を悶絶《もんぜつ》させた三井のプレゼントだ。

赤いレースが透けた、エロ下着セット。男性サイズだが、すべてがいやらしい。

どんどん恥ずかしくなってきた佐和紀は、じっくり見られないように周平へ身を寄せた。

まだシャンパンで酔っているからいいが、シラフではとてもじゃないが着られない。

「おまえのことが大好きな舎弟からだ……」

「そうじゃなくて」

周平の目がスッと細くなる。『可能性』の意味を問われ、

「ん。種付けっていうの？　よくわかんないけど、赤ちゃんができそうなセックス、させてあげる……。そんな、見るな……」

隠したくなってきたが、どこをどう隠せばいいかわからない。

胸の中心に編み上げがあるレースのチューブトップにはシースルーの長いフリルがついている。胸の下からは前開きになっていて、後ろが長い。ドレープがたっぷり取られていた。

「タカシを叱ればいいのか、褒めればいいのか。俺はいま、すごく悩んでる」

眼鏡をはずした周平が、目頭をぎゅっと押さえる。

「そんなこと、悩んでる場合じゃないから」

ますます恥ずかしくなった佐和紀は、ソファの背に腰かける周平の腕の中へ逃げ込んだ。それが一番、見られないで済む。

「嫌なら脱ぐけど」

「恥を忍んで着てくれたんだ。じっくり見るに決まってる」

そう言いながら、周平は佐和紀の髪からピンを抜いた。

「おまえのスタイリストは察しがいいな。今夜は整髪剤も少ない。夜はダウンスタイルにするってわかってる」

「なにが……」

癖のついた髪が、キャミソールの細い紐の上で波を打つ。

「脱がせてくれ、佐和紀」

周平の指が佐和紀のレースをなぞる。前開きの下は、穿《は》くのをためらったほど生地の少ないTバックだ。いまはすべて収まっているが、興奮したら危うい。

周平のベストのボタンをはずそうとした指が焦り、佐和紀は顔を伏せた。

「どこ、見てんの」

「……どこもかしこも」

「もう自分でやってよ……」

脱がすことをあきらめ、あとは周平自身に任せる。

ジャケットとベストを脱ぎ、袖のボタンをはずす。そのまま、シャツも脱ぎ捨てる。その下は唐獅子《からじし》牡丹の入れ墨だ。

周平はスラックスのベルトにも手をかけた。バックルをはずし、ファスナーをおろす。

スラックスを脱いでボクサーパンツ一枚になり、靴下を剥いだ。

「寝室は？」

腰をぐいっと持ちあげられ、縦に抱きあげられる。

佐和紀は肩に摑まりながら誘導した。

ベッドにおろされ、股間をさりげなく隠す。周平の裸を見ただけで反応しかけているのを気づかれたくない。

「種付けしていいのか」

長い髪が一房、周平の指に絡め取られる。ハッとして見あげた先で、淫猥《いんわい》な目はいやらしく滾《たぎ》っていた。

「デキたら、おろせないぞ」

「……夫婦だ。産む」

あまりの色気にあてられ、ごくりと生唾を飲む。佐和紀は混乱した。倒錯もここまでくると芝居じみている。なのに、自分の中に周平のなにかが息づくという妄想は脳内を痺れさせる。

もちろん子どもが欲しいわけじゃない。

周平が求める『遠い昔の名残』を、佐和紀の中にだけ作り出して欲しいのだ。それは、周平の中にあった良心だ。そして、踏みにじられる前の夢と希望、そして報われなかった浅はかな愛。

佐和紀の手を取り、床に立たせた周平は、自分の下着を脱ぐ。全裸になって、ベッドの端に座った。

向かい合った佐和紀は、おずおずと聞く。

「興奮する？」

その答えは聞くまでもなく、伏せた視線の先にある。周平のそこは、もうすでに強く反り返っていた。

「周平……」

腰が抱き寄せられ、ベビードールキャミソールを着た佐和紀は身をかがめた。周平のくちびるが、胸元のレースのふちをすべる。

「怒ったんだろう、佐和紀。あの女から聞かされて」

身体をまさぐられ、佐和紀は熱っぽく息を吐いた。

隠し子がいるかも知れないことは前から想像していた。気に病んだことがあるとすれば、報われない母子の立場を考えたからだ。

周平は自分の弱点をむやみに増やしたりしない。実子にも情はかけないだろう。だからこそ、京都にいるふたりを守ってきたことの特別さが理解できる。

「……怒ってないし、もう、その話はいい……」

「ヤケになって、こんなことするな」

指が胸を撫で、レースに透けた乳首が爪に引っかかる。ぞくっとした痺れに震えた佐和紀は息をついた。

「ヤケ……？　違う」

周平の頬を両手で包み、その膝に片足で乗りあげる。佐和紀の長い髪が、ふたりの両際に流れ落ち、周りが見えなくなった。

「その親子がおまえにとって特別なら、俺はそれを受け入れる。でも、それ以上に、俺のことを特別にして」

「……当たり前だ」

舌が佐和紀のくちびるを舐める。

「俺は、おまえと生きていくんだ。佐和紀」

引っ張られて、体勢が変わる。ふたりしてベッドに倒れ込んだ。

くちびるが重なり、互いの吐息が混じり合う。

「俺の『過去』をおまえの中に孕んでくれ。おまえといるときが、本当の俺になるように……。いま以上に」

「いいよ」

周平の頬を撫で、佐和紀は目を細めた。開いた足の間を、周平の手がなぞりあげる。

「作ろう、周平……」

口にするだけで動悸《どうき》がする。

今日もまた徹底的に注がれるのだと、卑猥な想像で足先まで痺れてくる。

胸を寄せ、キスをねだり、周平の指に腰を揺らす。

前開きのベビードールに周平の手が忍び込み、腰から臀部にかけてを柔らかく刺激された。それから、もう片方の手で前をなぞられる。

「ん……っ」

「もうこんなにして」

小さな布地から顔を出した性器が捕えられ、先端がぬるぬるとこねられる。ゆるゆるとした刺激に晒され、佐和紀は身体を開く。

「あっ、あぁっ」

レースの上から胸を探られて、薄い胸筋が揉みしだかれる。指を追った舌が、佐和紀の尖りを見つけた。布地越しの感触は淡く、吸いあげられてさえ、もどかしい。

「んっ……あっ」

のけぞりながら身を揉み、佐和紀は上半身を起こした。自分の長い髪をまとめて横へ流す。その間にも周平の手はいやらしく動き、佐和紀をいっそう昂ぶらせた。

下着のふちから屹立が伸びあがり、その下にある膨らみだけが布地に覆われる。指で触れて確かめた佐和紀は、そのいやらしさにくちびるを噛んだ。

恥ずかしくなるのと同時に、倒錯的な疼きに胸をかきむしられる。

屹立を握られ、優しく愛撫された。先端に吐息がかかり、舌で鈴口を嬲られる。じれったさを感じたあとで、濡れた男のくちびるに吸い込まれた。じゅぷっと水音を響かせながらしゃぶられる。

「あっ、ん……んっ」

柔らかい淫蕩《いんとう》が身に打ち寄せ、布団の上で身をよじる。眼鏡をかけたままでいる周平の額を押し戻した。

やめて欲しいわけじゃない。顔が見たいだけだ。

「エロ……い……」

周平のくちびるに呑まれた充溢《じゅういつ》はゆっくりと見え隠れする。先端をきゅっと吸われ、背筋が震えた。

びくびく、と、それ自体が別の生き物のように跳ね、佐和紀はどこからともなくやってくる快感にのけぞり、指の節を噛む。

息が乱れ、淫らな水音と絡み合う。

「うっ、ん……っ。あ、あぁっ」

長くはもたなかった。あっという間に射精寸前まで追い込まれ、上目遣いで見つめてくる男の目に射抜かれた。瞬間にせつなくなり、腰が引きつる。匂い立つような雄だ。それに責められ追い込まれる。佐和紀は本能を晒した。

「あっ、はぁっ……ぁ、いくっ」

下腹が痙攣して、周平にくわえられたまま精を放つ。うねるように込みあげる欲望を解放すると、頭の中が真っ白になった。

口から離さずに受け止められ、最後の一滴まで生温かな粘膜に絞られる。それを指に取った周平は、Tバックの紐に指をかけてずらし、佐和紀の後ろを撫でて濡らす。

指でほぐされながらフェラチオをうながされ、うずくまった佐和紀は素直にくちびるを寄せた。いまさら、嫌もなにもない。

　支えもなく反り返っている昂ぶりを手に摑み、透明な液体の溢れる先端を舐めた。同じ男なのに、佐和紀とは長さも太さも違う。形も色もだ。周平のそれはすべてが立派で逞しい。

　根元から太くそそり立ち、くびれは彫り込んだようにはっきりとしている。

「上手だ。佐和紀。……そこに舌を這わせて……」

　周平が息を弾ませるのを聞くと、佐和紀の胸は締めつけられる。根元を支えた手の中でなおも大きくなる周平の熱は、テラテラと赤黒い。卑猥な筋を舌でなぞり、佐和紀は夢中で舐めた。口に含むと、息が苦しくなる。

「んっ……ふっ……」

　それでも、たっぷりと唾液をまぶし、もっと大きくなるようにくちびるでしごく。

「佐和紀……」

　周平が低く唸り、後ろを慣らす指で内壁を搔かれた。ぐりっと動かされ、佐和紀は息を詰める。くちびるでの愛撫が続けられず、握りしめたままで喘いだ。

　身体の内側に情欲の火が灯り、動き回る周平の指を摑んで止める。

「来て。……焦らしたら、いや」

　指先を伸ばす。うっとりと見あげる自分の顔が淫らに見えることはわかっていたが、求めずにいられない欲求があった。

足を開いて男の腰を招くと、周平はかがむようにして位置を合わせた。先端が押し当たり、優しく道を開かれる。

硬い切っ先で柔肉が裂かれたが、痛みはない。しかし、ずりっと沈む瞬間は、のけぞらずにいられないほどの衝撃だった。

「ぅあっ……」

思わず声が出る。じくじくと敏感なその場所が、男を飲み込んでいく。そのたびに、佐和紀は動揺に近い戸惑いを感じた。

こらえきれない喘ぎがくちびるをこぼれ、レースをまとった身体を起こしてキスをねだる。気持ちのよさで頭の芯が痺れ、情欲が激しく昂ぶった。

「あっ、すご……。硬い……んっ」

身体は不思議とすぐにとろけ、周平を欲しがるようにうごめいて絡みつく。腰を差し入れる周平の方が眉をひそめて、何度も息を整え直すほどだ。

「そんなに、ナカを動かすな……っ」

苦み走った周平の顔に、凜々しさが増す。佐和紀にそのつもりはなくても、敏感な内壁はきゅんきゅんと周平を絞っていく。

入れる側と入れられる側が、それぞれ別の快感で息を呑むほど官能的になる瞬間だ。

一度目をこらえるつもりのない周平は、浅く差し込んだまま小刻みに腰を振った。

「あっ、あっ。……あっ」

頰を上気させた佐和紀は、周平の腕をさすった。指先がどぎつい絵をなぞり、赤い爪が牡丹の花びらをもごうとするように肌を掻く。

周平はいっそう顔をしかめた。

「はっ、ぁ……く」

低い声とともに浅い場所での射精を終え、佐和紀の胸に片手を押しあてる。親指の腹で突起を見つけたかと思うと、やんわりとこね始めた。

「んっ……ぁ」

甘い声をあげた佐和紀は、感じ入って腰を揺らす。髪がシーツに乱れ、ベビードールの繊細なレースが腰を覆う。

「……あっ。あんっ」

「もっと足を開いて、奥まで行かせてくれ」

萎えを感じさせない周平の肉杭が、腰を使うたびに硬さを増し、佐和紀はのけぞった。周平の精液でしっかりと濡れた内壁は、さらに敏感だ。

「周平っ、しゅう、へ……っ」

淫らで艶めかしい周平の腰つきに迫られ、身をよじって受け止めた。喉を晒して喘ぎ、身体の内側をかき混ぜる悦楽の、激しい律動を乗り越える。

目の前でチカチカと光がまたたき、ぎゅっと目を閉じた。

「あっ、いいっ……すご、……いい、いいっ」

リズミカルなピストン運動に揺すられ、じんわりと滲む汗で肌が濡れる。

周平の手が胸元のリボンをほどいた。チューブトップが引きさげられる。

素肌へと指が這い、佐和紀は布団を蹴った。

「いやっ……」

ぷくりと膨れた乳首を指でつままれる。身体に電流が走り、周平の手を押さえながら上半身を丸めた。それでも、周平は容赦なく、佐和紀を責める。

甘い声が低くかすれて涙声へ変わるまで、執拗《しつよう》に腰を振り立て胸をいじられた。

「だめっ……、あ、あっ……」

「好きだろ。乳首」

「しすぎたら、だめっ……、だ、めっ……。あっ、あっ」

「後ろが吸いつくぐらい、よがってるくせに」

「あっ……はぁっ……ぁ。やっ……」

二度目は深々と突き立てられ、奥での射精を受ける。快感がサイダーの泡のように弾け、佐和紀は余韻に浸る間もなくひっくり返される。うつ伏せになった腰を引き起こされ、T

バックの紐を避けた周平が、また身体の奥へと押し入った。

一気に貫かれ、背筋が反り返る。それを撫で押さえる手のひらの強引さに、また肌が粟立つ。太ももがガクガクと震え、理性はカンナをかけられてでもいるかのように、薄く薄く削られていく。

根元まで押し込まれるたびに、甲高い声が喉で引きつった。

苦しいほどの奥地を先端が押し、じわりと深い快感が溢れてくる。そのままぐりぐりと押しつけられ、佐和紀は激しく腰を揺らした。

「あっ、あっ……やぁっ、だ……っ」

「欲しくなるんだろ。こんな身体の奥にも性感帯があるなんて、ほんとドスケベだな。もっとしてやろうか？」

「し、て……。してっ。突い、て……っ」

開けられたドアはもう閉まらない。佐和紀は後ろから突かれる快感を貪った。

周平の腰に押しつけた臀部の肉が揉みしだかれる。そして、パチンと叩かれた。その衝撃が内側にも響き、佐和紀は背をそらす。

「あっ、あぁっ……」

恥ずかしかった。叩かれているのに感じてしまい、それが周平に伝わるほどに締めてしまう。ぐっと奥歯を噛んだが、また叩かれる。

羞恥と快感に紅潮した顔を歪め、佐和紀はそれでも腰を揺らした。刺激が欲しくて、止めようがない。

叩かれて感じることは恥ずかしいのに、それを見ている周平を興奮させていることが嬉しくて、また快感が募る。

「ここにかけてやるよ。まだたっぷり出るぞ」

淫らな事実が肌を火照らせ、佐和紀をおかしくさせた。

「んっ……あっ、やだ、そんな……奥っ」

「感じる場所だろう」

「だからっ、……だから、だめっ。あ、やだっ……、出しちゃ、や……っ」

もがいた身体が押さえつけられる。浮きあがる佐和紀の腰裏は手のひらで押され、さらに腰へと重みがかかる。

息を乱した周平にのしかかられた。

「あっ、あぁっ……あーっ……ッ！」

感じやすい粘膜に熱い迸《ほとばし》りがぶちまけられ、さらに打ち込まれた腰が妖《あや》しくうごめく。

布団を摑んだ佐和紀は、息をしゃくりあげる。涙をこらえた声が喘ぎに乱れた。

「うっ……ん、んっ」

すすり泣いているように聞こえる声は、甘く爛れていた。佐和紀を感じやすい身体にした張本人は、完全にスイッチの入った身体をもう一度表に返す。

「も……、休み、た……」

「まだだ。佐和紀」

ドーピングを疑いたくなるような硬さが、佐和紀の内ももに押し当たって脈を打つ。

「無理、ムリ……っ」

勢いに任せて振った頭が摑まえられる。

「孕んでくれるんだろう」

覗き込んできた周平の目の中には、熱情が渦を巻いて溢れている。

どろどろとした淫欲に、佐和紀への愛情がぶち込まれ、混然としている。

だから、佐和紀は拒めなかった。愛ゆえの激しさに翻弄され、片手の指が絡み合う。

もうこらえきれず、佐和紀は息を乱して泣いた。

長い髪が涙で濡れた顔にまとわりつく。それを周平がかき分けるだけで、感情はあっけなく堰《せき》を切る。

理由もわからないままに嗚咽《おえつ》が溢れてこぼれ落ちた。

「こわい……しゅうへ、こわい、から……っ」

身体が作り変えられてしまう。

女になるわけじゃない。そうではなく、身体の奥に注がれた精液が、粘膜へと浸み込んでいき、本当になにかを孕んでしまいそうだった。

それを周平はわかっている。わかっていて、もう一度やるつもりでいる。完全に壊されると怯えた佐和紀の腰を引き寄せ、周平は首筋に顔を埋めてきた。

「作ろう、佐和紀」

低い声は欲望でドス黒く淀んでいる。

「い、やっ……いやっ」

のしかかられ、腰で足を開かれる。ぐぐっと肉がめり込んだ。

佐和紀の抵抗は虚しく、濡れそぼった肉は、いつもより深い場所へ周平を受け入れる。柔らかくとろけた内壁は逞しさに貫かれる喜びで打ち震え、置いていかれる心だけが縮こまった。

「おまえだけだ。佐和紀。おまえだけなんだ」

周平が呻くように繰り返す。その腰は先を急いて動き出す。

「あっ、あぁっ……う、ぅんっ……」

拒もうとしても拒み切れない快感に晒され、足を大きく開いた佐和紀は周平を見あげた。

周平の凛々しい目元も苦しげに歪んでいる。

「初めてなんだ、こんなに……孕ませたいのは」

ぞくっと身体が震えた。

哀願するような声で言った周平に両膝の裏を持ちあげられ、身体をふたつに折り畳まれる。

「くっ、ん……」

中腰の姿勢になった周平の楔が、ほぼ真上から突き刺さった。

「あぅ……っ！」

引き抜かれたものが道筋をたどり、奥へと突き戻る。貫かれる快感と奥にひっかかるような衝撃がリズミカルに繰り返され、佐和紀はあごをそらした。身体のそばに手をついた周平の肩へ手を這わせてしがみつく。

言葉にならないほど、気持ちがよかった。

たっぷりと注がれた精が溢れ、長大な昂ぶりが柔肉をまくりあげながら動く。そのたびに、じゅぽじゅぽと、いやらしい抜き差しの音が響き、その卑猥さもたまらず、快感が目眩《めまい》を呼ぶ。

周平の汗が佐和紀の肌に落ち、互いの弾む息は長距離を走っているときのように乱れた。

「佐和紀……っ。佐和紀っ」

うわごとのように呼ばれ、肩の入れ墨に爪を立てる。滑り下ろすと、自分の指先を彩る赤いネイルの淫らさに気づき、ぞくぞくと腰が震えた。始まった痙攣はもう止まらない。

足先がぴんと伸び、佐和紀はいっそう快感に溺れた。息もろくに継げず、ぎゅっと目を閉じる。

追うのは、快感の奥にある悦楽と愛欲だけだ。

「あぁっ、……くるっ。イイの、くる……」

身体を固定されたままの絶頂は苦しかった。逃がす場所がどこにもなく、ダイレクトに背筋を駆けのぼる。

「周平っ、うっ、ぁ……っ、でき、ちゃう……」

思わず口走ったのは、それを望んだからだ。

身体の奥がわななき、頭の中が真っ白になる。それでもずりずりと肉を掻かれ、悲鳴のような息が細く喉を這った。

誰かにすべてを晒し、それでもひとつには混じり合えない。わかりきったせつなさは、ふたりの人間をひとつの事実へと走らせる。

「責任は、取る。一生、そばにいてくれ……」

腰を動かし続ける周平が呻く声に、佐和紀は痺れた。

それならいいと勝手な納得をする身体が、佐和紀を押し流した。ふたりは別々の人間だ。どんなに愛し合っても相手の心さえ見逃す。

だから約束が欲しくなる。精を混ぜ、血を混ぜ、裏切らないと約束させたくなる。

でも、すべてはまやかしだ。この快感さえ一瞬のものでしかなく、身体を離せばすぐに消えてしまう。

そんなセックスのわびしさを知っている周平は、駆けあがろうとして動きをゆるめ、また激しく腰を振る。

少しでも長く佐和紀と快感を分け合おうとして耐える額にはびっしりと汗が浮かび、全身が解放を拒んで筋肉を震わせる。

佐和紀は言葉もなく、周平の肌を噛んだ。肩だったのか、腕だったのか。もうわからない。

佐和紀の歯が肌に食い込み、周平の熱さが、勢いよく弾けた。太い昂ぶりが脈を打って跳ね回り、悲鳴にならない声を振り絞った佐和紀は、高く積み上げた快感の頂点から飛んだ。大きく跳ね、そのたびに周平の肩や腕をかきむしる。

「……とまん、なっ……ぁッ！」

最後には力強く抱きくるまれ、泣きじゃくってしがみついた。それでも痙攣は止まらず、キャパシティを超えた快感に悲鳴をあげる。波は絶え間なく打ち寄せた。

掴みどころのない、絶頂のせつなさに翻弄され、身体が跳ねる。もっともっとと、求めて腰が動く。

全力で押さえつける周平も、容赦なく佐和紀を貪った。快感をなだめる素振りで身体を撫でてきたが、萎えない杭《くい》を何度も激しく打ち込む。

髪にキスをされただけでも情火が燃え、佐和紀は自分の胸に手を這わせる。乳首を指で捕らえ、こねながら腰を揺らした。

「くそっ……ばか、ばか……」

何度目かの絶頂の果てで、やっと言葉を話せるまでに理性を取り戻し、佐和紀は悪態をついた。それでも、腰に足を巻きつけて引き寄せる。

「まだ、ヤだ……バカ、周平のばか」

腰が揺れ動き、佐和紀は何度も余韻にさらわれた。

「悪かったよ、ごめん」

なにに対して罵られているのか、わからないうちから周平はもう謝っている。佐和紀の肩をなぞり、鎖骨にキスをして、いやらしく勃起《ぼっき》している乳首に吸いつく。そして、ベビードールのレースをまとわりつかせる下腹を撫でた。

「奥にもたっぷり入ったか？　俺の子種でいっぱいだな」

満足げな周平を睨みつけ、佐和紀は耳を力任せに引っ張る。

「もう二度と『孕ませセックス』なんてしない」

「そんなことは、俺を追い出してから言えよ」

周平が腰を揺する。

「あっ……また⁉」

驚いた佐和紀に向かって、周平は渋みのある顔に照れ隠しの笑みを浮かべた。

「無茶はしない。ゆっくり……な」

「興奮しすぎだろ……」

絶倫の旦那を見つめ、佐和紀はぐったりと息を吐く。

「壊さないで、大事に使えよ。俺はひとりしかいないんだからな」

「肝に銘じるよ」

体位を変え、横たわった佐和紀の背後に寄り添ってくる。笑った周平の息遣いが肌に当たり、佐和紀はまた、気持ちよくなってしまう。

自分の身体はつくづく頑丈に出来ていると、痛感した。

周平の腕が胸に回り、しこり立った乳首をもてあそばれる。佐和紀が手のひらを重ねると、周平の手は下へ降りていく。佐和紀は自分の乳首を指の間に挟んだ。周平がしたようにこねると、さっきまでの激しさとは違う甘やかさが胸に生まれる。

その一方で、透明な蜜で濡れた佐和紀の熱は、優しく労うような仕草の周平の手に寄り添う。柔らかく揺れる動きに、佐和紀は熱っぽい吐息を漏らす。

乱れた長い髪を指で分けた周平が、くちびるを肩へ押し当てる。歯を立てられ、佐和紀は甘くせつない悦の中で震えた。

根元から優しくしごかれ、布に押さえ込まれた膨らみがせりあがる。だらだらと流れ出る愛液が、周平の手でゆっくりと絞り出されていく。

「はっ……ぁ……っ」

後ろからしがみつくようにしている周平の足が絡み、佐和紀の膝下をなぞる。男の毛並みにさえ野性味を感じた佐和紀は、自分を女に見せていた長い髪に頬をすり寄せ、目を閉じる。快感は長く尾を引いた。

しばらくして、

「満足、したの……？」

力の入らない佐和紀の問いかけが細くかすれた。

禁欲を続けさせて悪かったとは言わない。周平には苦痛であっても、そうするしかなかったのだ。会えば甘えが生まれ、甘えれば頼ってしまう。

「俺はね、周平……。さびしかったんだよ」

ぴったりと寄り添う周平の体温にささやく。

「えらかったな、佐和紀」

優しく褒められて「うん」とうなずくだけでよかった。

絶頂のただなかでは、すべてが泡沫《うたかた》だと怯えたのに、終わったあとは安堵《あんど》とまどろみが温かくふたりを迎えている。

泣きたいほどの幸福感に包まれ、佐和紀はけだるく目を閉じた。下腹部の奥に刻まれた

『証』を感じ、下腹部を手で撫でる。それは周平の欲望だ。しっかりと種がつけられ、そして孕み、芽生えていく。

きっと、『良心』なんてきれいなものじゃない。

それがよかった。周平自身が持て余すほどの欲深さだ。ひとりで背負わせるのは気の毒だと思う。

そして、そうさせたのは自分である自覚と、わずかな自負もある。セックスに傷つき、セックスに溺れ、そんな自分を後悔し続けた男を、新しい欲望に目覚めさせたのは佐和紀だ。

「風呂《ふろ》に入りたい……」

ぼそりとつぶやくと、背中から離れた周平が顔を覗き込んできた。目を見れば、求めているることはわかる。

「もぅ……、キスだけだからな」

笑って受け入れる。くちびるが重なり、甘いキスはしばらく続いた。

8

陶器のコップに入った湯割りの焼酎《しょうちゅう》を喉に流し込むと、心地のいい熱さが胃へと落ちていく。芳醇《ほうじゅん》な芋の香りに満足しながら、佐和紀は目の前に並んだ皿に目移りする。

座敷の向かいには、ジャケットを脱いだ牧島が座っていた。

赤坂の料亭に呼び出されたのは、年明けの気忙《きぜわ》しさが落ち着いた頃だ。見ず知らずの人間に呼び止められ、牧島へ連絡するように言われた。

その結果、佐和紀はここにいる。

庭に面した雪見障子は閉まっていたが、下半分から赤々とした南天の実が覗く。豪勢な和懐石を前に、佐和紀は真っ昼間から酒を飲んでいた。

「みんなおもしろがっていたよ。あの勝負のラストにしては、出来すぎた感があるね」

牧島がのどかに笑う。

「そうでしょうか」

「『リンデン』がヤクザに狙われているという噂は前からあったようだ。もちろん、あのあたりを管理しているヤクザはいるんだが……」

見て見ぬ振りをしたということだ。だから、薫子は、京子に相談したのだろう。

座敷の入り口脇には、席に着くことを断った岡村が座っている。牧島の秘書は退室したが、岡村はその場に留まっていた。

「女装が嘘のようだな、君は」

牧島の言葉に、佐和紀は顔を上げる。

髪はさっぱりと短く、着物も男ものだ。すっかり元へ戻り、佐和紀の肩は実質的にも軽くなった。

「今日の要件は、これだ。見てごらん」

差し出されたのは、文庫本ほどの大きさの写真だった。集合写真の一部分だけを拡大したらしく、真ん中にひとりの女が収まっている。

「軽井沢で話した女性の写真だ。集合写真を拡大したんだが、見覚えはあるか」

言われて凝視すると、髪の長い女は佐和紀によく似ていた。特に女装していたときとそっくりだが、こちらのほうが柔和な顔つきだ。画像が荒いから、そう見えるのかも知れなかった。

でも、佐和紀の母親の顔ではない。どこか似ていないかと思ったが、記憶と重なるところはなかった。

写真の女と佐和紀は似ているが、女と母親の顔は似ていないのだ。

佐和紀がそう答えると、牧島は深くうなずいた。

「やはりそうか」

猪口《ちょこ》を手にして、口元へ運んだ。

「軽井沢へ行くたびに彼女を思い出す。昔は、若い頃の思い出として胸に秘めていたんだが、年々気になりだしてね。そんなときに佐和紀くんと出会った。……会いたいわけじゃない。どこの誰だったのか、どんな人生だったのか。それを知りたいと思ってね」

牧島は遠い目をする。その淡い感情は、佐和紀にもよく理解できた。

母親の過去を知りたいと思うのと同じことだ。牧島は女の未来に、佐和紀は母の過去に想いを馳《は》せている。

知ったところでどうにもならない。そう理解していても、考えずにいられなかった。

「もし、父親を探しているのなら……」

「いえ」

佐和紀ははっきりと首を振った。

「知ってしまったら、取り返しがつかないからいいんです。知らない振りをするなんて、俺の性分じゃないんです。相手は子どもが生まれたことも知らないんだから、腹が立つだけですよ」

「もしも、僕が父親だったら、やっぱり腹が立ったかい」

柔らかな笑顔を浮かべる牧島にからかわれ、佐和紀はまっすぐに見つめ返した。

「そうだと思います」

「君の母親は、男を捨てたんだな」

牧島の声がわずかに沈んだ。

「佐和紀くんの戸籍が女になっているのも単なる間違いじゃないんだろう。君には父親は政治家だと言ったようだが、おそらく子ども騙しの作りごとだ。……気に食わないか」

「いえ。疑ったこともなかったので……」

「子どもとはそういうものだ。そして、教育もまた、そういうものなんだよ、佐和紀くん。母親が教えたことが絶対だと刷り込むのも教育だ。知識を広げ、世間を見て、親の常識が現実とそぐわないと、あとで知ることもある。だが、知らないままで終わることも多い」

続けてもいいかと目で問われ、佐和紀はうなずいた。

「それぞれが持つ『常識』を共有するのが社会だ。たとえば、貧困社会や低学歴社会、対する富裕層と高学歴社会。それらはみんな、自分たちが所属する社会通念を持っている。下から上へ行くことも、上から下へ行くことも容易じゃない。行き来や交流ができてもね。完全な相互理解は難しい。特に持っている者は、持たざる者に対して、あまりに鈍感だ」

佐和紀は黙った。話の内容は難しい。でも、どこかで似たような話を聞いたと思う。

牧島が続けた。

「持たない者もまた、持っている者に対して線を引く。それが『生きている世界が違う』ということなんだろう。君の母親はその線を男に対して引いたんだ……。世の中には覆せない『階層』というものがある。ときにそれは逃げ場にもなるんだ」

「……母は、男のために死ねなかったということですよね」

佐和紀の言葉に、今度は牧島が黙った。

「男は、女のために死ねる」

「そう言われたのか。母親に？」

「それをずっと、男だったなら死ねたのに、って意味だと思ってました。でも、もしかしたら、相手が自分のために死ぬとわかってたのかも知れない。……そんなこと、劇的すぎるかな……」

「もしも岩下が君のために死ぬと言ったら、どうする」

牧島の質問は意地悪だ。佐和紀は箸《はし》を置き、焼酎を舐めるように飲む。

「お互いに相手のために死ぬと思うので、早いか遅いかですね。でも、相手のために死ぬことが、相手を殺すことにもなると、知ってますよ、俺は。だから、そんな身勝手をするような男だったら、がっかりします」

「強いな、君は」

「さっきの『階層』の話ですけど、俺と岩下はまったく違う生き方をして、いまの場所に流れ着きました。だから、階層は覆す必要がないと思います。線引きはあいまいだし、その中間もあるように思うんです」

「その頭の良さは、岩下の助けなのか」

「……良くはないですけど、岩下からバカにされたことは一度もありません。あっちの方がバカなんですよ。いつもエロいことばっかりで……あ、すみません」

佐和紀が肩をすくめると、牧島は微笑んだ。

「『階層』に間はないよ。佐和紀くん。あっちとこっちは明らかに違っていて、隔たりがある。それでも、橋をかけたいと思うから、僕はいまの仕事を選んだ。まぁ、きれいな世界ではないけどね」

からりと笑われて、つられた佐和紀も笑顔を返す。

『階層』という言葉を教えたのは母だったと、そのとき思い出す。でも、牧島には言わなかった。

彼らの世代にとっては当たり前の、ありふれた言い回しだと思ったからだった。

牧島と別れた佐和紀は、岡村を伴って銀座へ出た。周平が合流するまでの時間つぶしに、路地裏にある古い喫茶店へ入る。昼食抜きになっていた岡村はオムライスを頼んだ。

「すみれさんは来週から、横浜の店へ移るそうです」

真柴と恋人関係になったからだ。薫子の承諾も得て、大滝組が『ケツモチ』をしている店への円満移籍が決まった。

「あぁ、真柴から聞いた。昼の仕事に変わればいいのにな」

「横浜の一流店ですし、稼げます。それに、もう少し質のいい子を置いておきたいと思っていたところだったので」

「……そういうのなぁ……」

店に置くホステスの質の話じゃない。ヤクザの情報源としての質だ。

生真面目なところのあるすみれは、佐和紀に恩返しがしたいと三井へ相談を持ちかけたのだ。それが岡村に伝わり、今回の移籍先が候補にあがった。横浜の名士が集まる店だ。

「真柴とは同棲《どうせい》しないいんだってな。すればいいのに……。おまえもすみれと会った？　どうだった」

「まぁ、三年続けてくれたらありがたいですね」

「どういう意味、それ」

「真柴さんに釘刺してもいいですか。妊娠はもう少し待って欲しくて」

「……言うな、そんなこと」

ふたりが同棲しない理由だろう。どちらが言い出したのかはわからないが、佐和紀への恩を返すまでは結婚しないと決めているのだ。

「あとは真柴の方か。仕事の件、周平はなんて言ってる？　……おまえには」

テーブルに頬杖をついて、クリームソーダのストローをつまむ。

佐和紀には割りのいい仕事を探しておくと約束してくれた。ただ、関西から逃げてきた真柴の立場は微妙だ。シノギの手伝いをさせるわけにもいかない。

「探してやるように言われてます。……向いてるのは、田辺の手伝いだと思いますけど。セールスする人間が欲しいって話は聞いてます」

「……田辺か……」

ため息がこぼれる。過去に因縁がありすぎて、いまいち信用できない。それでも、周平からの頼みであることと真柴の所属を聞けば、悪い扱いにはならないだろう。

「佐和紀さんとの関係はアレでしたけど、単独のシノギでは無難に稼いでます。警察沙汰にもなりにくいので、俺はオススメします。でも、佐和紀さんが気に食わないなら、他にも」

「いや、そこは俺のこと、関係ないから。……できれば周平は引っ張り出したくないな。俺とおまえでまとめられるよな？」

「佐和紀さんが出れば、『後ろ』は見えてますから。それに、いまさらピンハネをする勇気はないでしょう」

「おまえは、あいつの底意地の悪さを知らねぇんだよ。……まぁ、いっか。田辺の下に俺のツレを突っ込むのは悪くない」

佐和紀はにやりと笑う。岡村は一瞬だけ同情の表情を浮かべ、あとはいつもの顔に戻る。

「じゃあ、ごり押ししておきますから」

「嫌がる顔が見えるなぁ。おまえも、自分の友達相手に容赦ないね」

「……まぁ、いろいろあります」

ふっと笑い、肩をすくめる。そこに、友人をからかおうとする子どもっぽさが見え、岡村の素の表情を眺めた佐和紀はくちびるの端で笑う。

確かに、仲の良さにもいろいろあるだろう。一筋縄でいかないのが人間同士だ。

「それはそうと、佐和紀さん。樺山《かばやま》さんと牧島さんの違いって、わかりますか？」

岡村から突然に言われ、ソーダのアイスをつつこうとしていた手を止める。一息ついた。

樺山というのは、元男娼《だんしょう》のユウキを、周平のデートクラブから身請けした老人だ。

「実業家と政治家、だろ」

どちらも人格者だ。ユウキを養子にした樺山は、彼の恋を許し、ふたりに内縁関係を結ばせている。

「それだけじゃありません。牧島は現役の男です。下心がある」

岡村はいつになく厳しい口調で言った。佐和紀は眉をひそめる。

「でも、なにもされてない。今日だって、隣の部屋とかなかったし。考えすぎだろ」

「そういう生真面目なのが、一番始末に負えないんです」

オムライスが届いても、岡村はまだ手をつけなかった。

「口に出さないだけで、アニキだって嫉妬しますよ。ほどほどにしてください」

「……そんなしょっちゅう会える相手でもないだろ。まぁ、あいつの嫉妬は体力を消耗するからな……」

思い出した瞬間、頰が熱くなる。いやらしい周平の肌の感触が甦ったからだ。

「佐和紀さん……」

「っていうか、おまえが嫉妬してるんだろ」

「牧島氏に対してですか」

「そうだよ。だから、そういうこと言うんだ」

からかいの目を向けたが、相手にされない。岡村はため息をつきながらスプーンを手にした。

「しませんよ。佐和紀さんが揺れない限り、牧島氏はなにもしてこない。でも、わざと焚きつけるようなこと、するでしょう」

「誰が」

岡村の目が責めるように佐和紀を見る。

「……おまえにだけだよ」

ふっと目元の力を抜くと、岡村はあっけなくスプーンを取り落とした。テーブルに肘をつき、頭を抱えてしまう。

「嬉しくないの？」

テーブルの下で足を蹴る。岡村は小さく呻いた。スプーンを取り替えたウェイトレスが去っていく。

「周平も加奈子にはこういうことを言ったんだろう」

「……おそらく。会話までは聞こえませんでした」

「周平みたいなのに甘いことを言われたら、夜の女なんてイチコロだ。女を騙して、悪い男だよな」

「そんな顔して言わないでください」

岡村が姿勢を戻した。佐和紀はくちびるを尖らせる。

「しかたないだろ。俺が好きなのはあいつだけだし」

「『おまえだけ』って、いま、俺に言ったところじゃないですか」

オムライスを前に岡村がわざとらしく拗ねる。まったくかわいくないと思いながら、佐和紀は頰杖をついた。

「好きとは言ってないだろ。からかってるのは、おまえだけって言ったんだよ。でも、嬉しいだろ？」

「何回も聞かないでください」

オムライスをすくいあげ、スプーンの上で冷ます。

「味見しますか？」

佐和紀が「くれ」と声をかける間に、スプーンが向く。身を乗り出してくちびるを開いた。スプーンを運ぶ岡村が言った。

「嬉しいに決まってますよ、佐和紀さん。いつまでも俺を警戒しないままでいてくださ い」

「それは、おまえ次第」

ふわふわのたまごを味わい、佐和紀は窓の外へ目を向けた。

＊＊＊

仕事の会談を終え、レストランの個室に残った周平のもとへ、支倉が近づいた。

「今日、御新造さんが会っているのは牧島です。岡村がついていきましたので、問題は起こらないと思いますが……。やはり、ご本人にもお話しになった方がいいのでは」

「牧島へ、話は通したんだろう」

イスに座ったまま、食後のコーヒーを悠然と飲む。

牧島に会ったのは支倉本人だ。佐和紀について話したが、御前にも口出しはさせないと、突っぱねられたらしい。

「彼と接点を持たせたことで、あなたと同じ世界に生きられると思っていらっしゃるなら幻想です。御新造さんはヤクザでしかない」

そうとしか生きられない。

同じ裏社会でも、ふたつの世界は別々のものだ。次元が違うかのように交わらない。もしも混ざり合うことがあれば、それは危険な事件の幕開けになる。

「差し出がましいことかと思いますが、あなたが都合のいい夢を見ると、御新造さんの足元が悪くなります」

支倉の長所でもあり短所でもある正論の鋭さに、周平は思わず肩を揺らした。それが疎まれ、御前のもとを追い出されたようなものだ。

清濁飲み合わせる粗雑な寛容さを、いまだ持てずにいる。

「わかってる。でも、牧島とのことは佐和紀自身の管轄だ。俺が嫉妬に狂うから付き合うなとは言えない。それに、牧島は裏があっても誠実な男だ。おまえにそう宣言したなら、覚悟の上だろう。俺のことも調べはついていたんだろうしな」

「それでいいんですか」

「俺だけが佐和紀の防波堤だなんて『夢』は見てない」

今回のように佐和紀が外へ出れば、周平のしてやれることはたかが知れている。

「なにやら被害者ばかりが増えるようで不快です」

生真面目な答えを振り仰いだ。彫の深い神経質そうな顔がわずかに歪む。

「支倉。よく覚えておけよ。……佐和紀はな、俺の唯一の防波堤だ」

「すべての波をかぶると言うんですか」

「いや、押し返すんだろう」

自分で言って笑ってしまう。背筋を伸ばした支倉は愛想笑いのひとつも浮かべない。

「わかりました。あの男も、あなたのための駒と認識します。そうであれば、牧島との接点は貴重です」

淡々と答える様子には、かわいげのかけらもない。周平はなにも言わず、うなずいた。


日が傾き始めた銀座の通りを、トレンチコートの襟を立てて闊歩《かっぽ》する。佐和紀と待ち合わせている喫茶店に向かう途中、周平は腕を摑まれた。

目の前に現れたのはひとりの女だ。化粧の具合で水商売の出勤前なのだとわかる。加奈子だった。

由紀子の責めを受けたはずだが、それがどんな内容であったかまでは知らない。知りたくもなかった。

「探してたんです。ずっと、電話もしていて。繋がらないから」

真摯《しんし》なまなざしを向けられ、周平は一歩引いた。押しのけようとした腕にしがみつかれる。

「私！　言ってませんから。岩下さんのことは、由紀子さんに言ってません。会いたかったんです。ただ、もう一度、会いたくて」

腕をまさぐるようにして、指が這いあがる。なにも知らず、由紀子と周平の双方から利用された加奈子の瞳に涙が浮かぶ。

「会いたかった……っ」

たいがいの男はほだされそうな頼りなさで、周平の首に腕を回した。柔らかな胸の膨らみがコート越しにもわかる。

密着した身体の間へ、誰かが腕を差し込んできた。

着物に染み込んだ白檀《びゃくだん》を香らせ、いきなり現れた佐和紀は加奈子を引き剝がす。膨らみの押し当たるのが許せないとばかりに、加奈子の胸を押し戻していた。

「通り過ぎてるよ、周平」

言われて気づく。慣れない場所だから、小さな喫茶店の看板を見落としていた。

邪魔をされた加奈子は、苛立った目で佐和紀を見る。そして、小さく声をあげた。やっと正体に気づいたのだ。

髪は短く、男ものの和服を着ている。化粧っ気がなくても、じゅうぶんに美人な素顔だ。

「お久しぶりです。加奈子さん。いくらなんでもこんな往来では、この人にも迷惑ですよ」

「あなたは関係ないじゃない」

加奈子の声が震える。佐和紀を見ていた瞳が、すがるように周平を見た。破れかけた恋を必死に繕おうとする女は憐《あわ》れだ。

騙されたことをまだ理解できず、するつもりもないのだろう。

周平の左手を摑んだ佐和紀は、自分の左手を並べるようにして顔のそばに立てた。ふたりの薬指にはお揃いのリングがはまっている。

「私の旦那なんです」

美緒の口調で微笑んだ。

「う、嘘よ……そんな。ほとぼりが冷めたらって、そう言ってくれたじゃない。大事だから、なにもしないんだって……っ。私、それを信じて」

加奈子がくちびるを震わせる。佐和紀の視線が、無表情を決め込んでいる周平へ向き、商売女の孤独につけ込んだことを、言外に責められる。どっちの味方なんだと思いながら、周平は佐和紀のインバネスコートの肩へ寄り添う。佐和紀の体重が胸に寄りかかってきて、肩越しに振り向かれた。

「ダメじゃない、周平。女心をもてあそぶようなことをしちゃ……。加奈子さんもあきらめて。この通りの悪い人だもの。私があとでよく叱っておくから」

男装ではわざとらしく聞こえる女言葉で、佐和紀は意地悪く微笑む。

目元を真っ赤にした加奈子の表情が歪んだ。男に媚《こ》びる甘さはもうどこにもない。噛みつくように睨まれても、佐和紀は肩をすくめるだけだ。

「手を出してこない男を信用するなんてバカね。欲しがる男を焦らしてこそなのに。ご愁傷さま。出直していらっしゃい」

腕を絡めた佐和紀に引っ張られて、周平も歩き出す。

待ち合わせしていた喫茶店の窓の向こうで、残された岡村が会釈をしていた。

通り過ぎて大通りへ出る。それから、もうひとつ向こうの裏通りへ抜けた。

「欲しがる男を焦らしてこそか。……焦らされたな」

「発散しただろ。……本当に妊娠するかと思った」

ぼそりと言う佐和紀を、周平は身をかがめて覗き込む。

「へぇ、そうか」

「やらしい、顔！」

ぷいっと顔を背けられ、手のひらで引き戻す。人通りの少ない通りには並木が等間隔に植えられている。

「本当はキスぐらいしたんだろ。指は入れた？」

拗ねた声がトゲトゲしい。思った以上にジェラシーを感じていたらしい。だからこそ、女言葉で突き放したのだ。周平は正直に答えた。

「手を繋いだだけだ。他の女に突っ込んだ舌や指で、おまえを愛撫できるわけないだろ？」

「死ねよ、ヘンタイ」

距離を置いた佐和紀が、行き場をなくした周平の両手を順番に叩く。やることがまるで子どもだ。そこがたまらなく愛《いと》しい。

「おまえは誰と会ってたんだ」

「牧島、斉一郎」

頬を膨らませたままで、佐和紀も素直に答えた。

「どういう男か、知ってるのか」

「知ってる」

佐和紀の瞳の奥はきらりと光ったように見えた。闘う人間の目で、もう次の出番を待っている。

「うまく使えよ」

周平はそれだけを言った。佐和紀が牧島を御せると思うなら、あえて忠告はしない。もしも牧島が裏切ったなら、そのときに全力でつぶすだけだ。

たとえ別の水で泳いでいても、吸う空気は一緒でいたい、と周平は思った。淡水と海水が混じり合う場所だってあるだろう。

それが支倉の言う『都合のいい夢』だったとしても、自分の人生においてたったひとつの夢想ぐらいは許されたい。

人目を盗むようにして、佐和紀を背中から抱きしめる。

「おまえの嫉妬はかわいい。もっと、して欲しくなるぐらいだ」

手を摑んで握りしめる。

「俺だって、させてやるからな」

佐和紀が自信満々に胸をそらす。その髪にくちづけ、周平は耳元へささやく。

「ほどほどにしてくれ。俺は傷つきやすい」

「はぁ？」

「おまえに夢中すぎる憐れな男だ」

「憐れに見えない」

そう思えるなら佐和紀は周平に惚れている。あばたもえくぼに見えるだけだ。

「憐れんでくれ」

「どうやって」

「キスしてくれたらいい」

「……往来だよ」

「裏路地だ」

と言うほど細い道ではないが、人通りは途絶えている。

「……ちょっとだよ」

佐和紀が身をよじった。手のひらが頬に当たり、周平は温かな体温に微笑んだ。それを見た佐和紀も笑う。

くちびるが頬に押し当たった。子ども騙しのキスだ。

「佐和紀……」

「憐れだなぁ。がっかりって書いてるみたい」

あとずさった佐和紀はいたずらっぽく笑う。その腕を掴んで引き戻した。

キスはせずに、肩を抱く。

「時計を見に行くんだったよな、周平」

腰に手が回り、佐和紀が体重をかけて寄り添ってくる。周平ももたれかかった。

「おまえにも新しい指輪を買ってやろうか？」

「俺は草履が欲しい。あと、木綿の反物が集まってるらしいから見に行きたい」

「それから？」

「……キスしたいんだろ？」

佐和紀が足を止める。じっと見つめ合う。それでも周平が動かないでいると、業を煮やしたように佐和紀がコートを引いた。

「俺がしたいから、して」

「わかった。しかたない」

「しかたない、じゃないだろ。全身から、したいしたいってオーラ出してるくせに！」

草履をパタパタ鳴らす佐和紀のくちびるをキスでふさぐ。

「して欲しいって言わせたいオーラだ」

「ほんと、めんどくさいよ、おまえは」

あきれたように言いながら、佐和紀からもキスを返された。ほんの少しだけ舌を絡めて顔を離す。

「羽織紐も三本ぐらい買ってもらっておこう」

佐和紀が笑い、ふたりでまた歩き出す。

風が吹き、裸樹の梢《こずえ》が揺れる。

寄り添い合うふたりには、痺れるほど冷たい北風さえも、そよ風程度に爽やかだった。

あとがき

こんにちは、高月紅葉です。仁義なき嫁シリーズ第二部第八弾『銀蝶編』をお届けします。銀座の夜の蝶。略して、銀蝶。由紀子とやりあうときは、なんだかんだと女装させられてしまう佐和紀です。今回は、エクステのロングヘアに赤い爪。ドレスにベビードールと盛りだくさんになりました。佐和紀は真剣に取り組んだのですが、由紀子・京子・周平にとってはいつもの陣取り合戦に過ぎず、周平ですら、佐和紀の力試しを始め……。結果、佐和紀の目が外へ向くようになっていくターニングポイントの巻です。

シリーズの時系列としては、次巻の前に、既刊『春売り花嫁といつかの魔法』が来ます。ユウキ編の二巻ですが、留学前の石垣と佐和紀が一緒に行動する、最後の大きめエピソードでもあるので、是非ご一読ください。

末尾となりましたが、この本の出版に関わってくださった皆様に心からの謝意を表します。仁嫁を支えてくださる古参の皆さん、足を踏み入れたばかりのご新規さん、みかじめ料をありがとうございます。またお会いできますように。

高月紅葉

＊電子書籍「続・仁義なき嫁7～銀蝶編～」に加筆修正